조약돌   정호승 우화소설

비채

작가의 말

  칼릴 지브란은 그의 시에서
  과일의 씨앗이 햇볕을 쐬려면 몸이 부서지는 고통을 겪어야 하듯이
  우리도 사랑을 이해하기 위해서는
  고통을 이해하지 않으면 안 된다고 노래한 적이 있습니다.
  우리는 인간이기 때문에 사랑을 원하고
  인간이기 때문에 고통스럽습니다.
  이 우화는 사랑을 이해하기 위해서는 무엇이 필요하고
  진정한 사랑에는 무엇이 숨어 있는지
  고통에는 어떠한 의미가 숨어 있는 것인지

깊게 생각해보고 싶어서 쓴 우화입니다.
저는 이 우화를 쓰는 동안
진정한 사랑에는 고통의 슬픔이 있다는 것을 알게 되었습니다.
사랑은 슬픔을 어머니로 하고 눈물을 아버지로 한다는 것을
사랑이 위대하고 아름다운 것은 바로 고통 때문이라는 것을
고통을 이해하지 못하면 사랑을 이해하지 못한다는 것을 알게 되었습니다.
저는 이 우화를 통하여 여러분들이 보다 더
고통의 의미를 이해하게 되기를 바라는 마음 간절합니다.
사랑은 고통을 필요로 합니다.
고통이 없으면 사랑이 없습니다.

2025년 여름

정호승

작가의 말

1부

    조약돌 13

    못자국 22

    빈 들판 29

    풍경 소리 39

    해어화解語花 45

    해어견解語犬 51

    명태 60

    의자 71

    망아지의 길 76

    주춧돌 84

    슬픈 목걸이 90

2부

어떤 암탉 97

제비와 제비꽃 103

현대인 108

우제어牛蹄漁 115

돌탑 123

난초와 풀꽃 130

기파조耆婆鳥 138

왼손과 오른손 146

기다리는 마음 153

봄을 기다린 두 토끼 160

붉은 장미와 노란 장미 164

3부

    비목어比目漁 __179__

    녹지 않는 눈사람 __189__

    썩지 않는 고무신 __196__

    고슴도치의 첫사랑 __202__

    종이배 __212__

    새의 일생 __221__

    새싹 __227__

    고로쇠나무 __238__

    위대한 개구리 __246__

    부처님의 미소 __258__

    손가락들의 대화 __264__

4부

    은행나무 275

    샘 283

    열정 290

    작은 꽃게의 슬픔 301

    어린 대나무 304

    검은툭눈금붕어 311

    흰수염갈매기의 꿈 318

    다람쥐 똥 326

    쥐똥나무 332

    그늘과 햇빛 338

해설

    도종환 – 따뜻한 사랑의 우화 347

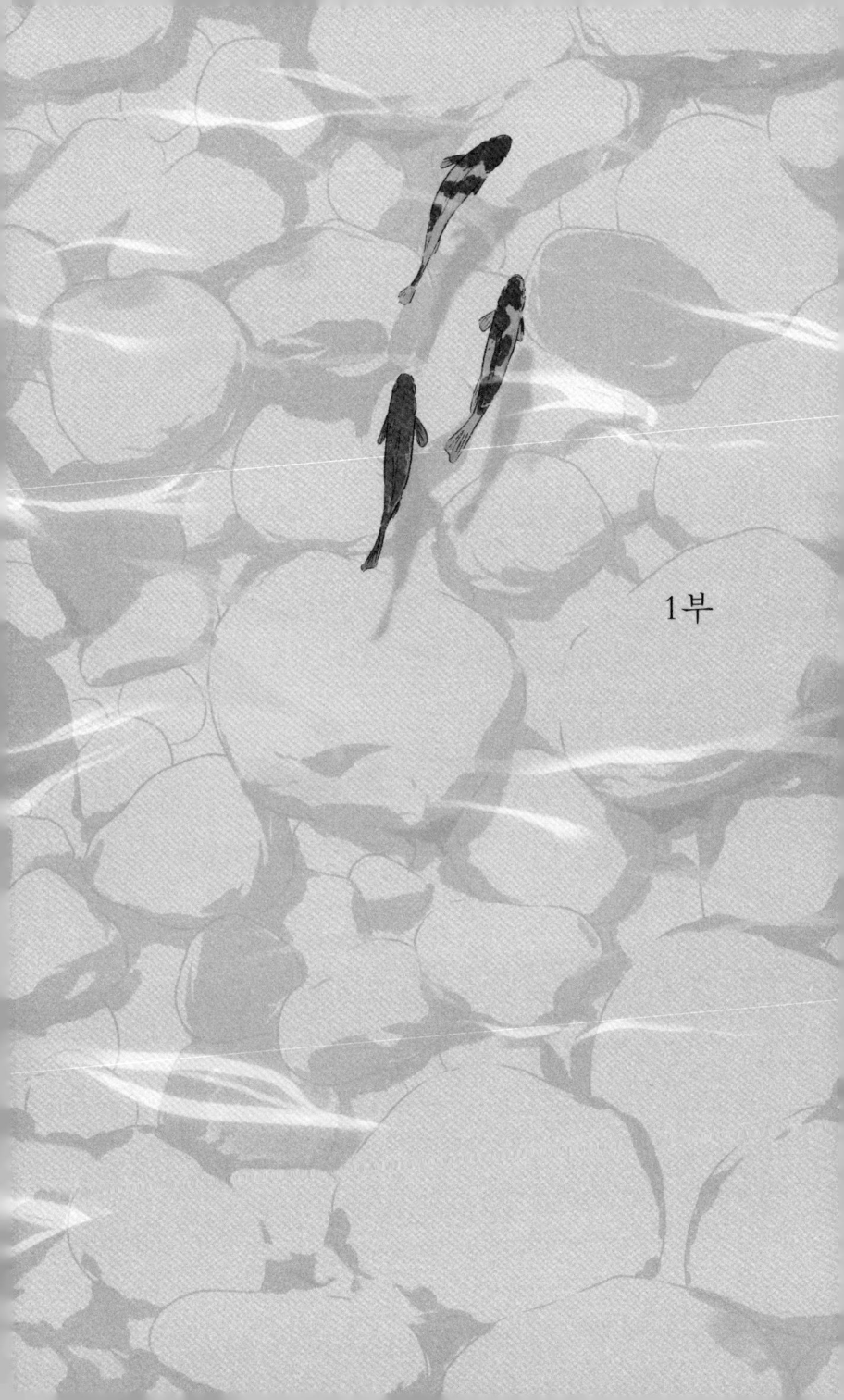

조약돌

　어느 강가에 작은 조약돌 하나가 살고 있었다.
　조약돌은 오랜 세월 동안 강물에 씻겨 마치 찐빵처럼 동글동글한 모양을 하고 있었다.
　조약돌은 조상 대대로 살아온 강가가 싫었다. 가물 때는 너무 목이 마르고, 홍수가 나면 거친 물살에 몸살이 날 지경이었다.
　조약돌의 꿈은 강가를 떠나는 것이었다.
　'아, 어디 다른 데 가서 살 수는 없을까? 난 왜 허구한 날 강가에서만 살아야 하지?'
　조약돌은 멀리 철교 위로 지나가는 기차를 바라볼 때마다 사람들이 많이 사는 도시에 가서 살고 싶은 마음이 가득했다.

그런 어느 날이었다. 꿈은 이루어진다더니 정말 조약돌의 꿈은 이루어졌다.

강가엔 수석을 채취하는 사람들이 가끔 찾아오곤 했는데, 그날따라 안경을 낀 한 남자가 슬그머니 조약돌을 집어 든 것이다.

조약돌은 가슴이 두근거렸다.

'아, 이게 어쩌면 처음이자 마지막 기회일지도 몰라. 제발 나를 데려가기를!'

조약돌은 마음속으로 크게 외쳤다.

조약돌의 그런 간절한 마음이 전달된 탓일까.

남자는 한참 동안 조약돌을 물끄러미 들여다보더니 슬그머니 입가에 미소를 짓고는 배낭 속에 조약돌을 집어넣었다.

조약돌은 기뻤다. 배낭 속이 캄캄하고 답답했으나 그런 것쯤은 아무렇지도 않았다. 앞으로 어떤 삶이 전개될지 그저 가슴만 쿵쿵 뛰었다.

'아마 어디에 살든 내가 그토록 살기 싫어한 이 강가보다는 나을 거야.'

조약돌은 그렇게 생각하며 남자와 함께 밤 기차를 탔다.

남자의 집은 서울에 있었다.

조약돌이 놓인 곳은 강가와는 전혀 다른 아파트 거실이었다. 거실 이곳저곳에 이런저런 의학 서적들이 있고, 의과대학을 졸업할 때 찍은 사진이 걸려 있는 것으로 보아 남자의 직업은 의사인 것 같았다.

'그럼 그렇지. 아주 안정된 직업을 가진 사람의 집이군. 앞으로 나도 잘살게 되겠군.'

조약돌은 신이 났다. 따뜻한 거실에 앉아 앞으로 재미있는 텔레비전 프로그램도 보면서 살아갈 생각을 하니 강가를 떠나오길 정말 참 잘했다 싶었다.

그러나 조약돌은 단 하룻밤만 자고 아파트 거실을 떠나게 되었다. 남자가 아침 출근길에 양복에 넥타이를 매고 가방을 들고서는 조약돌을 양복 호주머니 속에 집어넣는 것이었다.

'어? 내가 살 곳이 여기가 아닌가? 날 어디로 데려가는 것일까? 혹시 병원으로 데리고 가는 것일까? 병원에 가서 날 어떻게 하려고?'

조약돌은 두렵기도 하고 궁금하기도 했지만 또 한편으로는 기쁘기도 했다. 삶이란 어느 한곳에 정지되는 것이 아니고 늘 새롭게 변화하는 것이라는 생각에 조약돌의 가슴은 새로운 호기심으로 가득 찼다.

예상대로 남자는 병원으로 출근하는 길이었다.

남자는 치과의원 간판이 보이는 3층짜리 낡은 건물 뒤편에 있는 주차장에 차를 세웠다. 주차장에서 만난 젊은 여성이 "원장님, 안녕하세요? 일찍 출근하시네요" 하고 인사하는 것으로 보아 남자는 치과의원 원장임이 틀림없었다.

조약돌은 자기가 왜 이렇게 아침 일찍 치과의원에 가야 되는지 몹시 궁금했다. 아프다고 끙끙 앓는 환자들 소리를 매일같이 듣고 살아야 하는 신세가 되면 어떡하나 하고 은근히 걱정도 되었다.

'아니야, 날 병원에 두려고 가져온 게 아니라, 간호사에게 선물로 주려고 가지고 온 것일지도 몰라.'

조약돌은 그런 생각을 하면서 남자의 발소리에 귀를 기울였다. 남자는 병원 출입문을 열고 안으로 막 들어서고 있었다. 그런데 남자는 원장실로 곧바로 가지 않고 1층 화장실로 먼저 들어가, 호주머니 속에 있던 조약돌을 꺼내어 소변기 속에 툭 떨어뜨렸다.

소변기는 오래된 Y자형 소변기였는데, 조약돌은 자연히 거름망이 있던 구멍 난 자리에 동그마니 놓였다.

"음, 예상대로 꼭 들어맞는군. 이제 담배꽁초에 변기가 막히는 일은 없을 거야."

남자는 그렇게 중얼거리고는 휙 원장실로 들어가버리

고 말았다.

'아니, 이 사람이 나를 어디다 두는 거야? 도대체 이게 뭘 하는 짓이야?'

조약돌은 어안이 벙벙해서 갑자기 온몸에 힘이 쭉 빠졌다. 너무 놀라 벌어졌던 입을 다물려고 해도 다물어지지가 않았다.

병원 원장실에서 새로운 삶을 살아갈 기대감에 들떠 있던 그에게 이건 정말 날벼락과 같은 것이었다.

'아, 사람들이 정말 오줌을 누러 오면 어떡하지?'

조약돌은 가슴이 조마조마했다.

'사람들이 몰려오기 전에 어떻게 하든 여길 빠져나가는 수밖에 없어.'

조약돌은 소변기 밖으로 뛰어내리려고 애를 썼다. 그러나 그것은 마음뿐 몸은 전혀 움직이지 않았다. 설령 조금 움직였다 하더라도 개구리처럼 펄쩍 뛰어오르지 않는 한 소변기 밖으로 뛰어내릴 수는 없는 노릇이었다.

조약돌은 안절부절못했다. 자기를 그곳에 집어넣은 남자가 그렇게 원망스러울 수가 없었다.

'도대체 나랑 무슨 원수가 져서 나를 여기다 처박아버리는 거야? 그러고도 자기는 잘살 줄 알아? 천하에 나쁜 놈의 자식!'

조약돌은 자기도 모르게 입에서 욕이 절로 튀어나왔다.

그런데 얼마 지나지 않아 걱정했던 대로 사람들이 와서 오줌을 누기 시작했다. 어떤 이는 그대로 벌겋게 타들어가는 담배꽁초를 휙 내던지기도 했다.

"어? 누가 돌을 여기다 갖다 놓았지? 하하, 원장선생님이 가져다 놓았군. 늘 담배꽁초 때문에 변기가 막힌다고 화를 내시더니만, 역시 원장님이셔!"

남자들이 와서 오줌을 누기 시작하자 조약돌은 온몸이 오줌에 젖었다. 하루에도 수십 번씩 남자들이 찾아와서 오줌을 눌 때마다 조약돌은 있는 그대로 그 지린내 나는 오줌을 흠뻑 뒤집어써야만 했다. 그리고 가끔 뜨거운 담배꽁초에 소스라치게 놀라 몸부림을 쳐야 했다.

조약돌은 괴로웠다. 하루하루가 너무나 고통스러웠다. 더러운 인간의 오줌을 말 한마디 하지 못하고 그대로 뒤집어써야만 하는 자신의 처지가 너무나 참혹하게 생각되었다. 그럴 수만 있다면 지금 당장이라도 혀를 깨물고 죽어버리고 싶었다. 그러나 죽고 싶다고 해서 마음대로 죽을 수 있는 건 아니었다.

'아, 이게 아니야. 내가 원했던 건 이게 아니야. 내 꿈은 이게 아니야!'

조약돌은 맑은 고향 강가를 떠나온 일이 뼈저리게 후

회되었다.

'어쩔 수가 없어. 때가 올 때까지 참고 견디는 수밖에 없어.'

조약돌은 부끄럽지만 강가로 돌아갈 꿈을 다시 꾸기 시작했다. 꿈을 꾸는 것만이 치욕스러운 삶에서 벗어날 수 있는 유일한 길이었다.

못자국

　나는 어느 집 뒤뜰 감나무에 박혀 있는 못이다. 큰 대못은 아니고 아이들 가운뎃손가락 길이 정도 된다. 나 같은 목재용 못은 집을 지을 때나 나무로 물건을 만들 때 쓰여야 하는데 뜻밖에도 감나무 둥치에 깊게 박혀 있다. 그것도 한두 개가 아니고 수십 개씩이나 박혀 있다.
　사람이든 물건이든 누구나 다 사는 제자리가 있고 쓰이는 용도가 있는데, 이렇게 엉뚱하게도 감나무 둥치에 깊이 박혀 사는 나의 삶을 어떻게 설명해드려야 할지 참으로 난감하다.
　사실 나는 사는 게 퍽 고통스럽다. 늘 마음이 초조하고 불안하다. 밤엔 잠도 못 자고, 잔다 하더라도 늘 흉몽에 시달린다. 절벽에서 끝없이 떨어지는 꿈이라든가, 망치한테 너무 심하게 얻어맞아 몸이 구부러지거나 동강 나는 꿈을 많이 꾼다. 그리고 감나무에 달린 감들이 돌멩이가 되어 밤새도록 나를 향해 날아오는 꿈도 많이 꾼다.

 실은 감나무가 얼마나 나를 싫어하고 미워하는지 잘 알고 있다. 자기의 몸에 나같이 날카로운 쇠붙이가 깊게 들어와 박혀 나갈 생각을 안 하니 감나무인들 그 얼마나 고통스럽겠는가. 나는 그런 감나무한테 미안해 죽을 지경이다. 마음 같아서는 나 스스로의 힘으로 어떻게 해서든 감나무를 빠져나가고 싶지만 내겐 아무런 힘이 없으니 어떡하겠는가.

 내가 이렇게 감나무에 깊게 박혀 살게 된 것은 전혀 내 탓이 아니다. 정말 오해하지 말아주시길 부탁드린다. 그것은 이 집 주인 여자 때문이다. 아니, 주인 여자의 남편 때문이라고도 할 수 있다.

 그들 부부 사이는 원래 그리 나쁜 편이 아니었다. 남편은 너무 모범적이다 싶을 정도로 가정적인 남자였다. 성격 또한 자상하고 따뜻해 주인 여자 친구들의 부러움을 사곤 했다.

 "아휴, 난 네 남편 같은 사람하고 한번 살아봤으면 소원이 없겠다. 난 남편이란 게 너무 무뚝뚝해. 입에 지퍼를 채워놓았는지 묻는 말에도 대답을 안 한다. 하루이틀도 아니고, 숨이 막혀 죽겠어."

주인 여자의 친구들이 툭하면 그런 말을 늘어놓을 정도였다.

그들 부부 사이에는 귀여운 아들이 하나 있었다. 결혼을 약속할 때부터 아이를 적어도 셋은 갖자고 자식 욕심을 냈으나 어찌 된 일인지 아들 하나를 낳고는 여자의 몸에 이상이 생겨 더 이상 아기를 갖지 못했다.

그러니 하나밖에 없는 아들에 대한 그들의 애정은 누구보다도 컸다. 정말 '금이야 옥이야' 하고 아들을 길렀다. 그런데 그 아들이 초등학교 1학년 때 그만 동네 웅덩이에 빠져 제대로 살아보지도 못하고 세상을 떠나고 말았다. 풍선이 빠진 웅덩이가 그렇게 깊은지도 모르고 들어갔다가 발이 미끄러지는 바람에 그만 그런 사고를 당하고 말았다.

"이건 완전히 당신 잘못이야. 집에 있는 사람이 어떻게 애도 하나 제대로 못 본단 말이야?"

좀처럼 화를 내지 않던 남편이 화를 내기 시작한 것은 그때였다. 그리고 그때부터 남편은 마음이 크게 변하기 시작했다. 폭음을 일삼으며 밤늦게 돌아오는 일이 잦아지더니, 나중에는 아예 집에 들어오지 않는 날도 잦았다.

어린 아들을 잃은 그녀의 마음 또한 아프고 처절했다. 처음에는 하루에 몇 번씩 혼절하기도 했다. 그러나 정작 남편의 따뜻한 위로와 사랑이 필요한 때에 남편은 아내를 돌보지 않았다.

그녀는 너무 괴로워 오직 죽고만 싶었다. 그렇지만 아들처럼 그렇게 사고를 당하지 않는 한, 사람 죽는 일이 그리 쉬운 일은 아니었다.

그런 어느 10월 중순쯤 된 날이었다. 남편이 외박을 하고 아침이 되어도 돌아오지 않자 그녀는 말없이 창고에서 망치와 나를 찾아들고 이십 년 넘게 자란 뒤뜰 단감나무한테 다가갔다. 그러고는 단감이 주렁주렁 주홍빛 보석처럼 매달려 있는 감나무 둥치에 나를 쾅쾅 못질하는 것이었다.

"아!"

감나무는 놀라 소리쳤다.

"아니, 왜 나를 감나무에다 박는 거죠?"

나도 그녀가 왜 그러는지 의아해서 소리쳤으나 그녀는 아무 말이 없었다.

그러나 나는 곧 그녀가 말을 하지 않아도 왜 그러했는지 잘 알 것 같았다. 아마 그녀는 자기 가슴에 못을 박는 심정으로 나를 감나무에 쾅쾅 박았을 것이다.

그 후 그녀는 남편의 외박으로 괴로움을 당할 때마다, 남편에 대한 미움을 어쩌지 못하고 분노에 휩싸일 때마다 감나무에 못을 박았다.

나는 그렇게 감나무에 자꾸 박혀갔다.

감나무의 몸은 온통 못투성이가 되어갔다.

"미안하다, 감나무야. 내 잘못이 아니야."

"알았어. 나도 널 원망하는 게 아니야. 내가 잘 참고 견딜게."

감나무는 오히려 나를 더 위로했다.

나는 그런 감나무가 안쓰러워 가슴이 터질 것만 같았다.

"내가 빨리 녹이 슬어 없어져버려야 할 텐데……."

나는 빨리 녹슬게 해달라고 기도하는 심정으로 하루하루를 보냈다.

그런 어느 날이었다. 아마 그녀의 생일날이었을 것이다. 그날도 남편이 외박을 하고 돌아오자 그녀는 남편을 뒤뜰 감나무 앞으로 데리고 갔다.

"여보, 여기 무엇이 있나 이 감나무를 한번 자세히 보세요."

남편은 그녀의 말을 따라 감나무를 자세히 쳐다보다가 깜짝 놀라 소리쳤다.

"아니, 감나무에 왜 못이 박혀 있지? 한두 개도 아니고, 누가 이랬지?"

"내가 그랬어요."

"아니, 당신이 왜? 왜 이런 짓을?"

"여보, 이 못은 당신이 잘못할 때마다 내가 하나씩 박았던 못이에요. 당신은 이제 얼마나 더 감나무에 못을 박아야 예전의 당신으로 돌아갈 거예요? 이 감나무가 온통 못이 박혀 결국 죽고 말아야 당신이 그 못된 짓을 그만둘 거예요?"

"여보……."

남편은 그녀를 한번 불러봤을 뿐 더 이상 아무 말도 못 하고 그 자리에 돌덩어리처럼 서 있었다.

"여보, 지금 생각해보니 내가 감나무에 못을 박은 게 아니라 꼭 당신 가슴에 못을 박은 것 같군요. 미안해요."

그녀가 천천히 남편에게 다가가 남편 손을 잡았다. 그러자 남편이 크게 숨을 한번 내쉬고 입을 열었다.

"아니오, 여보. 내가 당신 가슴에 이토록 못을 박고 말았군요. 내가 잘못했소. 이제 다시는 그러지 않으리다. 나를 용서해주시오."

그날 밤, 남편은 잠이 안 와 뒤뜰에 나왔다가 아내 몰래 감나무를 껴안고 엉엉 울었다. 그리고 그날 이후부터 예전의 다정다감했던 남편으로 돌아왔다. 술과 담배를 끊고 주말이면 아내와 등산을 다니기 시작했다. 물론 외박하는 일 또한 일절 없었다. 무슨 일이든 아내를 먼저 생각하고 아내를 위하는 일에 시간과 마음을 던졌다.

그런 어느 날이었다. 그녀가 다시 남편을 감나무 아래로 데리고 갔다.

"여보, 이 감나무를 다시 한번 보세요. 당신이 내게 고맙게 할 때마다 못을 하나씩 뺐더니 이제 하나도 없어요. 고마워요, 여보."

그녀는 사랑이 담뿍 담긴 눈길로 남편을 그윽이 쳐다보았다. 그러나 남편은 물끄러미 감나무를 쳐다보다가 고개를 흔들며 말했다.

"여보, 내가 당신에게 용서를 받으려면 아직 멀었어요. 못은 없어졌지만 아직 못자국이 여기 남아 있어요. 이 못자국마저 없어져야 겨우 용서받을 수나 있을까……."

"아니, 여보, 무슨 그런 말씀을……."

그녀는 더 이상 말을 잇지 못하고 얼른 남편을 꼭 끌어안았다. 그리고 자신도 모르게 눈물을 주르르 흘렸.

그 후 감나무에 있던 못자국은 나도 모르는 사이에 다 없어지고 말았다.

빈 들판

 빈 들판에 바람이 불어왔다. 바람은 몇 해 동안 쉬지 않고 끊임없이 불어왔다.
 빈 들판은 바람이 불어오는 게 참으로 좋았다. 숨을 쉴 수 없을 정도로 뜨거운 여름날에 가끔 소나기를 몰고 오면 바람이 더없이 고마웠다.
 물론 겨울이 되면 바람은 빈 들판을 차갑게 할퀴고 지나갔다. 그럴 때마다 빈 들판의 가슴은 아리고 저렸지만 곧 다가올 봄과 여름을 생각하며 바람을 늘 그리워했다.
 세월은 흘러갔다. 빈 들판도 세월이 흘러가는 만큼 늙어갔다.
 늙은 빈 들판은 이제 겨울이 다가오는 게 두려웠다.

차가운 북풍이 몰아치면 온몸이 얼어붙어 너무나 춥고 외로웠다.

'아, 누구를 좀 따뜻하게 안아봤으면…….'

빈 들판은 몹시 춥고 외로운 나머지 누구를 꼭 껴안아 보고 싶어 천천히 주위를 살펴보았다.

주위엔 나무 한 그루 보이지 않았다.

'아, 내가 껴안을 나무 한 그루 없다니……. 지금까지 오직 나 혼자만 쓸쓸히 빈 들판으로 살아왔구나!'

빈 들판은 그제야 자신의 가슴이 온통 텅 비어 있다는 사실을 알고 바람에게 부탁했다.

"바람아, 나는 지금까지 나를 비우며 살아오는 것만이 최선인 줄 알았어. 어떤 스님께서 '마음은 차곡차곡 채우는 것이 아니라 텅텅 비워야 하는 것'이라고 말씀하시는 걸 몰래 엿들은 적이 있거든. 그런데 난 이제 나무 한 그루 없는 빈 들판이 될 게 아니라, 나무랑 함께 사는 들판이 되어야 한다는 걸 깨닫게 되었어. 그러니까 바람아, 지금이라도 네가 내 가슴에 나무들이 자랄 수 있도록 도와주지 않겠니?"

"그래, 그렇게 할게. 그건 어려운 일이 아니야."

바람은 봄이 오자 빈 들판의 부탁을 들어주었다.

"아무래도 솔씨가 좋겠지?"

바람은 어디 먼 데서 솔씨 하나를 데려와 빈 들판의 가슴에 톡 떨구었다.

빈 들판은 너무나 감사했다. 세상에서 가장 값비싼 보석 하나를 가슴에 품고 있는 것 같았다. 자나 깨나 어떻게 하면 솔씨를 잘 자랄 수 있게 할 수 있을까 하는 생각뿐이었다. 여름에는 장맛비에 솔씨가 떠내려갈까 봐 더욱 꼭 껴안아주었으며, 겨울에는 불어오는 차가운 북풍에 솔씨가 얼어 죽을까 봐 잠시도 쉬지 않고 호호 입김을 불어주었다.

솔씨는 빈 들판의 가슴에서 서서히 소나무로 자라기 시작했다.

빈 들판은 이제 빈 들판이 아니었다.

"이제 내 가슴에 소나무가 자라니까, 난 이제 빈 들판이 아니야. '빈' 자를 뺀 그냥 들판이야."

빈 들판은 그런 생각을 하며 소나무를 더욱더 애지중지했다. 조금만 바람이 불어도 바람이 분다고 걱정하고, 조금만 햇볕이 따갑게 내리쪼여도 햇볕이 내리쪼인다고 걱정했다.

빈 들판의 그런 정성스런 마음 때문에 소나무는 해가 갈수록 무럭무럭 자랐다.

소나무는 어느새 젊은 소나무로 늠름하게 자랐다.

소나무에 대한 빈 들판의 정성도 더욱 각별해졌다.

"애야, 밤늦게 별을 바라보지 말아라. 일찍 자고 일찍 일어나는 게 건강에 좋아."

"그렇지만 이슬에 너무 젖어서는 안 된다."

"개미들의 날카로운 이빨도 조심해야 돼."

"그리고 무엇보다도 저 바람을 조심해. 엄만 저 바람 때문에 한시도 마음 편한 날이 없단다."

그러나 소나무는 '엄마'라고 자칭하는 빈 들판의 관심과 사랑이 싫었다. 아니, 그 잔소리가 싫었다.

"제발 잔소리 좀 그만하세요. 귀가 따가워 죽겠어요."

한번은 화가 나서 소리를 버럭 질렀으나 빈 들판은 잔소리하는 일을 쉽게 그만두지 않았다.

그런 어느 날, 눈이 맑은 작은 새 한 마리가 소나무에 날아와 고요히 앉아 있었다. 소나무는 그만 그 새에게 첫눈에 반하고 말았다.

"넌 어디서 왔니?"

"응, 난 먼 들판에서 왔지."

"여기 말고 들판이 또 있어?"

"그럼! 이 세상엔 들판 천지야. 여기보다 더 좋고 아름다운 들판이 수없이 많아."

"그래?"

소나무는 빈 들판의 잔소리가 듣기 싫어 문득 다른 들판에 가서 살고 싶다는 생각이 들었다.

"그런데 넌 여길 왜 왔는데?"

"난 소나무를 좋아하거든. 먼 들판에는 소나무가 없단다."

작은 새는 그 말을 하고는 은빛 날개를 활짝 펼치고 어디론가 휙 날아가버렸다.

그 뒤, 소나무는 날마다 새가 돌아오기만을 기다렸다. 그 작은 새만 생각하면 가슴이 뛰고 밤에 잠이 오지 않았다.

"작은 새야, 이젠 어디로 날아가지 말고 여기서 나랑 같이 살자."

어느 날 새가 돌아오자 소나무는 새에게 간절히 말했다. 그러나 작은 새는 고개를 살랑살랑 저었다.

"먼 들판엔 내가 사랑하는 형제들이 많아. 그들과 같이 살아야 돼."

"그러면 네 형제들이 여기로 날아오면 되잖아?"

"그럴 수는 없어. 내 형제들은 빈 들판보다 먼 들판을 더 좋아해. 나도 그렇고. 사실 이 들판은 소나무만 없다면 올 데가 못 돼. 들판 중에서도 가장 쓸쓸하고 살기 힘든 곳이야."

"그렇지만 작은 새야, 다시 한번 생각해보렴. 나도 네 형제들 못지않게 널 사랑해."

"그건 날 사랑한다고 해서 이루어질 수 있는 일이 아니야. 혹시 네가, 내가 사는 먼 들판으로 와서 산다면 모를까."

"내가?"

"그래, 네가 먼 들판으로 와서 산다면, 나랑 함께 살 수가 있을 거야."

"작은 새야, 난 나무야. 너처럼 훨훨 하늘을 날아다닐 수가 없어."

"날 사랑한다면서?"

작은 새는 맑은 눈을 초롱거리다가 더 이상 아무 말도 하지 않고 먼 들판을 향해 휙 날아가버렸다.

소나무는 작은 새가 날아가버린 텅 빈 하늘을 멍하니 쳐다보며 몇 날 며칠 '어떻게 하면 작은 새와 함께 살 수 있을까?' 하고 생각해보았다. 그렇지만 생각하면 생각할수록 그저 가슴만 답답했다.

한 달이 지나도 작은 새는 날아오지 않았다. 두 달이 지나고 석 달이 지나도 작은 새는 날아오지 않았다.

소나무는 작은 새가 보고 싶어 가슴이 미어지는 것 같았다. 시간이 가면 갈수록 작은 새의 맑은 눈빛이 그리워 견딜 수가 없었다.

'언젠가 다시 돌아올 거야. 이번에 돌아오면 내가 날아가지 못하도록 붙들어 매어버리고 말 거야.'

소나무는 이런 생각을 하며 작은 새를 기다리고 또 기다렸다.

그러자 빈 들판엔 겨울이 지나고 봄이 찾아왔다. 그리고 그토록 기다리던 작은 새가 더욱 맑디맑은 눈빛을 하고 소나무 가지 사이로 얼굴을 살짝 내밀었다.

"아, 작은 새야, 정말 보고 싶었어!"

소나무는 자신도 모르게 작은 새를 꼭 껴안았다.

"그래, 나도 보고 싶었어. 오고 싶어도 너무 추워서 올 수가 없었어."

작은 새가 소나무 품속에 안겨 미소를 띠었다.

소나무는 그렇게 오랫동안 작은 새를 껴안고 있었다. 저녁이 다가오고 밤이 찾아와도 소나무는 작은 새를 품에서 놓아줄 생각을 하지 않았다.

"소나무야, 이제 날 놓아줘. 난 먼 들판으로 가야 돼."

"가지 마. 나랑 같이 이렇게 살아. 나한테 둥지를 틀어."

"아니야, 가야 돼."

"놓아주고 싶지 않아."

"그래도 안 돼."

그때 느닷없이 바람이 강하게 불어왔다. 그 바람에 소나무는 그만 작은 새를 안은 팔을 풀어버리고 말았다. 그러자 작은 새가 재빨리 소나무의 품을 빠져나가면서 소리쳤다.

"난 이제 여기 안 와. 나를 가지려고 하지 마. 다시는 날 찾지 말란 말이야!"

"아, 미안해, 미안해! 다시는 안 그럴게!"

소나무가 고개를 숙이며 소리쳐도 작은 새는 뒤도 돌아보지 않고 멀리 사라지고 말았다.

작은 새를 그렇게 떠나보낸 후 소나무는 말이 없어졌다. 어떻게 하면 작은 새를 만날 수 있을까 하는 생각만 할 뿐 밥도 먹지 않았다. 가끔 흰 구름이 빗방울을 몇 방울 떨어뜨려주어도 목 한번 축이지도 않았다.

빈 들판은 그런 소나무를 보자 더럭 걱정이 일었다.

"소나무야, 이젠 잊어버려. 과거에 매달리지 마. 과거에 매달리는 일만큼 어리석은 일은 없어. 같은 강물에 두 번 손을 씻을 수 없듯이 한번 떠나간 사랑은 다시는 돌아오지 않아."

소나무는 빈 들판이 아무리 말을 걸어도 입을 열지 않았다.

그러다가 어느 날 조용히 빈 들판의 가슴을 흔들었다.

"부탁이 하나 있어요."

"그래, 무슨 부탁이든 말을 해보려무나."

"전 이제 여길 떠나고 싶어요. 작은 새가 사는 먼 들판으로 가서 살고 싶어요."

"애야, 넌 나무야. 땅속 깊이 뿌리를 내리고 사는 소나무야."

"그러니까 부탁을 드리는 거예요. 저로 하여금 새처럼 날아가거나 사자처럼 걸어갈 수 있도록 해주세요. 아마 당신이라면 그렇게 해줄 수 있을 거예요."

"그렇게 해줄 수는 있지만, 만일 네가 걸어갈 수 있게 된다면, 넌 죽음을 면하지 못하게 돼."

"그래도 좋아요. 정말 부탁이에요."

빈 들판은 가슴이 쓰라렸다. 그것은 정말 스스로 죽음을 불러오는 일이 아닐 수 없었다.

"저에겐 작은 새를 찾아가는 일 그 자체가 중요해요. 도중에 어떤 일이 있어도 상관없어요. 혹시 내가 죽는다 해도 좋아요. 제발 제 부탁을 들어주세요."

"오냐, 알았다. 네 부탁을 들어주마."

빈 들판은 바람의 도움을 받아 소나무의 뿌리가 드러나도록 가슴을 활짝 열어젖혔다.

그리고 소나무에게 말했다.

"자, 네 소원대로 떠나거라. 그러나 아무리 힘이 들어도 쓰러지지 않도록 해라. 한번 쓰러지면 다시는 일어나기 힘들다."

"네, 감사해요. 안녕히 계세요."

소나무는 빈 들판을 떠나 먼 들판을 향해 걸어가기 시작했다.

그러나 가도 가도 먼 들판은 나오지 않았다. 한 달을 가고 두 달을 가도 먼 들판은 보이지 않았다.

소나무는 점차 몸이 말라가기 시작했다. 한 걸음 한 걸음 옮길 때마다 온몸이 무너져 내리는 것 같은 고통에 시달렸다.

결국 소나무는 솔잎을 다 떨어뜨린 뒤 허옇게 뿌리가 말라버린 채 쓰러져 죽고 말았다.

혼자 남은 빈 들판은 다시 나무 한 그루 없는 빈 들판이 되었다. 그리고 떠나간 소나무를 사랑하는 마음만 간직한 채 다시 깊은 침묵 속으로 빠져들었다.

"소나무야, 사랑해!"

빈 들판은 떠나간 소나무가 보고 싶을 때마다 한 번씩 그렇게 중얼거렸다. 그럴 때마다 빈 들판은 텅 비어 있으면서도 가득 찬 것 같은 어떤 기쁨이 가슴 가득 밀물져오는 것 같았다.

풍경 소리

가을바람이 불었다.

대웅전 처마 밑에 달린 풍경이 쟁그랑쟁그랑 맑고 투명한 소리를 내었다.

다시 가을바람이 불었다.

비로전 처마 밑에 매달린 풍경도 땡그랑땡그랑 맑은 소리를 내었다.

산사의 가을은 풍경 소리에 더욱 고요히 깊어갔다.

언제 찾아왔는지 노을빛이 지리산 단풍잎을 붉게 물들였다.

풍경에 매달린 얇은 동판의 물고기 지느러미에도 노을빛이 눈부셨다.

스님들은 저녁 공양을 다 끝내고 저마다 부처님 말씀을 적은 경전을 읽으며 마음공부에 들어갔다. 공부방으로 걸어가는 스님들의 고요한 발걸음 소리에 풍경 소리가 잠시 숨을 죽였다.

밤은 깊어갔다.

검푸른 밤하늘에 휘영청 보름달이 떠올랐다. 밝은 보름달 사이로 기러기들이 떼 지어 날아갔다.

어디에선가 밤바람이 고요히 불어왔다.

다시 맑은 풍경 소리가 지리산을 울렸다.

풍경 소리에 의해서 비로소 지리산이 맑아지는 것 같았다.

"넌 어쩌면 그렇게 맑고 아름다운 소리를 내니. 난 네가 참 부러워."

일주문 근처 갈댓잎에 앉아 있던 귀뚜라미 한 마리가 풍경에 매달린 물고기를 보고 말했다.

"그래, 부러워할 만할 거야. 난 내가 생각해도 나 자신이 너무나 자랑스러워."

물고기가 은근히 으스대는 표정을 지었다.

"그런데 네가 그렇게 맑고 아름다운 소리를 낼 수 있도록 만들어진 까닭은 어디에 있을까?"

하루 종일 외로웠던 귀뚜라미는 풍경의 물고기와 오

랫동안 대화를 나누고 싶었다.

"그건 고요함을 더욱 고요하게 하기 위해서, 맑음을 더욱 맑게 하기 위해서, 아름다움을 더욱 아름답게 하기 위해서지."

"퍽 어렵군. 난 이해가 잘 안 돼. 고요하면 되었지 왜 고요함의 고요함이, 맑음의 맑음이, 아름다움의 아름다움이 필요하지?"

"만일 봄이 와도 꽃이 피지 않는다고 생각해봐. 그러면 그게 진정 봄일까. 가을이 되었는데도 낙엽이 떨어지지 않고 겨울이 되었는데도 눈이 내리지 않는다면 그게 진정한 가을이고 겨울일까. 난 봄을 진정한 봄으로 만드는 그런 꽃과 같은 존재야. 밤하늘에 뜨는 별과 마찬가지지. 밤하늘은 별이 뜨기 때문에 아름다운 거야. 그래서 사람들이 날 아주 좋아하지."

"얼마나 좋아하는데?"

"아파트에 사는 사람들이 나를 베란다 천장에다 달아둘 정도야."

귀뚜라미는 물고기의 이야기를 들으면 들을수록 자신의 존재가 아주 보잘것없이 느껴졌다. 그렇지만 크게 내색하지 않고 다시 입을 열었다.

"넌 네 소리가 어느 정도 아름답다고 생각하니? 내가

생각해도 나보다는 더 아름다운 것 같아."

"하하, 너 같은 풀벌레하고는 비할 바가 아니지."

"새소리보다 아름다워?"

"물론이지. 그 어떤 새소리보다도 아름답지."

"보름달이 구름 사이로 지나가는 발소리보다도?"

"그럼, 그럼!"

"꽃잎을 스치는 바람 소리보다도?"

"그럼! 그걸 말이라고 해?"

"별똥별이 지평선 너머로 사라지는 소리보다도?"

"그래, 그렇다니까! 그런 어리석은 질문은 아예 안 하는 게 좋아."

이야기를 나누면 나눌수록 귀뚜라미는 이 세상에 물고기만큼 아름다운 소리를 내는 위대한 존재는 없다는 생각이 들었다.

귀뚜라미는 얼른 갈댓잎에서 뛰어내려 풍경에 매달린 동판의 물고기를 우러러보았다. 달빛에 물고기의 온몸이 눈부셨다.

"그런데 넌 풍경에서 어떠한 위치를 차지하는 거야?"

"아주 중요하지. 내가 없으면 아예 소리를 낼 수 없지. 아무리 풍경이 소리를 내고 싶어도 내가 움직여주지 않으면 안 되니까 말이야."

"그런데 넌 왜 물고기 모양을 하고 있는 거야? 넌 물고기 중에서도 붕어를 무척 닮았어."

"아, 그건, 물고기만이 이 세상에서 가장 아름다운 소리를 낼 수 있기 때문이지. 물고기 중에서도 붕어가 내는 소리가 부처님을 경배하는 불심까지 일으킨다고들 하지."

"정말?"

"정말이고말고. 왜 절마다 처마 밑에 풍경을 달아놓았겠어? 난 거짓말은 하지 않아. 지금까지 네가 들은 소리는 사실 아무것도 아니야. 넌 아직 나의 가장 아름다운 소리를 듣지 못했어. 네가 듣고 싶다면 지금 당장이라도 들려줄 수 있지만 말이야."

"그럼 좀 들려줘. 난 그 소리를 들으면 널 사랑하게 될지도 몰라."

귀뚜라미는 자기도 모르게 가슴이 막 떨려왔다.

그때였다. 갈댓잎을 흔들고 지나가던 가을의 밤바람이 우연히 풍경에 매달린 물고기가 하는 이야기를 엿들었다.

'뭐라고? 자기만이 가장 아름다운 소리를 낼 수 있다고? 저런 오만한 놈 봤나. 자기 분수를 모르는군. 내가 혼을 좀 내줘야지.'

산 너머로 빠르게 불어가던 밤바람이 갑자기 움직임을 딱 멈췄다.
　그러자 풍경 소리도 더 이상 들리지 않았다.
　새벽달이 기울고 먼동이 트기 시작했지만 귀뚜라미는 그때까지도 풍경 소리를 들을 수 없었다.

해어화 解語花

 서울 덕수궁에는 사람의 말을 알아듣는 붉은 해어화가 피어난다. 해마다 5월이면 덕수궁 연못 부근에 화려하게 모란이 피어나 오가는 사람들의 말을 죄다 알아듣는다.
 원래 해어화는 중국 당나라 현종이 양귀비의 아름다움을 가리켜서 한 말이다. 현종이 궁중을 산책하다가 연못가에 핀 모란을 보고 신하들에게 곁에 있던 양귀비를 가리키며 "어떠냐? 저 연못에 핀 꽃의 아름다움도 말을 알아듣는 이 꽃에는 당하지 못하겠지?"라고 한 말에서 '해어화'란 말이 생겨났다는 것이다.
 그러니까 해어화란 현종이 사랑하는 여인 양귀비의

아름다움을 은근히 나타낸 말이다. 그런데 실은 그때 모란은 현종의 말을 다 알아듣고 빙긋이 웃었다고 한다. 그런 사실을 사람들만 지금껏 모르고 있다고 한다.

덕수궁에 모란이 피면 많은 사람들이 일부러 모란을 보러 찾아온다. 점심시간에 덕수궁을 산책하는 직장인부터 서로 손을 잡고 걷는 남녀 연인들에 이르기까지, 많은 이들이 찾아와 모란의 아름다움에 반하곤 한다. 그런데 개중에는 이젤까지 챙겨 들고 모란을 그리러 화가들이 찾아오기도 한다.

모란은 화가들이 찾아오면 속으로 퍽 반긴다. 화가들에게 자신의 가장 아름다운 모습을 보여주려고 애를 쓴다. 정성껏 화폭에 모란을 담는 화가들이 보기에 좋기도 하지만 무엇보다도 말이 없어서 좋아한다. 떠들썩한 중년의 사내들이 새우깡에 소주를 들이켜며 쌍소리를 섞어가며 해대는 이야기를 듣기 싫어도 들어야만 한다는 것은 모란으로서는 정말 고역이 아닐 수 없다.

실은 모란은 사람들의 말을 알아듣는 일을 그리 좋아하지 않는다. 사람들이 하는 이야기라는 게 결국은 남을 헐뜯고 욕하는 험담이거나 어떻게 하면 돈을 많이 벌 수 있을까 하는 이야기들뿐이다. 물론 젊은 청년이 "자기 사랑해!" 하고 사랑을 고백하는 말을 듣는 것은 아주 기분 좋은 일이다. 그렇지만 남편이나 자식을 먼저 떠나보내고 혼자 넋을 잃은 듯 "나는 이제 걸어 다니는 무덤이야" 하는 소리를 듣게 되는 일은 참으로 고통스러운 일이다. 그럴 때면 모란은 그들과 함께 우느라 얼굴에 자줏빛을 더욱 짙게 띠게 된다.

그날은 오월의 봄 햇살이 참으로 찬란한 날이었다. 굳이 김영랑의 시 〈모란이 피기까지는〉을 인용하지 않더라도 '찬란한 슬픔의 봄'이 찾아온 듯한 날이었다. 토요일 늦은 오후였는데, 무릎 위로 살짝 올라간 타이트스커트를 입은 아가씨 두 명이 모란이 핀 꽃밭으로 들어가 서로 사진을 찍은 뒤 벤치에 앉아 이야기를 주고받았다.

"나 어때? 모란만큼 예뻐?"

"그래, 정말 예쁘다. 모란이 질투하면 어떡하려고 그렇게 예쁘니."

"그래? 정말이야? 모란을 일컬어 '꽃 중의 꽃'이라고 한다는데, 그럼 난 여자 중의 여자야?"

"그래, 여자 중의 여자다!"

"호호, 고마워! 오늘 저녁은 내가 살게."

모란은 그들의 이야기를 듣고 있자니 속이 거북해서 자꾸 꽃잎이 오그라들었다.

그래도 그들의 이야기는 계속되었다. 그들이 모란을

떠나지 않는 한 모란은 듣기 싫어도 그들의 이야기를 들을 수밖에 없었다.

"나 어제 청혼을 받았는데, 어떡할까?"
"엄마랑 단둘이 산다는 그 남자? 빼빼 마른?"
"응."
"너, 그 사람 사랑하니?"
"사랑하긴 해. 그렇지만 너무 가난해서 싫어. 난 가난하게 살기는 싫거든."
"그럼 하지 마. 뭘 그리 고민해? 사랑이 밥 먹여주니? 연애하고 결혼은 다른 거야. 결혼은 철저히 계산이야."
"맞아. 이제 헤어지자고 그래야겠어."
"그래, 그렇게 해. 잘 산다는 남자도 하나 있잖아. 그 남자 재벌은 아니지만 부모님이 짱짱하다며?"
"괜찮긴 한데, 그 남자가 날 좋아하는지는 아직 몰라. 돈 있는 남자라 어쩌면 바람둥이인지도 모르고. 좀 뚱보이긴 하지만……."
"그게 무슨 상관이니? 네가 적극적으로 달라붙어. 차지해버리란 말이야."

모란은 그들의 이야기를 듣지 않으려고 손으로 귀를 틀어막았다. 그런데도 그들의 이야기는 계속 들려왔다. 갑자기 빗방울이라도 후드득 떨어졌으면 싶었으나 날은 여전히 좋기만 했다.

"여길 데리고 와. 덕수궁 모란 앞에서 사랑을 고백하면 모든 게 다 잘 이루어진다는 얘기가 있어. 너도 한번 그래봐."

"그래? 그런 얘기가 있어? 그럼 내일이라도 당장 한번 해볼까."

그들은 그쯤에서 입을 다물고 다리를 꼰 채 맛있게 담배 한 개비씩을 피우고 자리에서 일어났다.

모란은 그녀가 정말 돈 많은 남자를 데리고 다시 찾아올까 봐 걱정이 되었다. 제발 그런 남자를 데려오지 않았으면 싶었다.

그러나 그녀는 이튿날 복부 비만이 유난히 심한 남자를 데리고 모란을 찾아왔다. 마침 일요일이라 '일요화가회' 화가들 몇 명이 그림을 그리고 있었는데, 그들은 그림 그리는 구경을 하면서 서로 허리에 팔을 두르고 있었다.

"성우 씨. 나, 모란처럼 예쁘지?"

"그래, 정말 한 폭의 그림이다."

"나, 오늘, 성우 씨한테 고백할 게 하나 있어."

"뭔데?"

남자가 여자를 마주 보며 눈을 가늘게 떴다.

"실은 말이야. 여기 이 덕수궁 모란 앞에서 사랑을 고백한 커플은 결혼해서도 아주 잘 산대. 그래서 나 오늘 일부러 여길 오자고 한 거야. 성우 씨한테 내 사랑을 고백하고 싶어서. 나, 성우 씨 사랑하거든. 결혼하고 싶을 만큼 말이야."

"정말?"

"그럼!"

"그럼 나랑 결혼해!"

남자는 여자의 허리에 얹은 팔에 힘을 잔뜩 주었다. 금방이라도 남이 보든 말든 뜨겁게 키스라도 퍼부을 자세였다.

모란은 속이 메스꺼웠다. 토할 것 같았다. 거짓말하는 그녀의 이야기를 더 이상 듣고 싶지 않았다. 그래서 화가들에게는 미안한 일이지만 그만 고개를 꺾고 꽃잎이라는 꽃잎은 죄다 떨어뜨리고 말았다.

해어견 解語犬

 사람의 말을 알아듣는 개 한 마리가 있었다. 대개 개들은 주인의 말을 몇 마디 알아듣기는 하지만 그렇게 사람처럼 알아듣는 개는 없었다. 그 개는 영특하게도 사람이 하는 말 한마디 한마디를 모두 알아들어 사람들이 그 개를 '해어견'이라고 불렀다.

 그 개의 생김새는 지극히 평범한 편이다. 어떻게 보면 사람들이 똥개라고 일컫는 황구 같기도 하고, 어떻게 보면 또 영리한 진돗개 같기도 하다. 몸피는 겨울철에 털이 더부룩하게 자라면 좀 커 보일 뿐 평소에는 그리 크지도 작지도 않다. 먹는 것도 까다롭지 않아 사람이 먹는 음식이면 무엇이든지 다 먹는다. 어릴 때는 동네 아이들이 밭두렁에 눈 똥을 가끔 먹기도 해서 소녀의 놀림을 받기도 했다.

물론 그를 놀린 소녀는 주인집 딸이다. 초등학교에 다니던 그 소녀는 참 어여뻤다. 개는 소녀만 보면 좋아서 다가가 꼬리를 흔들었다. 그러면 소녀는 언제나 개를 안아주었다. 개가 손과 뺨을 핥아도 소녀는 조금도 더러워하지 않았다. 어떤 때는 개한테 살짝 뽀뽀를 할 때도 있었다.

소녀는 개를 참 사랑했다. 언제나 친구처럼 대했다. "난 내 친구 중에서 네가 제일 좋아. 네가 내 말을 좀 잘 알아들었으면 좋을 텐데" 하고 말하기도 했으며, 어떤 때는 "너랑 말을 하고 싶은데 넌 왜 말을 할 줄 모르니?" 하고 짜증을 내기도 했다.

개는 소녀가 짜증을 내면 개로 태어난 사실이 퍽 슬펐다.

'아, 소녀가 하는 말을 제대로 좀 알아들을 수 있었으면……. 그러면 소녀가 더 좋아할 텐데…….'

개는 소녀가 무슨 말을 할 때마다 그 말뜻을 알아차리려고 애를 썼으나 도무지 무슨 뜻인지 알 수가 없었다. 그럴 때마다 그는 자신이 개라는 사실이 무척 안타까웠다.

'아, 나도 사람으로 태어났으면 좋았을걸!'

개는 어떻게 하면 사람으로 다시 태어날 수 있을까 하

고 곰곰 생각해보다가 밤하늘에 뜬 달님에게 빌어보았다.

"보름달님! 부탁이 하나 있어요. 저를 사람으로 태어나게 해주세요."

보름달이 뜨면 개는 잠 한숨 자지 않고 꼬박 밤을 새워 기도를 했다.

그런 그가 불쌍했는지 어느 날 보름달이 개에게 말했다.

"너를 사람으로 다시 태어나게 해줄 수는 없다. 그 대신 사람의 말을 모두 알아들을 수 있게는 해주겠다. 그래도 괜찮겠지?"

"네, 괜찮습니다. 좋고말고요. 보름달님, 정말 감사합니다."

보름달은 그때부터 개에게 사람의 말을 알아듣는 귀와 마음을 열어주었다.

개는 그때부터 소녀의 말을 잘 알아들을 수 있었다. 아침에 일어나 소녀가 "잘 잤어?" 하고 물으면 고개를 끄덕끄덕했다. 학교에서 돌아와 가슴에 꼭 안으면서 "사랑해!" 하고 말하면 개는 빙그레 웃는 얼굴을 하면서 소녀의 맑은 눈을 한참 동안 쳐다보았다. 소녀가 심부름이라도 시키면 소녀의 입에서 말이 떨어지기 무섭게 그 일을 해내었다.

"좀 무겁겠지만 내 가방 좀 들어줄래?"

소녀가 몸이 아프다면서 그런 말을 했을 때에는 입에 가방을 물고 소녀가 다니는 학교까지 간 적도 있었다.

"나 3시에 학교 마치니까 그때까지 학교로 마중 나와야 해."

소녀가 그렇게 말하면 개는 어김없이 그 시간에 교문 앞에서 소녀가 나오기를 기다렸다가 소녀의 가방을 들어주었다.

그뿐이 아니었다. 돈을 주고 과자를 사 오라고 하면 사 오고, 누구를 혼내주라고 하면 날카로운 이빨을 드러내고 으르렁거리며 혼을 내주었다.

그러자 곧 사람의 말을 알아듣는 신통한 개라고 소문이 나기 시작했다. 소녀와 소녀의 아버지는 그런 소문이 그리 싫지 않았는지 텔레비전 방송국에서 나와서 취재를 하자 개가 이것저것 말을 알아듣는 장면을 찍고 취재하는 것도 허락했다. 그날 개는 '말하기 듣기 쓰기' 교과서를 가져오라는 소녀의 말을 알아듣고 그 교과서를 가져다주어 사람들의 주목을 한몫에 받기도 했다.

소녀는 자기의 말을 알아듣는 개를 더욱 사랑했다. 예전과 달리 깨끗이 목욕도 자주 시키고 맛있는 고기도 자주 먹이고 잠을 함께 자기도 했다.

개는 소녀의 사랑을 담뿍 받게 되자 참으로 행복했다.

그래서 밤하늘에 보름달이 뜨면 컹컹 짖으면서 달님에게 감사한 마음을 전하곤 했다.

그런 어느 날이었다. 그만 소녀에게 불행한 일이 일어나고 말았다. 소녀가 하굣길에 횡단보도를 건너다가 신호를 무시하고 달려온 택시에 치여 그만 세상을 떠나고 말았다. 병원 응급실에 실려 갔을 때 소녀는 이미 숨을 거둔 상태였다.

개는 너무나 슬퍼 눈물도 나오지 않았다. 학교로 소녀를 마중 나갔더라면 그런 일이 일어나지 않았을 텐데 하는 생각에 가슴이 아파 견딜 수가 없었다. 소녀의 집과 학교와 동네 사람들이 큰 슬픔에 잠겨 있는 동안, 개는 몇 날 며칠 먹지도 않고 자지도 않고 집에만 처박혀 있었다.

소녀가 세상에 없어도 시간은 계속 흘렀다.

시간이 흐르자 사람들은 차차 소녀의 죽음을 잊어갔다. 소녀의 아버지도 개를 데리고 서울로 이사한 뒤 차차 딸의 죽음을 잊어갔다.

개는 소녀가 죽고 난 뒤 사람의 말을 알아듣지 않으려고 노력했다. 개가 사람의 말을 알아듣고 싶었던 것은 사랑하는 소녀의 말을 알아듣고 싶었기 때문일 뿐, 다른 사람의 말을 알아듣기 위한 것은 아니었다.

그러나 개는 소녀가 세상을 떠난 뒤에도 다른 사람들의 말을 알아들을 수 있어서 괴로웠다. 다른 사람들이 지껄이는 온갖 욕설과 돈 자랑과 이기심으로 가득 찬 말들을 들으면 들을수록 괴로울 뿐이었다. 그래서 개는 사람의 말을 알아들어도 못 들은 척했다.

그러자 소녀의 아버지인 주인 남자가 심하게 구박을 하기 시작했다. 그는 소녀와 달리 돈이 많은 만큼 욕심도 많고 성질도 사나운 사람이었다.

"내 딸아이 말은 잘 듣더니, 왜 내 말은 안 듣는 거야? 너, 날 무시하는 거야? 맛 좀 볼래?"

주인 남자는 그런 말을 하며 개를 구박하기 시작했다.

개는 주인 남자가 심한 욕설을 퍼붓거나 밥과 물을 안 주거나 발길질을 하는 등의 구박은 참을 수 있었다. 그러나 몽둥이를 들고 사정없이 두들겨 패는 데는 견딜 수가 없었다. 개는 도망가다가 잡혀 몇 번이나 심하게 매를 맞았다. 그리고 주인 남자에게 시키는 대로 하겠다고 다짐을 하고 말았다.

'죽은 소녀를 생각해서라도 시키는 대로 해야지.'

개는 날마다 그런 생각을 하며 주인 남자가 시키는 대로 했다. 오라고 하면 오고, 가라고 하면 가고, 뛰라고 하면 뛰고, 춤을 추라고 하면 추고, 짖으라고 하면 짖고, 밥을 먹으라고 하면 밥을 먹었다.

그러자 주인 남자가 다른 사람들에게 슬슬 개를 자랑하기 시작했다.

사람들은 심심하면 주인 남자를 찾아와 개를 구경하기 시작했다. 그리고 쓸데없는 말로 개가 어느 정도 자기들의 말을 알아듣는지 실험해보았다.

개는 손님들이 시키는 대로 행동을 했다. "별이 어디 있니?" 하고 물으면 밤하늘을 보고 컹컹 짖어대었으며, "자동차가 어떤 거야?" 하고 물으면 주인의 고급승용차를 향해 달려가 발로 자동차를 가리켰다. 또 어떤 여자 손님이 "여기 있는 여자들 중에서 누가 제일 예쁘니?" 하고 물으면 젊은 미모의 여성 앞에 가 허리를 꼿꼿이 하고 앉아 박수갈채를 받기도 했다. 물론 천 원짜리 지폐와 만 원짜리 지폐도 척척 구분해내었다.

"참 영리한 녀석이군."

"충직하기도 하니까 사람보다 나아."

손님들은 그런 말을 하며 개의 등덜미를 쓰다듬어주었다.

그럴 때마다 개는 슬펐다. 어떻게 하면 사람들의 이런 장난과 희롱에서 벗어날 수 있을까 하고 생각해보았으나 별달리 뾰족한 수가 없었다.

그래서 하루는 다시 보름달님에게 자신의 고민을 털어놓았다.

"보름달님, 이젠 사람의 말을 알아듣고 싶지가 않아요. 어떻게 하면 사람의 말을 알아듣지 않을 수 있을까요? 보름달님께서 사람의 말을 알아듣도록 해주셨으니까 이제는 알아듣지 못하게도 좀 해주세요."

개는 보름달을 향해 그렇게 말하다가 그만 자기도 모르게 눈물을 흘리고 말았다. 그러자 보름달님이 한참 동안 미소를 띠며 개를 쳐다보다가 "그래, 알았다. 머지않아 네 소원대로 될 것이다" 하고는 구름 속으로 천천히 몸을 감추었다.

다시 또 시간은 지났다. 시간이 지나면 지날수록 주인 남자는 은근히 자신의 부富를 과시하는 일이 잦아졌다. 각계각층의 내로라하는 사람들을 초대해서 최고급 술과 음식으로 파티를 열며 즐기는 일이 잦아졌다. 파티가 끝날 무렵이면 주인 남자는 으레 개를 불러 자랑을 했다. 그럴 때마다 주인이 하는 말을 알아듣고 주인이 시키는 대로 행동하는 개를 보고 사람들은 감탄해마지않았다.

그러자 한번은 파티에 참석한 손님 한 사람이 자기도 한번 말을 시켜보겠다면서 자리에서 일어나 개에게 말했다.

"넌 정말 참 영리한 개구나. 네가 정말 사람의 말을 알아듣는다면 이 집에서 가장 더러운 것을 한번 찾아와보렴."

개는 그 말을 듣고 얼른 파티장 의자 밑으로 들어갔다. 그리고 일 분도 채 되지 않아 회장직을 몇 개나 인쇄한 주인 남자의 명함을 물고 나와 손님의 발 앞에 갖다 놓았다. 그러자 파티에 참석한 사람들이 크게 소리를 내며 웃음을 터뜨렸다.

"저놈의 새끼가!"

화가 머리끝까지 치민 주인 남자가 개를 향해 몽둥이를 집어 들었다.

개는 굳게 닫혀 있는 대문을 향해 달려나갔다. 그러자 대문 앞에 있던 한 손님이 얼른 대문을 열어주었다. 개는 쏜살같이 대문 밖으로 빠져나갔다. 그 순간, 개는 더 이상 사람의 말을 알아들을 수 없었다. 사람의 말뜻을 이해할 수 있는 개의 귀와 마음을 보름달님이 닫아버리고 말았다.

명태

 동해 고성 앞 바다에서 한 무리의 명태들이 명태잡이 어선의 그물망에 걸리고 말았다.
 '아, 결국 이런 날이 오고 말았구나!'
 '저 넓은 바다를 이제 더 이상 헤엄칠 수 없다니!'
 '우린 이제 어떻게 될까?'
 배 밑바닥에 던져진 수많은 명태들이 가쁜 숨을 몰아쉬며 불안한 마음을 이기지 못하고 저마다 한마디씩 말을 던졌다.
 그러자 다른 명태들과는 달리 아래턱 앞 끝에 수염 하나가 길게 난 명태 한 마리가 자리에서 일어나 우렁차나 힘없는 목소리로 입을 열었다.

"미안하다. 너희들을 죽음의 골짜기로 몰아넣은 내 잘못이 크다. 내가 너희들을 잘못 인도했기 때문이다. 날 용서하거라."

그의 말을 듣고 있던 명태들은 조용했다. 다들 고개를 푹 숙이고 아무 말이 없었다. 그러다가 차차 시간이 지나자 "아니에요, 푸른명태님, 당신의 잘못만은 아니에요. 너무 그렇게 생각하지 마세요" 하는 말이 여기저기서 터져 나왔다.

"아니다. 다 내 잘못이다. 내가 판단을 잘못했다. 날 용서하고, 이제 우리들에게 다가올 죽음을 받아들일 수 있도록 다들 마음의 준비를 하도록 해라."

다른 명태들에 비해 유난히 청색이 많다고 해서 '푸른명태'로 불리는 그는 가장 오래 산 명태로 이미 팔 년째나 동해에서 살고 있었다. 몸길이도 다른 명태들보다 훨씬 길고 몸무게 또한 많아 어린 명태들이 늘 그를 지도자로 섬기며 존경해마지않았다.

그는 동해의 명태 떼를 이끌고 풍부한 먹이를 찾아가는 막중한 책임을 지고 있었다. 그러나 그도 늙은 탓이었을까. 지금까지 단 한 번의 실수도 없었던 그가 그만 아차 하는 순간에 어린 명태들을 이끌고 명태잡이 어선의 그물망 속으로 들어가버리고 만 것이다.

그는 허탈했다. 자신의 죽음뿐 아니라 수많은 동료 명태들의 죽음을 눈앞에 둔 그는 너무나 허탈해 눈물조차 나오지 않았다.

'삶이란 이렇게 헛된 것일까? 우리들의 죽음에 아무런 의미조차 없단 말인가?'

그는 정작 다가오는 죽음보다도 죽음의 무의미함이 더 두려웠다.

"바다님! 우리의 죽음엔 아무런 의미가 없는 걸까요?"

그는 흔들리는 배에 몸을 맡기고 가만히 바다에게 물어보았다.

"아니다. 그렇지 않다. 누구의 죽음이든 죽음에는 소중한 의미가 담겨져 있다."

뜻밖에도 바다의 목소리는 부드러웠다.

"어떤 의미가 담겨 있는지 지금 좀 말씀해주시면 안 될까요?"

"그건 내가 말할 수 있는 게 아니라, 나중에 네가 깨달아야 할 일이다."

"제가 곧 죽게 되는데 어떻게 나중에 깨달을 수 있겠어요?"

"아니다. 너의 죽음은 끝이 아니라 새로운 시작이다. 죽음 뒤에 다시 새로운 삶이 펼쳐질 것이다."

"바다님, 이미 죽었는데 어떻게 다시 새로운 삶이 시작될 수 있어요?"

"하하, 푸른명태야, 바다인 나를 봐라. 파도는 바위에 부딪쳐 사라지지만 바다인 나는 그대로 살아남아 있지 않니. 죽음도 그와 같은 거란다. 바다의 파도와 같은 거란다. 그러니 죽음을 너무 염려하지 말아라. 넌 죽어서도 남을 위해 다시 새로운 삶을 살 수 있단다."

푸른명태는 바다의 말을 잘 이해할 수 없었다. 그러나 더 이상 바다와 말을 나눌 수 없었다. 배 밑바닥에 던져져 있던 명태들이 모두 뱃전으로 끌어올려져 차곡차곡 생선 상자에 담기기 시작했기 때문이다.

상자에 담겨진 푸른명태가 생선 운반용 차량을 타고 반나절 정도 걸려 도착한 곳은 강원도 평창군 횡계리 어느 산등성이에 있는 명태 건조장이었다. '덕장'이라고도 불리는 그곳은 명태를 말릴 수 있도록 사람 키 높이 정도 되는 건조대가 수십 개 설치돼 있는 곳이었다. 설치대 바로 앞에는 차가운 얼음물이 흐르는 계곡이 있었고, 계곡 너머론 흰 눈이 쌓인 산들이 우뚝우뚝 서 있었다.

횡계리에 도착하자마자 사람들은 그의 몸에 칼을 들이댔다. 사람들은 할복 작업을 한다면서 명태들의 배를 갈라 내장부터 먼저 빼냈다. 갑자기 텅 빈 가슴속으로 차가운 겨울바람이 휘몰아쳤지만, 그는 이것이 다시 새로운 삶이 시작되는 첫걸음이라면 얼마든지 참을 수 있다고 생각했다.

그는 살과 뼈만 남은 채 몇 날 며칠 차디찬 계곡의 물 속에 담가져 있었다. 차가운 얼음물에 으스스 온몸이 떨릴 때마다 그는 산 위에 쌓인 흰 눈을 바라보았다.

그 흰 눈 때문이었을까. 아니면 흰 눈 위에 고요히 어리는 별빛 때문이었을까. 그는 고요히 침묵하는 가운데 자신을 이겨낼 수 있는 용기와 인내를 지닐 수 있게 해달라고 아침 해가 떠오를 때마다 동해를 향해 기도했다.

그러나 그런 마음의 여유도 잠깐이었다. 그는 곧 싸리나무 꼬챙이에 아가미를 꿰이어 덕장의 덕대 위에 마치 효수梟首라도 된 양 높다랗게 내걸렸다.

영하의 날씨는 혹독했다. 불어오는 바람 끝은 칼날 같았다. 밤이면 온몸이 그대로 단단한 얼음 덩어리가 되었다가 햇살이 비치는 낮이면 밤새 얼어붙었던 살이 그대로 툭툭 터져버렸다.

이렇게 밤에는 얼고 낮에는 풀리는 일이 두 달 동안이나 반복되었다.

"푸른명태님, 정말 견딜 수가 없어요. 도대체 언제까지나 이렇게 죽어서도 고통을 당해야 하나요?"

온몸에 고드름을 주렁주렁 단 어린 명태들이 새벽부터 그에게 눈물로 하소연을 했다.

"동해 바다께서 너무 염려하지 말라고 하셨다. 그러니 다들 참고 견디도록 하거라."

그는 말은 그렇게 했지만 정작 자기 자신도 더 이상 견딜 수가 없었다.

"바다님! 우릴 좀 구해주세요. 새롭게 다시 태어나지 않아도 좋아요!"

그는 명태들을 대표해서 틈만 나면 동해를 향해 자꾸 소리쳤다.

그러자 잠자는 파도 소리와 같은 목소리로 동해가 말했다.

"난 너희들을 구할 수 없단다. 너희들을 구할 수 있는 건 이제 너희들 자신뿐이란다."

"지금 이렇게 고통받고 있는데, 어떻게 우리가 우리 자신들을 구할 수 있단 말인가요? 바다님! 제발 우리를 좀 도와주세요."

"아니다, 너 자신이 너를 도와야 한단다."

"이렇게, 이렇게 견딜 수가 없는데도요?"

"바다의 파도를 생각해보라고 내가 얘기하지 않았느냐. 파도는 바위에 온몸을 부딪쳐 산산조각이 날 때 그 얼마나 고통스러웠겠느냐. 그래도 파도는 조금도 마다하지 않고 날마다 부서지지 않느냐. 바다에 파도가 없다면 바다가 아닌 것처럼 너에게도 고통이 없다면 네가 아니다."

"바다님! 전 새롭게 태어나지 않아도 좋아요. 이대로 영원히 죽고 싶어요."

"푸른명태야, 명태들의 지도자로서 존경을 한 몸에 받았던 네가 참 딱하기도 하구나. 파도가 부서져 사라져도 바다인 내가 그대로 있는데 영원한 죽음이 어디 있느냐. 참는 김에 조금만 더 참고 기다려라. 이제 고통이 곧 너를 구해줄 것이다. 고통을 통해 너의 몸과 마음이 한없이 부드러워질 것이다. 이 세상엔 부드러움만이 강한 것을 이길 수 있기 때문에 넌 먼저 부드러워지지 않으면 안 된다."

그는 더 이상 바다의 말씀이 귀에 들어오지 않았다.

"넌 지금 남을 위해 살 준비를 하고 있는 거야. 누구나 남을 위해 살아야 곧 자기 자신을 위해 살 수 있단다."

바다는 말씀을 계속하셨지만 그는 더 이상 아무 말도 할 수 없었다. 거세게 설악을 핥으며 불어오는 차가운 북풍에 몸을 맡긴 채 그는 혼절하듯 힘을 잃었다.

딱딱한 얼음 덩어리 같았던 그의 몸은 시간이 지날수

록 솜처럼 부풀어지고 더덕처럼 부드러워졌다. 온몸을 가득 채우고 있던 수분도 거의 다 빠져나가 바다의 물결을 힘차게 가르던 힘은 어디에도 찾아볼 수 없었다.

"이게 우리들의 모습이야?"

변해도 너무나 변해버린 자신들의 몸을 보며 어린 명태들은 슬픈 미소를 지었다.

"이렇게 부드러워져야만 강해질 수 있단다. 부드러움만이 강함을 이길 수 있다고 바다님께서 말씀하셨단다."

그가 바다의 말씀을 통해 어린 명태들의 마음을 위로하는 동안, 다시는 찾아올 것 같지 않던 봄이 찾아왔다. 덕장 가까이 있던 계곡은 얼음이 풀려 힘차게 물소리를 내었으며, 먼 산에 쌓인 흰 눈이 녹아 땅을 적시며 흘러내렸다.

그는 봄이 되자 다른 명태들과 열 마리씩 한 궤로 묶여 속초에 있는 어느 건어물 가게에 진열되었다.

"야, 이놈 봐라. 색깔이 노리끼리한 게 아주 최상품이군. 이런 최상품이 나온 걸 보니, 하하, 올해는 장사가 좀 되겠군."

가게 주인이 그를 보고 만족한 웃음을 띤 지 며칠 되지 않아, 그는 곧 서울에 사는 한 아주머니한테 다소 비싼 값에 팔려나갔다.

그리고 곧 그녀의 시아버지 제상祭床에 올려졌다.

"아가, 제사상에는 꼭 명태를 올려야 된다. 명태를 빠뜨리면 안 된다. 알았지?"

그녀가 젊은 며느리한테 단단히 주의를 주자 며느리가 그를 정성껏 제상 위에 올려놓았다.

제사가 시작되자 그녀의 식구들이 너부죽이 엎드려 그에게 큰절을 했다.

'아니, 왜 사람들이 나한테 절을 하는 거야?'

그는 사람들이 왜 그러는지 알 수 없었다. 제사가 다 끝난 뒤에도 온몸이 갈기갈기 뜯겨져 소주 안주라도 되는 줄 알았더니 그게 아니었다. 그는 온몸에 흰 무명실 타래를 감고 높다라니 문설주 위에 걸리게 되었다.

그리고 한 궤에 있던 다른 명태들도 이리저리 다른 곳으로 가게 되었다. 그녀는 남동생이 새 차를 샀다고 하자 운전석 상단에 명태를 걸어놓았으며, 친구가 돈가스 전문점을 개업했다고 하자 그 집에도 찾아가 출입문 위에 명태 한 마리를 걸어놓았다.

그는 먼지를 잔뜩 뒤집어쓰고 하루하루 문설주에 매달려 사는 게 고통스러웠다. 왜 이렇게 허구한 날 문설주에 매달려 살아야 하는지 도무지 알 수 없었다. 이렇게 사는 게 다시 사는 일이라면 차라리 황태구이가 되거나 북엇국이 되어 사람들 몸속으로 영원히 사라지는 게 더 낫다 싶었다.

어느 새해 아침이었다.

그가 새벽녘에 깜박 잠이 들었다가 눈을 뜨자 문설주에 대나무를 가늘게 쪼개 만든 삼태기 같은 녀석이 한 쌍 걸려 있었다.

"아니, 넌 누구니? 왜 여기 걸려 있는 거야?"

그는 처음 보는 녀석이라 다소 목소리를 높임으로써 경계심을 드러내었다.

"사람들에게 복을 주려고……."

"뭐? 네가 사람들한테 복을 줘?"

"그게 나의 할 일이야. 아마 너도 그럴걸."

"내가? 그럼 내가 왜 여기 걸려 있는지 안단 말이야?"

"그럼! 알고말고."

"네 이름이 뭔데?"

"난 복조리야. 원래 나는 쌀을 이는 조리인데, 사람들이 새해가 되면 나를 문설주에 걸어놓고 복을 가득 담아주길 바라."

"그렇다면 좀 가르쳐줘. 난 아직 내가 왜 여기 걸려 있는지 알 수가 없어. 하루 이틀도 아니고, 정말 죽고 싶은 심정이야."

그는 그제야 경계심을 풀고 복조리의 이야기에 귀를 기울였다.

"넌 지킴이 역할을 하는 거야. 이 집에 잡귀나 액운이 찾아오지 않도록 네가 지켜주는 거야."

"내가?"

"그럼, 그래서 사람들이 널 얼마나 소중히 여기는데."

"아, 그렇구나. 난 그것도 모르고 엉뚱하게 왜 날 문설주에 얹어놓았나 했지. 그럼 내가 다시 바다로 돌아가고 싶어하지 않아도 되겠구나."

그는 그때서야 죽어서도 다시 남을 위해 살 수 있다는 바다의 말씀이 떠올랐다. 새롭게 태어난다는 게 무엇인지, 무엇이 죽어서 다시 사는 길인지 이제 조금은 알 수 있을 것 같았다.

의자

그는 오랜만에 고향을 찾았다. 아침에 차를 몰고 집을 나올 때만 해도 꼭 고향을 찾겠다는 생각은 없었으나, 어느새 고향이 내려다보이는 언덕길에 차를 세워놓고 마을을 내려다보고 있었다.

그는 먼저 부모님 무덤에 들려 엎드려 절을 올렸다. 갑자기 눈물이 쏟아졌다. 눈물을 소주인 양 한참 동안 무덤가에 뿌리고 돌아서자 발길은 자연히 어릴 때 살던 집으로 옮겨졌다. 이태 전에 어머니마저 돌아가신 후 낡은 기와집엔 이제 아무도 살지 않는다. 오직 감나무만이 대낮인데도 환하게 불을 밝힌 듯 주렁주렁 홍시를 매달고 서 있었다 그는 땅에 떨어진 홍시를 몇 개 주워 맛있게 먹었다. 그리고 늘 감나무 아래에 놓여 있던 의자에 앉아 가게를 처분하고 다시 빈털터리가 된 자신의 처지를 잠시 생각했다.

'다시 힘을 내야지. 어머니, 다시 일어설 수 있는 용기를 주세요.'

그는 속으로 혼자 중얼거리면서 의자를 쓰다듬었다.

그 의자는 아버지가 어머니를 위해 손수 나무로 만드신 것으로, 어머니는 늘 이 의자에 앉아 텃밭 위로 흐르는 구름을 바라보곤 하셨다.

그는 옛집을 떠나면서 의자를 차에 실었다. 이제는 왠지 감나무 밑에 그대로 버려두고 싶지가 않았다. 마침 아파트 베란다를 정리해 둥근 탁자를 놓고 가끔 차를 마시면서 멀리 산등성이를 바라보곤 했는데 늘 의자 하나가 더 있었으면 하던 참이었다.

그는 의자를 깨끗하게 씻어 베란다에 내어놓았다.

"아니, 무슨 이런 지저분한 걸 가져왔어요?"

그의 아내는 몹시 못마땅하다는 듯한 표정을 지었지만 "당신하고 베란다에 같이 앉아서 술이나 한잔하려고" 하고 말하고는 더 이상 아무 말도 하지 않았다. 그의 아내는 여전히 싫어하는 표정이 역력했지만 그는 오히려 의자에 앉을 때마다 어머니의 온기가 따스하게 느껴져서 마음이 편안했다.

그런 어느 흐린 날이었다. 그러니까 그의 아내가 생활비를 벌기 위해 백화점으로 출근을 하기 시작한 지 며칠 되지 않은 날 오후였다.

그는 그날 혼자 술을 마셨다. 아내를 생활전선으로 내보내고 집 안에 박혀 있게 된 울적한 마음에 딱 한 잔만 하겠다고 생각했던 게 그만 거푸 술을 들이켜게 되었다.

그런데 그날은 이상하게도 앉을 때마다 의자가 자꾸 뒤뚱거렸다.

'아니, 이 의자가 왜 이렇게 끄떡거리지? 이런 의자에 엄마가 평생을 앉아 있으셨단 말이야?'

술기운 때문인지 모르지만 그는 의자가 자꾸 뒤뚱거리자 짜증이 일었다.

'에이, 다리를 잘라내든지 해야지 안 되겠어. 다리의 길이가 고르지 못하니까 이 모양인 게야.'

그는 집 안을 뒤져 예전에 가게 할 때 요긴하게 쓰곤 했던 톱을 꺼내 의자의 한쪽 다리 끝을 조금 잘라내었다. 결국 아버지의 유품을 톱질한 셈이지만 의자가 제대로 반듯한 모습을 지니고 있어야 한다는 생각이 들었다.

그러나 의자는 여전히 뒤뚱거렸다.

"아니, 이거 왜 이러는 거야?"

그는 혼자 중얼거리면서 다시 다른 쪽 의자 다리를 조금 잘랐다. 그런데 이번에도 의자가 뒤뚱거렸다.

"허, 그것참 이상하네. 도대체 왜 이러는 거야?"

그는 소주 한잔을 벌컥 들이켜고는 또 다른 쪽 다리를 잘라보았다. 그러나 의자는 여전히 뒤뚱거리기만 할 뿐이었다.

'야아, 이거, 내 톱질 솜씨가 이 정도밖에 안 되나. 잘 될 때까지 어디 끝까지 한번 해보자.'

그는 포기하지 않고 눈대중을 해가며 네 군데나 되는 의자 다리를 골고루 잘랐다. 그러기를 몇 차례나 되풀이했다. 그러나 의자에 앉아 보면 의자는 여전히 어느 한 쪽이 짧아 자꾸 뒤뚱거렸다. 그리고 의자의 높이마저 낮아져 앉아 있기에도 몹시 불편했다.

그는 화가 났다. 술기운 탓도 있지만 이 정도 의자 하나 제대로 해놓지 못한다 싶어 더욱 화가 치밀었다.

그는 이대로 의자를 베란다 밖으로 확 집어 던져버릴까 하는 생각이 들었다. 그러나 부모님의 유품이나 다름없는 의자를 그럴 수는 없는 일이었다.

그는 하는 수 없이 마음을 가라앉히고 뒤뚱거리는 의자에 앉아 다시 술을 들었다. 날은 더욱 흐렸다. 어느새 창밖에는 비가 뿌리고 있었다.
  그는 의자를 한쪽 구석으로 밀치고 슬며시 취한 몸을 베란다 바닥에 눕혔다. 처량한 빗소리가 그의 마음속으로 파고들었다. 네 다리 길이가 고르지 않아서 의자가 뒤뚱거린 게 아니라 베란다 바닥이 고르지 않기 때문에 의자가 자꾸 뒤뚱거렸다는 사실을 그는 그때까지도 알지 못하고 줄곧 빗소리에만 귀를 기울이고 있었다.

망아지의 길

　연자방아를 돌리는 어린 망아지 한 마리가 있었다. 그는 엄마가 죽고 나자 엄마가 하던 일을 그대로 이어받아 연자방아를 돌리게 되었다. 아직 나이가 어려 연자방아를 돌릴 때가 아니었으나 주인의 명령을 거역할 수 없었다.
　지금 사람들은 잘 모르지만 연자방아란 예전에 곡식을 찧거나 빻을 때 없어서는 안 되는 아주 소중한 것이었다. 둥글고 판판한 돌판 위에 그보다 작고 둥근 돌을 옆으로 세워 얹고 아래위가 잘 맞닿도록 해서 말이나 소가 끌고 돌리면서 곡식을 빻는 농기구의 하나였다. 그러니까 한꺼번에 많은 곡식을 찧거나 빻을 때 마소의 힘을 이용하는 방아로 예전에는 마을마다 공동으로 사용하는 연자방앗간이 하나씩 다 있었다.

 어린 망아지는 연자방아를 돌리는 일이 결코 쉬운 일이 아니었다. 커다란 연자방아를 하루 종일 돌리고 나면 입에 버캐가 낄 만큼 온몸에 힘이 쭉 빠졌다.

 그는 그럴 때마다 돌아가신 엄마 생각이 자꾸 났다.

 "애야, '연자방아 돌리던 망아지는 밭에 가도 돌기만 하고 밭을 못 간다'는 말이 있단다. 그러니까 넌 그런 말을 듣지 않는 망아지가 되도록 해라."

 엄마는 돌아가시기 전에 그를 머리맡에 불러놓고 그런 말씀을 하셨다.

 "걱정 마세요, 엄마. 전요, 우리 동네에서 가장 밭을 잘 가는 망아지가 될 거예요."

 "그래, 그래, 꼭 그래야 한다. 우리 말은 무엇보다도 일을 아주 잘해야 한다. 밭을 갈게 되면 밭을 잘 갈아야 하고, 마차를 끌게 되면 마차를 아주 잘 끌어야 한다. 그래야 주인이 아주 좋아한단다. 어떤 일이 있어도 주인 눈 밖에 나는 망아지가 되어서는 안 된다. 알았지?"

 "네, 엄마, 걱정 마시라니까요. 전 늘 주인의 칭찬을 받는 망아지가 될 거예요."

 그는 엄마가 하시는 말씀의 참뜻은 잘 몰랐지만 엄마

한테 늘 그렇게 큰소리를 쳤다.

'엄마가 실망하는 망아지가 되지는 말아야지.'

그는 그런 생각을 하며 참으로 열심히 일했다. 방앗돌이 아무리 무겁게 느껴져도 입을 꾹 다물고 참았다. 봄이나 여름에는 곡식을 빻는 일이 그리 많지 않아 괜찮았으나, 가을 추수가 끝나고 탈곡이 시작되면 단 하루도 쉬는 날이 없었다. 새벽별을 보고 나와 저녁별이 뜰 때까지 연자방아를 돌리다가 한겨울에 폭설이 내리면 그때서야 겨우 숨을 돌렸다. 그래도 그는 불평 한마디 하지 않았다.

실은 그가 하는 일이란 연자방아와 이어진 나무틀을 어깨에 얹고 그저 빙빙 돌기만 하는 지극히 단순한 작업이었다. 얼핏 보기엔 쉬운 일 같으나 끝없이 빙글빙글 돌기만 해야 하기 때문에 나중엔 머리가 어지러워 돌아버릴 지경이었다.

하루는 더 이상 어지러움을 견디지 못하고 그만 픽 쓰러져버리고 말았다. 그러자 주인이 말했다.

"내 그럴 줄 알았어. 이젠 팔아버릴 때가 된 거야. 마침 돈이 필요한데 잘된 일이야."

그는 곧 자기의 의지와는 아무 상관 없이 새 주인을 맞이했다.

새 주인은 밭농사를 짓는 농부로 아주 부지런한 사람이었다. 먼동이 틀 무렵이면 벌써 밭에 나가 쟁기질을 시작했다.

그는 주인이 시키는 대로 목에 멍에를 지고 밭을 갈았다. 그런데 그는 밭을 잘 갈지 못하고 그저 빙빙 돌기만 했다.

"이랴, 이랴!"

주인이 쟁기를 똑바로 세우고 아무리 소리쳐도 그는 한 걸음도 앞으로 가지 못하고 연자방아를 돌리듯 빙빙 제자리를 돌기만 했다.

"아휴, 내 저럴 줄 알았어. 연자방아 돌리던 망아지는 안 사는 건데······."

주인은 무척 후회스럽다는 듯 길게 한숨을 내쉬었다.

다음 날, 화가 난 농부는 망아지를 아주 싼값에 팔아 버렸다.

망아지는 다시 새 주인을 만났다. 이번에 만난 주인은 장돌뱅이로 달구지에 짐을 잔뜩 싣고 길을 떠났다. 물론 망아지의 등에도 길마를 얹고 잔뜩 짐을 올려놓았다.

달밤이었다. 둥근 보름달이 환하게 길을 밝히고 있었다. 그런데 이번에도 망아지는 빙빙 제자리를 돌기만 할 뿐 앞으로 나가지를 못했다. 화가 잔뜩 난 주인이 채찍으로 그의 등줄기를 내리쳐도 그저 빙빙 돌기만 할 뿐이었다.

"나가! 이 자식아, 넌 아무짝에도 쓸모없는 녀석이야."

망아지는 죽지 않을 만큼 실컷 얻어맞고 길가에 버려지고 말았다.

망아지는 어디로 가야 할지 알 수 없었다.

배는 고프고 시간은 흘렀다. '아무짝에도 쓸모없는 녀석'이라고 소리치던 주인의 말이 배고픈 것보다 더 견디기 힘들었다.

눈이 자꾸 내리더니 겨울이 지나갔다.

꽃이 자꾸 피더니 봄이 지나갔다.

망아지는 힘은 들었지만 그래도 연자방아 돌리던 때가 좋았다는 생각이 들었다.

망아지는 다시 연자방아를 돌리고 싶었다. 그래서 틈날 때마다 어디에서든 빙빙 연자방아 돌리는 시늉을 냈다. 열심히 시늉을 내고 있으면 새 주인이 나타나 다시 연자방아를 돌리게 할지도 모른다는 생각이 들었다.

그러자 하루는 송아지 한 마리가 다가와 다정히 말을 걸었다.

"망아지야, 넌 왜 그렇게 빙글빙글 돌기만 하니?"

"다시 연자방아를 돌릴 수 없을까 하고. 난 예전에 연자방아를 아주 잘 돌렸거든. 아무래도 난 연자방아를 돌리는 게 제일 좋을 것 같아. 우리 엄마도 연자방아를 돌리다가 돌아가셨어."

"그래? 나도 엄마가 연자방아를 돌리다가 돌아가셨어."

"소들도 연자방아를 끌어?"

"그럼! 연자방아는 너희 말들뿐 아니라 우리 소들도 끌어. 나도 한때 연자방아를 돌린 적이 있어."

그들은 금방 친구가 되어 나란히 길을 걸었다.

달빛은 눈부셨다.

망아지는 그동안 새 주인을 만날 때마다 고생했던 일들을 이야기해주면서 송아지한테 같이 연자방아를 끌자고 제의했다.

"난 네가 있으면 아무리 힘들어도 잘 참을 수 있을 것 같아."

달빛은 여전히 눈부셨다.

송아지는 아무 말 없이 한참 생각에 잠겨 있다가 입을 열었다.

"망아지야, 이제 사람들은 연자방아를 돌리지 않아."

"그럼 곡식은 어떻게 찧고?"

"이제 정미소에서 기계로 찧어."

"기계? 기계가 뭔데?"

망아지는 '기계'라는 말이 너무나 생소해 고개를 갸우뚱거렸다.

"사람들을 더 편리하게 해주는 거야. 그런 기계들이 세상을 변하게 해."

"변화?"

망아지는 송아지의 말을 이해하기 힘들었다. 특히 '변화'라는 말이 무슨 말인지 알 수 없었다.

"넌 변화가 뭔지 잘 모르는구나. 그건 봄이 가면 여름이 오는 것과 같은 거야. 세상은 그렇게 늘 변하는 거야. 그래서 요즘 사람들은 다 기계화되었어. 어쩌면 사람들의 마음까지 기계가 되어버렸는지도 몰라. 이제 우리가 어린 시절을 보냈던 연자방앗간은 찾기 힘들어. 우리 힘으로 신나게 밀을 빻던 일도 이제는 아주 먼 옛일이 되고 말았어."

"……."

"그러니까 이젠 연자방아 돌릴 생각은 하지 마. 그런 생각을 하면 우린 이제 필요 없는 존재가 돼. 정말 아무 짝에도 쓸모가 없게 돼."

"그래? 난 그런 존재는 되고 싶지 않아. 엄마가 자기 일을 잘할 줄 아는 망아지가 되라고 그랬어."

"그러니까 지금부터라도 네가 가야 길을 찾아 열심히

걸어가야 돼. 변화를 두려워해서는 안 돼."

"알았어. 지금 너랑 나란히 걸어왔던 것처럼 그렇게 걸어가면 되는 거지?"

"그래, 그렇게 걸어가면 네가 진정 가야 할 길을 꼭 찾을 수 있을 거야."

망아지는 그날 날이 밝을 때까지 송아지와 함께 길을 걸었다.

그리고 송아지와 헤어지고 나서도 혼자 자기의 길을 찾아 열심히 길을 걸었다.

'애야, 연자방아 돌리던 망아지는 밭을 매어도 빙빙 돌기만 한다는데, 넌 그런 말을 들어서는 안 된다.'

망아지는 엄마가 왜 그런 말씀을 하셨는지 그제서야 조금 알 것 같았다.

주춧돌

　나 자신을 불행하다고 생각해본 적은 없었다. 나는 야산의 한 중턱에 자리 잡은 조그마한 바윗돌에 지나지 않았지만, 나 자신의 삶에 대해 늘 기쁨으로 가득 차 있었다.
　별빛들이 맑게 빛나는 밤이면 내가 별이 되어 빛난다고 생각했으며, 햇살들이 내 몸을 간질이는 아침이면 내가 햇살이 되어 빛난다고 생각했다.
　어디 그뿐인가. 산수유가 핀 뒤 봄비라도 오는 날이면 봄비가 되어 어디론가 흐른다고 생각했으며, 비가 그치고 바람이 불면 한 포기 풀잎이 되어 바람에 흔들린다고 생각했다.

이렇게 나의 삶은 늘 기쁨으로 가득 차 있었다. 나는 해가 떠도 웃었고, 별이 떠도 기뻐했으며, 눈이 오거나 꽃이 피면 더욱더 기뻐했다. 무엇 하나 슬픔으로 마음 아플 일이 없었다.

그러나 그 언제부터인가 사람들의 말소리에 귀를 기울인 이후부터 나는 조금씩 마음이 흔들리기 시작했다. 늘 새소리와 이슬 소리와 맑은 바람 소리만 듣던 내 귀가 웬일로 사람의 말소리를 알아듣게 되었는지 그것은 참으로 불행한 일이었다.

"이 돌을 아예 없애버릴까?"

"글쎄, 가끔 앉아 쉬면 더 좋을 것도 같아."

"그래도 밭을 가는데 귀찮기만 하잖아."

사람들이 하는 이 말을 듣고 나는 놀라 가늘게 눈을 뜨고 주위를 살펴보았다.

참으로 놀라운 일이었다. 내가 사는 이곳은 길을 아는 사람들이나 다니는 고요한 숲속이었다. 그런데 어찌 된 일인지 그 많던 나무는 보이지 않고 나무가 있던 곳은 밭으로 변해 있었다. 언제부터인가 화전민이라고 불리는 사람들이 나무를 불태우고 그곳에다 농사를 짓기 시작했으나 나만 그것을 모르고 있었다.

"이 돌을 치우지. 이 돌을 치우면 옥수수가 두 되는 더 나오겠다. 김매는 데도 힘들지 않고."

두 명의 사내가 자꾸 나를 쳐다보더니 나이가 더 들어 뵈는 사내가 곡괭이로 나를 파내기 시작했다. 졸지에 나는 오랫동안 평화롭게 살던 곳에서 쫓겨나게 되었다.

"날 이대로 있게 해줘요. 가끔 앉아 쉬면 되잖아요."

있는 힘을 다해 소리쳤지만 그들은 끝내 내 말을 듣지 않았다.

그들은 나를 파내 산 아래로 힘껏 굴려버렸다. 나는 산 아래 사람들이 듬성듬성 집을 지어놓은 골목 어귀 한 모퉁이에 처박혀버렸다.

내가 정신을 잃었다가 깨어났을 때는 저녁이었다. 하늘에는 막 샛별이 떠올라 빛나고 있었다. 내 몸 군데군데에 상처가 나 있었고, 더러 피가 흘렀다가 굳은 자국도 보였다.

나는 샛별을 바라보며 고요히 마음을 가다듬었다. 그동안 숲속에 안주하며 산 삶이 잘못된 삶이라는 생각이 들자 오히려 산 아래로 내려온 삶에 대한 기대로 마음이 들떴다.

나를 가장 먼저 찾아온 것은 예전처럼 이슬이나 햇살이 아니라 개들이었다. 개들이 처음 찾아와 킁킁 냄새를 맡더니 오줌을 누고 갔다. 어떤 때는 똥을 누고 갈 때도 있었다. 개들은 꼭 나를 찾아와 오줌을 누고 자기 영역을 표시했다.

그다음엔 동네 아이들이 나를 찾아왔다. 아이들도 개들처럼 오줌을 누거나 똥을 누고 갔다. 물론 낙서를 하거나 의자인 양 편안하게 앉아 있을 때도 있었지만 속으로는 그런 아이들이 무척 싫었다.

내 몸은 점차 더러워져갔다. 내 몸은 개 오줌 냄새와 아이들 똥 냄새로 찌들어갔다. 나는 개나 아이들에게 편안한 의자가 되어주거나 재미있는 놀잇감이 되어주고 싶었지만, 그들의 똥오줌 냄새로 찌들어가는 신세가 되어버렸다.

나는 그런 나 자신이 무척 싫었다.

그런 가운데 시간은 자꾸 흘러갔다. 나의 삶은 조금도 달라지지 않았다. 개들은 번번이 나를 찾아와 한쪽 다리를 번쩍 들고 오줌을 눔으로써 자신의 영역을 표시했으며, 아이들도 꼭 내 뒤에 숨어 똥을 누고 가곤 했다. 가끔 소나기가 찾아와서 내 몸을 씻어주지 않았더라면 나는 이미 똥오줌에 절어 질식했을지도 모를 일이었다.

그래도 밤이면 하늘의 별을 바라볼 수 있어서 좋았다. 별을 바라보면서 나는 늘 마음의 평화와 고요를 잃지 않으려고 노력했다.

그러나 마음의 평화와 고요는 쉽게 얻어지는 게 아니었다. 마음에 평화가 왔다 싶으면 어느새 깊은 불안의 늪으로 빠져들었다. 무엇보다도 내 마음을 괴롭히는 것은 이대로 세월이 지나면서 내가 아무짝에도 쓸모없는 돌덩이가 되어버리는 게 아닌가 하는 것이었다.

그런 괴로움은 단순히 괴로움으로만 그치는 게 아니라 차차 현실로 나타나기 시작했다. 언제부터인가 나는 점차 쓸모없는 천덕꾸러기 바윗돌이 되어갔다. 하루에도 몇 번씩 찾아오던 개들도 나를 찾아오지 않았고, 아이들조차 이미 나를 잊은 지 오래였다. 그들이 나를 찾아와 똥오줌을 갈기고 가던 지난날들이 오히려 더 그립게 느껴졌다.

나는 외로웠다. 아무 데도 쓸데없는 무용지물이 된 나 자신이 싫었다. 나는 누구라도 좋으니까 나를 찾아와주기만을 바랐다. 발이 있다면 내가 개들을 찾아가고 싶은 심정이었다. 그러나 아무도 나를 찾아와주지 않았다. 아침 햇살도 아침 이슬도, 밤하늘의 달빛과 별빛조차도 웬일인지 나를 비켜서 갔다.

그런 어느 날이었다.

나이 많은 큰스님 한 분이 무심히 내 앞을 지나가다가 문득 걸음을 멈추고 한참 동안 나를 들여다보았다.

"으음, 그놈 참 쓸 만한 놈인걸⋯⋯."

큰스님은 몇 번이나 고개를 끄덕이더니 휭하니 잰걸음으로 사라졌다.

다음 날, 큰스님이 또 나를 찾아왔다. 이번에는 혼자가 아니었다. 다른 젊은 스님 몇 분을 데리고 오셔서 그들에게 말씀하셨다.

"어떠냐? 이 돌이. 마침 대웅전에 쓸 만한 주춧돌 하나가 모자라서 애를 먹었는데, 대웅전에 쓰도록 부처님이 보내주신 것 같지 않으냐? 어서 이 돌을 옮겨갈 채비를 차려라."

젊은 스님들은 큰스님의 말씀대로 땀을 뻘뻘 흘리면서 원래 내가 살던 산 중턱 맞은편 쪽으로 나를 옮겨갔다. 그곳엔 언제부터인가 절을 짓는 토목공사가 한창이었다.

나는 떨리는 가슴을 진정시키기 어려웠다. 외롭게 버려져 더 이상 아무 데도 쓸모없을 줄 알았으나 나는 곧 대웅전을 받치는 주춧돌이 되어 새로운 삶을 살게 되었다.

지금 나는 주춧돌이 된 지 벌써 몇백 년이 넘었다. 몇백 년 동안이나 산사의 지붕을 받치고 있어도 조금도 무겁지 않다. 그것은 오히려 내 존재의 기쁨이다.

슬픈 목걸이

여성용 액세서리를 파는 조그마한 가게에 옥구슬 목걸이가 하나가 진열돼 있었다. 그 목걸이는 가게의 주인 여자가 중국 여행을 갔다가 옥으로 유명한 우루무치의 한 쇼핑센터에서 사 온 것이었다.

"유백색을 내는 것이든 푸른빛이 도는 것이든 색깔이 아주 맑고 투명하고, 값도 아주 싸네!"

주인 여자는 옥 목걸이만 여러 개를 사 와 가까운 이들에게 선물하고 남은 것 하나를 손님들 눈에 잘 띄는 곳에 진열해놓았다.

가게를 찾은 손님들은 누구나 한 번씩 옥 목걸이를 보고 칭찬을 아끼지 않았다.

"어머! 어쩜 저렇게 맑을까. 정말 갖고 싶은 목걸이야. 이거 얼마 해요?"

옥 목걸이를 목에 한번 걸어본 여자들은 다들 사겠다고 값부터 먼저 물어보았다. 그러나 주인 여자는 여행 기념으로 목걸이 하나쯤은 자기가 갖고 싶다는 생각이 들어 손님들이 자꾸 졸라도 선뜻 팔고 싶은 생각이 들지 않았다.

그러나 그녀의 그런 생각은 며칠 가지 못했다.

"와, 이 목걸이 정말 이쁘다! 내일 선보러 가는데, 이 목걸이를 해야만 마음에 쏙 드는 남자를 만날 수 있을 것 같네요. 사장님, 이 목걸이 나한테 파세요."

맞선을 보러 간다는 처녀가 와서 자꾸 조르는 바람에 그만 팔아버리고 만 것이다.

그날 저녁, 그 젊은 여자의 길고 가는 목에 걸린 옥 목걸이는 거울에 비친 자신의 모습을 보고 깜짝 놀랐다.

"와, 내가 이렇게 어여쁜 목걸이라니!"

눈부시게 빛나는 자신의 모습을 거울에서 본 옥 목걸이는 놀라 입을 다물지 못했다. 더구나 젊은 여자의 맞선 자리에 가게 된 뒤 그녀가 마음에 드는 남자와 결혼을 하게 되자 자신이 더 어여쁘게 느껴졌다.

"어쩌면 너 때문에 내가 좋은 남자를 만나게 되었는

지도 몰라. 어쩐지 널 보는 순간에, 널 목에 걸고 싶더라니까!"

옥 목걸이는 그런 말을 들을 때마다 자신이 이 세상에서 가장 아름다운 목걸이라는 생각이 들었다.

"어머, 이거 어디서 샀니? 어쩜 이렇게 예쁠까? 정말 갖고 싶은 목걸이야!"

그리고 그녀를 만나는 사람들마다 이렇게 다들 찬사가 끊이지 않자 옥 목걸이는 여자들이 아름답기 때문에 자기가 아름다운 것이 아니라, 자기가 아름답기 때문에 여자들이 아름다운 것이라는 생각이 들었다.

그런 어느 날이었다. 옥 목걸이가 외출에서 돌아와 조금 고단한 몸을 누이고 살포시 잠이 들려고 할 때였다.

"옥구슬아, 사람들이 너만 예쁘다고 하는구나."

옥구슬이 눈을 뜨자 옥구슬을 꿰고 있던 실이 옥구슬을 쳐다보며 부러운 듯 낮은 목소리로 입을 열었다.

"으음, 그건 당연하지. 내가 봐도 예쁜걸!"

옥구슬은 으쓱 자만심이 가득 찬 어깻짓을 하였다.

"사람들이 왜 나보고는 아무 말 안 할까?"

실은 그런 옥구슬을 외면한 채 쓸쓸히 혼잣말로 중얼거렸다. 그러자 옥구슬이 대뜸 핀잔을 주었다.

"넌 하찮은 실이잖아. 나 같은 구슬이 아니라구."

"뭐라고? 네가 어떻게 그런 말을 할 수 있니? 구슬 목걸이에서 실의 존재가 얼마나 소중한지 너, 몰라서 하는 소리니?"

"알긴 알아. 그렇지만 내게 비하면 넌 아무것도 아니야. 넌 내가 없으면 그냥 실이지 목걸이가 될 수 없어."

"그래, 맞아. 그렇지만, 너 또한 마찬가지야. 넌 내가 있으니까 어여쁜 목걸이가 된 거야."

실은 옥구슬이 자기를 무시한다 싶어 자기도 모르게 그만 언성을 높이고 말았다.

"흥, 무슨 소리! 내가 예쁜 건 어디까지나 나 자신 때문이야. 너 때문이 아니야!"

옥구슬도 질세라 실을 향해 목소리를 높였다.

실은 옥구슬의 말에 화가 치밀어 올랐다. 무엇보다도 자존심이 상해 견딜 수가 없었다. 옥구슬이 부러워서 그냥 별다른 뜻 없이 해본 소리에 불과한데 옥구슬이 그렇게 거침없이 마음 상한 말을 내뱉을 줄은 미처 몰랐다.

실은 밤이 되어도 잠이 오지 않았다. 어떻게 하면 옥구슬에게 앙갚음을 할 수 있을까 하는 생각으로 밤새도록 속에서 피가 끓었다.

그런 어느 토요일이었다. 실은 새댁이 외출을 하기 위해 손톱을 길게 다듬고 화장하는 것을 보고 입가에 싸늘한 미소를 지으며 새댁이 목걸이 하기만을 기다렸다.

  새댁은 안방 거울 앞에서 이것저것 옷을 비쳐보고 나서 투피스를 입었다. 그리고 보석함에서 진주 목걸이를 꺼내 목에 걸어보더니 고개를 갸우뚱하고는 다시 옥 목걸이를 목에 걸었다.

  바로 그때였다. 실은 재빨리 새댁의 손가락에 걸려 자신의 몸을 툭 끊어버리고 말았다.

  순간, 옥구슬들이 차가운 마룻바닥에 한꺼번에 떨어져 좌르르 사방으로 흩어졌다.

  "어, 어, 이게 어떻게 된 일이야?"

  옥구슬은 황급히 소리쳤지만 더러는 거울 밑으로, 더러는 침대와 장롱 밑으로 굴러가 처박혀버리고 말았다.

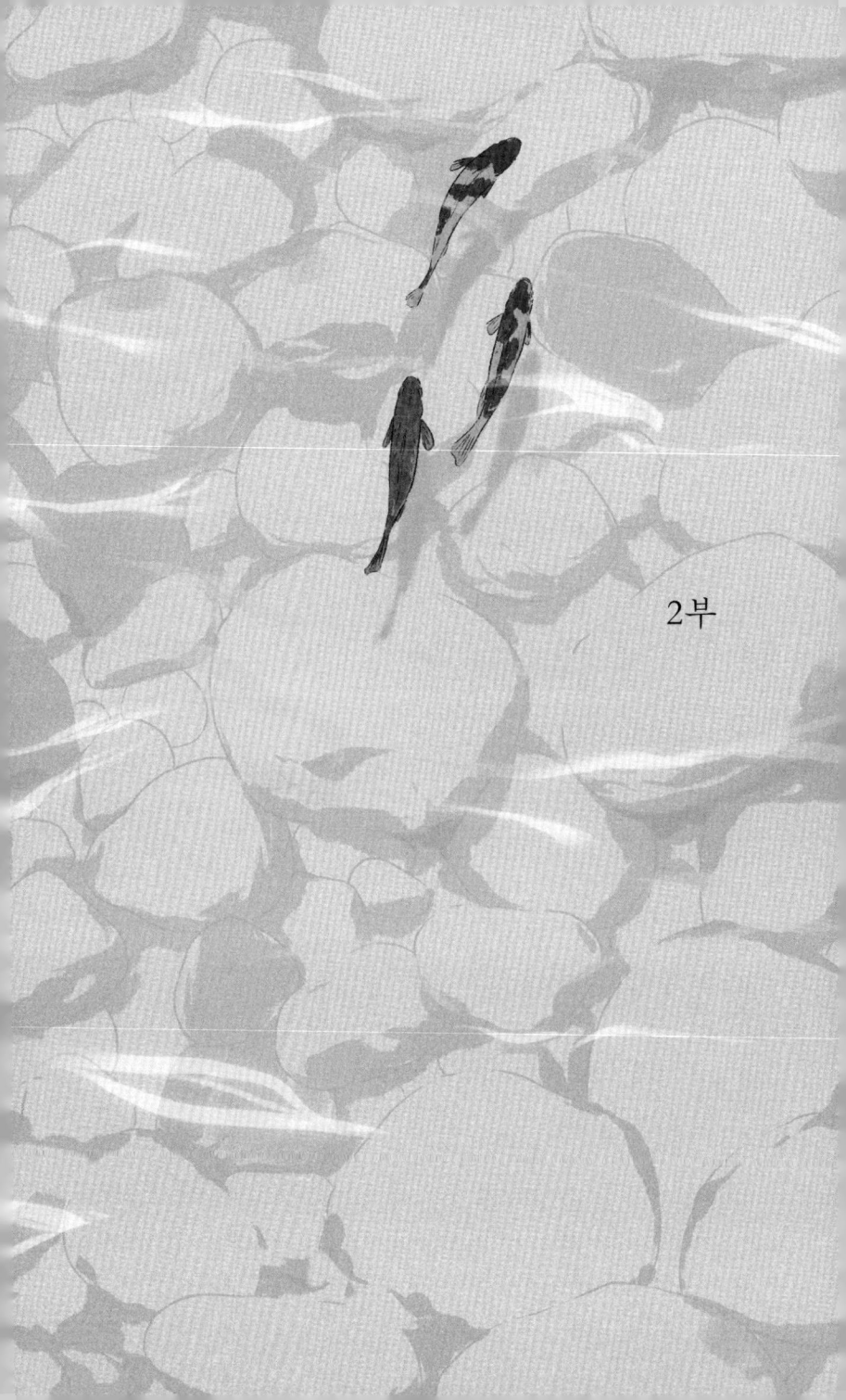

2부

어떤 암탉

　가난한 농사꾼인 덕조 씨는 마당 한 모퉁이에다 흰색 암탉 한 마리와 갈색 암탉 한 마리를 키우고 있다. 물론 수탉도 한 마리도 키우고 있다. 원래 덕조 씨는 비록 엉성하게 판자에다 철망을 쳐서 만들어놓은 닭장이지만 그 닭장에다 스무여 마리의 닭을 키우고 있었다. 그런데 장날만 되면 시장에다 한 마리씩 한 마리씩 자꾸 내다 파는 바람에 지금은 세 마리밖에 남아 있지 않다.
　덕조 씨는 요즘 남아 있는 이 세 마리 녀석들을 자식새끼인 양 아주 애지중지한다. 특히 한 달 전부터 암탉 두 마리가 동시에 아이들 주먹만 한 알을 쑥쑥 낳기 시작하자 그 녀석들한테 쏟는 관심과 애정이 아주 각별하다.

"허 참, 고 녀석들, 참 귀엽단 말이야."

아침마다 닭장에 들어가 따스한 온기가 그대로 남아 있는 계란을 살며시 끄집어낼 때마다 덕조 씨는 좋아서 입이 반쯤 벌어진다. 그뿐 아니라 하얀 쌀밥에 계란 하나를 탁 깨서 간장을 조금 넣어 양껏 비벼 먹을 때에도 자기도 모르게 싱글벙글 웃음꽃이 핀 얼굴이 되고 만다.

그런 덕조 씨가 어느 날부터 "계란을 매일 먹기만 할 게 아니라 잘 모아두었다가 닭이 알을 품을 때 써야 한다"는 아내의 말을 듣고 계란을 모으기 시작했다. 그런데 계란을 두 꾸러미 정도 모았을 때쯤 되자 마침 기다렸다는 듯이 암탉 두 녀석이 동시에 알을 품기 시작했다.

'옳거니. 되는 집안엔 가지 나무에 수박이 열린다더니, 이건 꼭 나를 두고 한 말이야.'

덕조 씨는 기분이 아주 좋아 닭들이 병아리를 부화시킬 날만을 기다리고 있었다. 그런데 정작 암탉 녀석 중 한 녀석은 덕조 씨의 그런 마음과는 달랐다.

"우리가 왜 갑자기 이렇게 알을 품고 있어야 하지?"

흰색 암탉이 알을 품고 있다가 벌떡 자리에서 일어나 갈색 암탉을 쳐다보았다.

"아직 그것도 몰라? 엄마가 되기 위해서야. 좀 조용히 해."

갈색 암탉이 흰색 암탉을 타이르듯 목소리를 낮추었다.

"난 주인한테 알을 빼앗기기 싫어서 이렇게 품고 있는 줄 알았는데 그게 아니야?"

"그럼, 바로 엄마가 되는 일이라니까."

"엄마가 되는 일이 뭔데?"

"어른이 되는 일이지. 아주 신나는 일이야!"

갈색 암탉은 정말 신이 난다는 듯 엉덩이를 반쯤 들었다가 놓았다.

"글쎄, 나는 엄마가 되기 싫은데……."

"네가 싫다고 해서 안 되는 건 아니야. 우리가 엄마가 되면서 산 지는 아주 오래되었어. 신라시대 고분 중에 천마天馬가 그려진 말안장이 나온 천마총이라고 있는데, 거기에서도 계란이 출토된 걸 보면 우리가 얼마나 오랫동안 엄마가 되면서 살아왔는지 잘 알 수 있어."

"와! 그렇게나 오래되었어?"

"그럼, 그러니까 너무 짜증 내지 말고 따뜻하게 해서 알을 잘 부화시킬 생각이나 해. 알이 식도록 해서는 안 돼."

"알았어."

흰색 암탉은 갈색 암탉의 말을 듣고 알을 잘 품었다가 좋은 엄마가 되기로 마음을 먹었다.

그러나 참을성이 없는 흰색 암탉은 곧 싫증을 느끼게

되었다. 알을 품고 있는 일이 너무나 답답하고 따분했다. 처음에는 배가 고파도 잠깐 모이나 쪼아 먹고 부리나케 달려가 알을 품는 일이 재미있었지만 나중엔 지겨워 죽을 지경이었다.

"엄마가 되려면 도대체 언제까지 이렇게 있어야 되는 거야?"

흰색 암탉은 지친 표정을 하고 갈색 암탉에게 다시 물었다.

"삼 주 동안이야."

"그렇게나 오랫동안?"

"그리 긴 시간이 아니야. 엄마가 되려면 최소한 그 정도 시간은 참고 기다려야 해."

"알았어."

흰색 암탉은 갈색 암탉의 말에 힘입어 다시 가슴에 따뜻하게 알을 품었다. 그러나 한번 힘들다고 생각하자 잠시라도 더 이상 알을 품고 있을 수가 없었다. 이왕 엄마가 되려면 하루 빨리 엄마가 되는 게 낫다 싶었다. 그래서 어떻게 하면 알을 품는 시간을 단축시켜서 엄마가 빨리 될 수 있을까 하고 곰곰 생각해보았다.

그러다가 어느 날 닭장 근처로 놀러 온 덕조 씨 막내딸아이에게 갈색 암탉 몰래 은근히 말을 걸었다.

"애야, 한 가지 부탁이 있단다. 내 부탁을 들어주면 나중에 내가 달걀을 많이 줄게."

"무슨 부탁인데요?"

"내가 품고 있는 이 달걀을 끓는 물에 좀 적당히 데워줄 수 없겠니?"

"왜요?"

"그건 네가 몰라도 되고, 내가 시키는 대로 해주기만 하면 돼."

아이는 가만히 생각해보았다. 집에서 닭을 키우고 있어도 그동안 계란 하나 마음대로 먹어 본 적이 없다 싶었다. 그리고 계란말이 반찬을 해서 학교에 도시락을 싸간 적도 드물다 싶었다.

"좋아요. 들어드릴게요. 그 대신 약속을 꼭 지켜야 돼요."

"그럼 약속을 꼭 지키마."

흰색 암탉은 속으로 쾌재를 불렀다. 알을 품는다는 것은 알을 따뜻하게 해주는 일이기 때문에 뜨거운 물에 알을 넣으면 알을 품는 것보다 몇 배는 더 빨리 알을 따뜻하게 해주는 일이다 싶었다.

흰색 암탉은 아이에게 자기가 품고 있던 알을 다 내어주었다. 아이는 마침 엄마가 들일을 나간 틈을 타 물을 끓여 흰색 암탉이 준 달걀을 그 속에 한참 동안 집어넣었다가 다시 꺼내어 흰색 암탉에게 갖다주었다.

"고맙다, 얘야. 내가 엄마가 되면 꼭 달걀을 많이 주마. 내 꼭 약속 지키마."

흰색 암탉은 기분 좋은 얼굴을 하고 다시 가슴에 알을 품었다. 엄마가 되어 병아리 떼를 몰고 다니는 자신의 모습을 떠올리며 빙긋이 입가에 미소를 지었다.

그러나 아무리 오랫동안 알을 품고 있어도 병아리가 부화되지 않았다. 갈색 암탉은 엄마가 되어 병아리 떼를 이리저리 몰고 다니는데도…….

제비와 제비꽃

봄날 어느 시골마당에 제비꽃이 피었다. 제비꽃은 자신이 왜 제비꽃으로 피어났는지 피어날 때마다 그게 늘 궁금했다.

'제비가 날아오면 이번에는 꼭 물어봐야지.'

제비꽃은 그런 생각을 하며 제비가 날아오기를 기다렸다. 그러나 아무리 기다려도 제비는 날아오지 않았다. 봄이 지나고 또 봄이 지나도 제비는 돌아오지 않았다. 제비꽃은 기다리다 지쳐 처마 밑에 있는 제비집한테 왜 제비가 돌아오지 않느냐고 물어보았다.

다음 이야기는 제비집이 말한 것을 그대로 옮긴 것이다.

요즘은 공해가 심해 제비가 날아오지 않아. 예전엔 제비들이 도시로 날아가지 않았는데 요즘은 시골도 마찬가지야. 농사를 지으면서 약을 마구 뿌려대니 제비인들 견뎌낼 수가 있겠어?

이젠 더 이상 제비를 기다리지 마. 우리 동네에서 제비를 기다리는 이는 아무도 없어. 제비집인 나도 이제 제비를 기다리지 않아. 제비를 기다리는 심정이야 너나 나나 마찬가지이지만, 이젠 제비를 잊어버려야 할 때가 되었어. 제비가 날아와 다시 집을 짓고 새끼들을 낳고 하면 그 얼마나 좋겠니.

그렇지만 이제 그런 날은 오지 않아. 나도 이제 빈껍데기에 불과해. 이렇게 빈집을 지킨 지 너무 오래되었어.

다행히 나를 허물지 않고 처마 밑에 이렇게 그대로 놔두고 있으니 그것만으로도 참 고마운 일이야. 이 집 주인 할아버지는 마음이 참 착해. 다른 집에서는 제비도 날아오지 않는 제비집이 무슨 소용 있느냐고 다 없애버렸어.

그렇지만 얼마 안 있으면 이 집도 빈집이 되고 말 거야. 할아버지 말씀이 서울에 사는 아들네 집으로 가신다고 했어. 시골에 살고 싶어도 몸이 아파 더 이상 살 수가 없으시다는 거야. 아무도 돌봐주는 사람이 없으니까 말이야.

  참, 내가 쓸데없이 내 얘기만 많이 늘어놓았군. 네가 왜 제비꽃이 되었는지 그게 궁금하다는데 말이야.

  으음, 그러니까, 이 이야기는 제비 나라에서 있었던 일이야. 어느 비 오는 날, 새끼를 품고 있던 어미 제비가 밖에 나가지 못하니까 심심하다고 하면서 들려준 얘기야.

  제비 나라에 참 아름다운 제비가 한 마리 살고 있었대. 그 제비는 너무나 아름다워 제비 나라에 사는 청년들치고 그 제비를 사랑하지 않는 이가 없었대. 그렇지만 그 제비는 그 누구의 사랑도 받아주지 않았대. 아무리 집에 찾아와서 사랑을 호소해도 들은 척도 하지 않았다는 거야. 심지어 제비 나라의 왕자님이 청혼을 해도 거절했다는 거야. 물론 왕자 제비는 화가 몹시 났지. 처음에는 마음을 돌려보려고 갖은 애를 다 썼지만 다 헛수고였어. 왕자 제비는 병이 나 드러누울 지경이었지.

  그런데 어느 날, 그 제비가 결혼했다는 소식이 들린 거야. 그것도 평범한 이웃집 제비하고 말이야. 왕자 제비는 자존심이 상해서 견딜 수가 없었어. 그래서 어떻게 하면 아무도 모르게 그 제비를 죽일 수 있을까 하는 악독한 생각을 하게 되었어. 그만 사랑이 증오가 된 거지.

  왕자 제비는 몇 날 며칠 골똘하게 생각하다가 신랑 제

비를 불러 엄포를 놓았어. 이번 겨울에 한국으로 날아갔다가 돌아올 땐 신부 제비를 혼자 두고 돌아오라고 말이야. 만일 그렇게 하지 않으면 식구들을 가만히 두지 않겠다고 하면서 부모를 볼모로 잡아두었어.

신랑 제비는 고민이 되었지. 그렇지만 일단 그렇게 하겠다고 하고 한국의 어느 시골집 처마 밑에 집을 짓고 새끼들을 낳고 오순도순 재미있게 살았어. 그런데 다시 찬바람이 불고 남쪽으로 날아갈 때가 되자 남편 제비는 도저히 사랑하는 아내를 혼자 두고 돌아갈 수가 없었어. 그래서 새끼들만 남쪽으로 보내고 아내와 함께 있었던 거야.

물론 아내 제비가 그대로 가만히 있었던 건 아니야. 자기 걱정은 하지 말고 추운 겨울이 닥치기 전에 빨리 남쪽으로 날아가라고 했지. 나 혼자 남겠다, 빨리 새끼들을 데리고 가라, 그렇지 않으면 부모님이 고초를 겪게 된다고 하면서. 그런데 남편 제비는 아내 제비를 혼자 두고 떠날 수가 없었어. 새끼 제비들만 남쪽으로 떠나보내고 그대로 아내 곁에 남아 있었던 거야.

하지만 눈보라 치는 추운 겨울이 오자 그들이 어떻게 되었겠어? 둘 다 얼어 죽고 말았지. 서로 꼭 껴안은 채 말이야.

이듬해 봄에 그들이 얼어 죽은 곳에 키가 제비만 한 보랏빛 꽃이 피어났는데, 사람들이 그 꽃을 보고 제비꽃이라고 불렀어. 그게 바로 너야. 이제 알겠니? 제비꽃이 꽃줄기끼리 꼭 껴안고 있는 것도, 제비꽃이 이렇게 아름다운 것도, 사람들이 제비꽃을 사랑하는 것도 다 그 때문이야.

 제비꽃은 제비집이 들려주는 이야기를 듣는 동안 울지 않으려고 해도 자꾸 눈물이 났다. 예전에 꽃을 피우기도 전에 제비들이 찾아와서 꽃 피기를 기다린 까닭을 그제야 알 수 있었다.
 '그래도 난 제비가 날아오길 기다릴 거야. 내가 기다리고 있는 한, 언젠가는 제비가 다시 날아올 거야. 문제는 내가 기다림을 포기하지 않는 데 있어.'
 제비꽃은 오늘도 제비가 날아오기를 기다린다.
 빈 제비집도 제비꽃하고 같이 제비가 돌아오기를 기다린다.

현대인

 한 젊은이가 사막을 건너가다가 길을 잃게 되었다. 가도 가도 끝없는 사막의 모래언덕만 나올 뿐 어디로 가야 할지 알 수 없었다. 뜨거운 모래바람은 잠시도 쉬지 않고 계속 불어왔다. 한 발자국 한 발자국 걸음을 옮길 때마다 젊은이의 발걸음은 천근과도 같았다. 시간이 가면 갈수록 젊은이의 몸과 마음은 마른 낙타풀처럼 바짝 말라갔다.

"아, 엄마가 보고 싶구나."

 젊은이는 고향에 계신 어머니를 떠올렸다. 그리고 더 이상 한 발자국도 나아가지 못하고 모래언덕에 쓰러져 버리고 말았다.

그때 낙타 한 마리가 지나가다가 젊은이 앞에 무릎을 굽히며 말했다.

"젊은이여! 힘을 내 일어나 내 등에 타게."

젊은이는 낙타 등에 타려고 애를 썼다.

그러나 아무리 애를 써도 낙타 등에 탈 수가 없었다. 겨우 일어나 한 걸음 내딛다가 그대로 쓰러질 뿐이었다.

"젊은이여, 어서 일어나 내 등에 타게."

낙타는 젊은이에게 어서 타라고 재촉했다. 그러나 젊은이는 더 이상 꼼짝할 수도 없었다.

낙타는 이제 더 이상 젊은이를 기다려줄 수가 없었다. 낙타는 젊은이를 그 자리에 둔 채 길을 떠났다. 젊은이가 떠나가는 낙타를 안타까운 눈빛으로 바라보았다. 그러자 낙타가 또 말했다.

"젊은이여, 저기 멀지 않은 곳에 오아시스가 있네. 거기로 가게."

젊은이는 눈을 들어 낙타가 말한 곳을 바라보았다. 낙타의 말대로 정말 멀리 푸른 숲이 보이고 사람인 듯 검은 점들이 움직이는 모습이 보였다.

젊은이는 그곳을 향해 거의 기어가다시피 한 걸음 한 걸음 발걸음을 떼었다. 다가가면 다가갈수록 그곳은 오아시스임이 분명해 보였다. 젊은이는 이제 살았다 싶었

다. 그러나 바로 그 순간, 젊은이의 마음 한구석에 의구심이 일기 시작했다.

'설마 이 사막 한복판에 오아시스가 있을까. 낙타가 괜히 한 말이 아니었을까. 이 황막한 사막 어디에 샘이 있고 숲이 있을 수 있단 말인가. 이건 분명 내가 신기루를 보고 있는 걸 거야.'

한번 그런 생각이 들자 젊은이는 다시 뜨거운 모래밭에 쓰러져 한 발자국도 더 이상 움직일 수가 없었다.

그러나 차차 시간이 지나자 젊은이는 혹시 자기가 잘못 생각할 수도 있다는 생각이 들었다.

'그게 혹시 진짜 오아시스인지도 몰라. 낙타가 왜 나한테 그런 거짓말을 했겠어. 아마 내가 잘못 생각한 것일 거야. 빨리 일어나서 가야 해.'

젊은이는 비록 기진맥진한 몸이었지만 고향의 어머니를 생각하며 마지막 젖 먹던 힘까지 다해 다시 그곳을 향해 걸어갔다.

그렇게 얼마쯤 걸어갔을까. 드디어 커다란 야자수 잎과 푸른 풀들이 보이기 시작했고 샘도 보였다. 낙타가 말한 오아시스가 바로 눈앞의 현실 속에 전개되고 있었습니다.

그런데 젊은이는 마음속에 한 번 일기 시작한 의구심

을 쉽게 떨쳐버릴 수가 없었다. 이 메마른 사막 한가운데에 어떻게 맑은 샘물이 솟아날 수 있겠는가 하는 생각이 들어 자신이 헛것을 보고 있다고 확신하게 되었다.

'이건 분명 환상이야. 빨리 이 환상에서 깨어나야 해.'

젊은이는 환상에서 깨어나려고 머리를 뒤흔들고 눈을 비볐다. 그러자 이번에는 맑고 시원한 물소리까지 들려왔다.

'아, 이번에는 환청까지!'

젊은이는 환청의 물소리를 듣지 않으려고 양손으로 귀를 틀어막았다.

그래도 물소리는 계속 들려왔다. 젊은이는 아예 자신의 머리를 모래 구덩이 속에 힘껏 처박아버렸다.

그 뒤 낙타를 끌고 온 두 명의 상인이 낙타에게 물을 먹이려고 샘터에 왔다가 양손을 샘물에 축 늘어뜨린 채 죽어 있는 한 젊은이를 발견했다.

"아니, 이 젊은이가 왜 여기에 와서 죽어 있나? 여기까지 와서 목이 말라 죽어 있다니! 정말 이해할 수 없는 일이야."

상인 중 한 명이 참으로 알 수 없다는 표정을 지으며 고개를 가로저었다. 그러자 또 한 사람의 상인이 혀를 끌끌 차면서 말했다

"이보게, 그건 말이야, 이 젊은이가 현대인이기 때문이야."

우제어 牛蹄漁

조용한 시골 마을을 휘돌아 흐르는 실개천에 송사리들이 살고 있었다. 송사리들은 물이 맑은 데다 먹을 것도 많아서 하루하루 사는 게 그렇게 행복할 수가 없었다. 때로는 하늘에 무지개라도 걸리는 날이면 "야, 무지개다!" 하고 하늘을 보고 소리를 마구 질러대기도 했다.

그러나 여름철이 되자 송사리들의 그런 행복한 삶은 그리 오래가지 못했다. 그것은 심심하다면서 가끔 실개천으로 내려와 투망질을 하는 사람들 때문이었다. 사람들이 개천 한가운데까지 들어와 그물을 던지면 송사리들은 걸려들지 않을 재간이 없었다. 그래서 송사리들은 여름철만 되면 새끼들에게 주의를 주느라 다들 잔뜩 긴

장해 있었다.

"얘들아, 소나기다. 어서 피해라!"

그날은 느닷없이 쏟아지는 소나기를 피해 송사리들이 물풀 속에 몸을 숨기고 있던 날이었다. 그런데 소나기가 그치자 남매인 듯한 아이 둘이 실개천으로 자박자박 걸어 들어왔다. 아이들 손에 그물이 들려 있지는 않았지만 송사리들은 숨을 죽인 채 잔뜩 긴장하지 않을 수 없었다.

물풀 가까이 다가온 아이들 중 여자애는 잠자리 한 마리를 손가락 사이에 끼우고 오빠인 듯한 남자애 옆에 가만히 서 있었다. 그러나 남자애는 조그마한 소쿠리 하나를 물풀 속에 대고 이리저리 신나게 쑤셔대기 시작했다.

"얘들아, 도망가라, 어서!"

엄마 송사리는 크게 소리를 질렀다.

알에서 깨어난 지 얼마 되지 않은 새끼 송사리들은 얼른 물풀 속으로 더 깊게 몸을 숨겼다.

그러나 엄마 송사리가 그만 미처 피하지 못하고 남자애가 들이댄 소쿠리 속에 들어가 빠져나오지 못하고 말았다.

"와, 잡았다! 나빈아, 이리 와봐!"

"와, 오빠, 조그마한 게 참 예쁘다! 집에 가져가서 기르면 좋겠다. 어항에 넣어 기르면서 관찰 일기를 써서

방학 숙제로 내면 좋겠다."

"그래, 그렇게 해. 또 한 마리 잡아줄까?"

"아니, 오빠. 배고파, 집에 가."

"그래, 빨리 가자. 집에 가서 엄마한테 수제비 해달라고 하자."

송사리는 남매가 하는 이야기를 듣고 눈물이 글썽했다.

"애들아, 나같이 쬐끄만 물고기를 잡아서 뭘 하겠니. 그러지 말고 그냥 날 놓아줘!"

송사리는 있는 힘을 다해 소리치며 애원했으나 아이들은 아무 대답이 없었다. 대답은커녕 남자애가 신고 있던 고무신을 벗어 물을 가득 채운 뒤 그 안에 송사리를 집어넣었다.

송사리는 그렇게 남자애의 고무신에 갇혀 잡혀가는 신세가 되고 말았다.

송사리는 두고 온 새끼들 생각에 자꾸 눈물이 났다. 무지개를 보고 새끼들하고 좋아서 탄성을 지르던 일이 자꾸 생각나 눈물이 그치지 않았다.

"어떻게 하든 새끼들한테로 돌아가야 돼. 이대로 아이들을 따라갈 수는 없어."

송사리는 이렇게 눈물만 흘리고 있을 게 아니라, 어떻게든 다시 실개천으로 돌아가야 한다는 생각에 골몰했다.

'맞아. 고무신에 물이 가득 차 있으니까 어쩌면 밖으로 뛰어내릴 수 있을지도 몰라.'

마침 고무신에 가득 찬 물이 찰랑거리자 송사리는 있는 힘을 다해 펄쩍 고무신 밖으로 뛰어나갔다. 그러나 고무신 바깥쪽으로 몸이 잠깐 걸쳐지기만 했을 뿐 다시 안으로 퐁당 빠져버리고 말았다.

"오빠, 조심해. 고무신 잘 들고 가."

여자애가 남자애에게 주의를 주었다.

송사리는 기회를 엿보고 있다가 다시 한번 있는 힘을 다해 펄쩍 뛰었다. 그러자 이번에는 고무신 밖으로 펄쩍 뛰어나올 수 있었다.

"아, 살았다!"

송사리는 마음속으로 크게 소리를 지르면서 얼른 남자애를 쳐다보았다. 남자애는 송사리가 고무신 밖으로 뛰어나온 줄도 모르고 급히 집으로 발걸음을 옮기고 있었다.

송사리는 참으로 다행이다 싶었다. 흙바닥을 나뒹굴며 햇볕에 말라 죽는 일이 있더라도 이제 새끼들을 보러 실개천까지 가야 한다는 생각이 들었다.

송사리는 어디로 가는 길이 실개천으로 가는 길인가 하고 주변을 찬찬히 살펴보았다.

아, 그런데 이게 웬일일까. 송사리는 또 물속에 빠져 있었다.

그곳은 아주 조그마한 웅덩이 속이었다. 군데군데 길바닥에 난 소 발자국에 빗물이 고여 웅덩이를 이루고 있었는데, 송사리는 마침 그 웅덩이 속에 빠져 있었다.

"물이 있으니까 당장은 숨을 쉴 수 있어서 괜찮지만, 여길 또 어떻게 벗어나지?"

송사리는 이리저리 헤엄을 치며 어디 도망갈 데가 없을까 하고 여기저기 살펴보았으나 아무 데도 도망칠 데가 없었다.

송사리는 고민이 되었다.

"아, 내가 왜 여기서 살아야 하지? 그 너른 실개천을 두고 왜 이런 좁은 곳에 와서 살아야 하지? 내가 뭘 그리 잘못했기에 이렇게 가혹한 시련이 따르는 거지?"

송사리는 하늘이 원망스러웠지만 무작정 원망만 하고 있을 수는 없었다.

"하는 수 없구나. 여기에서 사는 수밖에. 언제 만나게 될지는 모르지만 새끼들을 만나려면 어쨌든 내가 건강하게 살아 있어야 돼. 여기서도 열심히 살아야 돼."

송사리는 그곳에서도 열심히 살아갈 마음을 먹었다. 실개천에 두고 온 새끼들을 다시 만나기 위해서라도 모든 걸 꾹 참고 견뎌야 한다고 생각했다.

하루가 지나고 이틀이 지났다. 웅덩이에 있던 물이 점점 말라가기 시작했다. 이대로 비가 안 오고 며칠만 더 간다면 물이 말라 송사리는 숨도 쉴 수 없을 게 뻔한 일이었다.

송사리는 걱정이 되었다. 송사리가 물 밖에서 살 수는 없는 일이었다. 흙바닥을 기어서라도 실개천으로 가겠다고 생각한 것은 새끼들이 보고 싶은 마음 때문일 뿐, 정말 그랬다가는 몇 발자국 가지도 못하고 지렁이처럼 햇볕에 몸이 말라 죽고 말 것이 틀림없었다.

송사리는 소나기라도 내리기를 기다렸다. 그러나 아무리 기다려도 시도 때도 없이 툭하면 내리던 소나기도 내리지 않았다.

그때였다. 달구지를 끌고 소 한 마리가 그 앞을 지나가다가 걸음을 멈추고 한참 동안 송사리를 쳐다보다가 주인에게 말했다.

"주인님, 제 발자국에 고인 물에 송사리가 한 마리 살고 있네요."

"그래, 그런 물고기를 우제어라고 한단다."

주인은 달구지 위에 앉아 송사리를 힐끔 한번 쳐다보고는 "어서 가자, 이랴" 하고 고삐를 잡아당겼다.

"주인님, 송사리가 살려달라고 그러는 것 같은데요. 저기 개천에 데려다주면 어떨까요?"

"그냥 두어라."

"이대로 그냥 두면 곧 죽고 말겠는데요."

"그렇지만 그게 우제어의 소임이란다."

"그래도 불쌍해서요."

"그래, 불쌍하긴 하지. 그렇지만 송사리나 인간이나 불쌍한 건 다 매한가지다. 우제어나 인간이나 다를 바가 뭐 있겠느냐. 결국 인간도 우제어처럼 사는 게 아니겠느냐. 그래서 덧없는 인간의 존재를 가리킬 때 우제어를 예로 든단다. 저 우제어를 보고 깊이 깨달으라고 말이다."

주인은 그쯤에서 입을 다물고 다시 "이랴!" 하고 고삐를 잡아당겼다.

소는 더 이상 아무 말도 하지 못했다. 그 크고 맑은 눈으로 송사리를 자꾸 쳐다보다가 주인이 시키는 대로 뚜벅뚜벅 달구지를 끌고 길을 가기 시작했다.

"뭐? 내가 우제어라고? 여기 웅덩이에 사는 게 내 소임이라고? 덧없는 인간의 존재를 가리킬 때 우제어라는 말을 쓴다고?"

송사리는 주인이 한 말이 잊히지 않았다.

"에이, 못된 인간 같으니라고. 나는 송사리지 우제어

가 아니야!"

송사리는 자기를 살려주지 않고 그냥 가버린 농부가 미워 계속 농부가 사라진 길 쪽을 바라보며 욕을 해댔다.

그러자 곧 밤이 되었다.

송사리는 마음을 가라앉히고 오랫동안 밤하늘의 별들을 바라보았다. 멀리 있는 별들이 꼭 실개천에서 함께 살던 송사리와 피라미와 버들붕어와 모래무지처럼 느껴졌다.

"그래, 내 소임이 무엇인지 알고 죽는 것만 해도 퍽 감사한 일이야. 세상에는 자신의 소임이 무엇인지 모르고 살다가 죽는 이들도 참 많지."

송사리는 밤이 깊어갈수록, 별빛이 빛나면 빛날수록 자신의 삶의 소임이 무엇인지 이해할 수 있을 것 같았다. 비록 맑은 실개천을 떠나 소 발자국에 고인 웅덩이 속에서 생을 마감한다 하더라도, 주어진 소임을 다하는 뜻있는 죽음이라면 그리 섭섭할 것도 없다 싶었다.

돌탑

 산길 소나무 아래에 사는 작은 돌멩이 하나가 하찮은 돌멩이의 신세로 살아가는 자신의 삶을 몹시 비관했다.
 "하필이면 돌멩이가 뭐야, 돌멩이가. 에이, 차라리 죽고 말지. 이렇게 살 바에야 죽는 게 더 나아."
 그는 허구한 날 살 생각보다 죽을 생각만 했다. 그러면서 어떻게 하면 고통받지 않고 잠자는 듯 죽을 수 있을까 하고 곰곰 생각하는 일로 하루해를 보냈다.
 그러자 어느 날 소나무가 그의 속마음을 알아차리고 타이르듯이 말했다.
 "돌멩이야, 그런 생각은 하는 게 아니야. 넌 아주 소중한 존재야. 자기 자신을 그렇게 함부로 비하하는 게 아니야. 부처님은 이 세상에서 가장 소중한 존재는 바로 자기 자신이라고 말씀하셨어."

"하하, 지금 와서 무슨 그런 말씀을 하세요? 언제 제게 따뜻한 눈길 한번 준 적이 있으세요?"

돌멩이는 그런 말을 하는 소나무가 우습다는 듯 힐끔 소나무를 한번 쳐다보고는 입가에 싸늘한 웃음을 띠었다.

"돌멩이야, 우리 아버지 말씀이 옳아. 네가 옆에 있으니까 얼마나 든든한지 몰라."

이번에는 솔방울이 나서서 말했으나 돌멩이는 아예 대답조차 하지 않았다.

"그래, 솔방울의 말이 맞아. 솔방울한테 너도 예전에 큰 바위였다는 얘길 들은 적이 있어."

이번에는 소나무 위에 앉은 멧새가 말했으나 돌멩이는 "흥!" 하고 콧방귀만 뀔 뿐이었다.

"아, 정말 죽고 싶어. 아무짝에도 쓸모가 없으면서도 왜 이 세상에 태어났을까?"

삶을 비관하는 돌멩이의 탄식 소리는 계속되었다.

그 소리는 처음에는 주위에 있는 나무나 풀이나 새들만 알아들었으나 날이 갈수록 산과 강과 사람들도 알아듣게 되었다.

하루는 한 등산객이 돌멩이 옆을 지나가다가 돌멩이

의 탄식 소리를 듣고 말을 걸었다.

"야 이놈아, 넌 도대체 뭐가 그리 불만이니? 탄식하는 네 목소리에 산이 다 무너지겠다, 이놈아."

"제가 아무짝에도 쓸모가 없어서 그래요. 쇠똥은 말려서 땔감으로라도 쓰는데, 저는 아무 데도 쓰이는 데가 없잖아요."

"쯧쯧, 아무 데도 쓰이는 데가 없다니, 그렇지 않아. 그건 네가 잘못 생각하는 거야. 너도 참으로 소중하게 쓰일 데가 있어."

"거짓말하지 마세요."

"허허, 이 녀석, 거짓말이라니!"

"이제 그런 소리는 귀에 못이 박혔어요."

"허허, 이 녀석이 정말? 그럼 내가 거짓말이 아니라는 걸 당장 알게 해줄까?"

등산객은 돌멩이가 뭐라고 채 말하기도 전에, 그 자리에서 바로 돌탑을 쌓기 시작했다. 죽고 싶다는 그를 번쩍 들어 가장 밑바닥에 깔고, 주변의 다른 돌멩이들을 주워 자그마한 돌탑을 쌓고는 서둘러 길을 떠났다.

등산객이 쌓은 돌탑은 처음에는 아주 작고 낮은 게 보잘것없었다. 돌탑이라기보다는 그저 돌무더기에 지나지 않았다.

그러나 차차 시간이 지날수록 산길을 가는 사람들이 자꾸 돌 위에 돌을 얹어놓아 그리 높지는 않지만 제법 그럴싸하게 탑을 이루었다.

"으음, 그 사람 말이 맞긴 맞군. 이제 죽을 생각은 안 해야 되겠어."

돌탑이 된 돌멩이는 아주 기분이 좋았다. 아무짝에도 쓸모가 없을 줄 알았던 자신이 이렇게 멋진 탑을 이루는 데 쓰였다 싶어 얼굴에 자꾸 미소가 떠돌았다. 무엇보다도 사람들이 돌탑에 돌을 얹으며 크고 작은 소원들을 빌 수 있는 그런 소중한 존재가 되었다는 사실이 가장 큰 기쁨이었다.

'산다는 게 이렇게 기쁜 것이군. 그동안 왜 이런 기쁨을 몰랐을까. 어쩌면 내가 사람들의 소원을 들어줄 수 있게 될지도 몰라.'

돌멩이는 그런 생각을 하며 하루하루 기쁨 속에서 지나게 되었다.

돌탑은 이제 더 이상 돌을 얹을 수 없을 정도의 높이를 지니게 되었다. 누군가가 손톱만 한 돌을 얹어놓고 간 뒤로 더 이상 돌을 얹어놓을 수가 없었다. 그러자 그때부터 돌멩이는 고통이 느껴지기 시작했다.

'도대체 이게 뭐야, 맨 밑에 깔려가지고 숨이 막혀 죽

을 지경이군.'

 돌탑은 바람이 조금만 불어와도 무너질 듯 위태로웠다. 돌탑이 무너지지 않으려고 애를 쓰면 쓸수록 돌멩이는 더욱더 견디기 힘들었다. 다람쥐나 청설모 몇 마리가 돌탑 주위를 신나게 돌아다니는 날이면 하루 종일 긴장된 마음을 놓을 수가 없었다.

 돌멩이의 얼굴엔 어느새 미소가 사라졌다. 조금만 바람이 거세게 불어와도 온몸이 팽팽히 긴장되었다.

 '돌탑이 무너지면 맨 밑에 있는 내가 그대로 깔려 죽어버릴 텐데, 이 일을 어떡하나. 무슨 수를 쓰든 써야 돼. 이대로 밑에 깔려 죽어버릴 수는 없어.'

 돌멩이는 이제 어떻게 하든 미리 돌탑을 빠져나가야 한다는 생각밖에 없었다.

 그때 마침 처음 돌탑을 만들어주었던 등산객이 지나가다가 반가움에 발길을 멈추고 말했다.

 "돌멩이야, 이제 네가 얼마나 소중한 존재인 줄 알겠지?"

 돌멩이는 등산객의 말에 더 숨이 꽉 막혔다.

 "알기는 뭐가 알아요? 그런 소리 하지 말고 빨리 빼내주기나 하세요."

 "아니, 왜? 그게 도대체 무슨 말이냐?"

"맨 밑에 깔려 숨이 막혀 죽을 지경이에요."

"그 정도는 참을 수 있어야지. 너의 그런 인내가 이처럼 아름다운 돌탑을 이루는 거란다."

"아름답긴 뭐가 아름다워요? 무너질까 봐 간이 조마조마한데."

"그건 네가 자꾸 무서워하니까 그런 거야. 네 마음이 평온하면 위에 있는 돌들이 바람에 조금 흔들려도 돌탑은 무너지지 않는단다. 문제는 네 마음이 얼마나 튼튼하고 고요한가 하는 점이야. 그러니 무서워하지도 말고 걱정하지 말거라. 일어나지 않을 일을 일어날 것이라고 미리 예상해서 오늘 하루를 걱정하면서 살지 말란 말이다."

"아저씨, 알았어요, 알았으니까 제발 그런 쓸데없는 소리 좀 그만하고 나를 좀 빨리 빼내줘요. 당신이 나를 이렇게 만들었으니까 당신이 책임지란 말이에요!"

돌멩이는 지금 당장이라도 돌탑이 무너지기라도 하듯 고래고래 소리를 질렀다.

등산객은 그런 돌멩이를 한참 동안 물끄러미 쳐다보다가 다시 물었다.

"그게 네가 정말 원하는 일이냐?"

"그래요, 정말이에요. 내가 언제 거짓말하는 거 봤어요?"

"그래, 정 그렇다면 내가 책임을 지지."

등산객이 돌탑의 맨 아래쪽으로 길게 손을 뻗어 돌멩이를 살짝 빼냈다.

순간, 무너져 내릴까 봐 돌멩이가 그토록 염려하던 돌탑이 와르르 무너져 내렸다.

난초와 풀꽃

 어느 아파트 베란다 창가에 난초 화분 하나가 살고 있었다. 아무도 그에게 관심을 갖는 이가 없어 그는 외로운 나날을 보내고 있었다.
 새들과 이야기를 나누고 싶어도 늘 창문이 닫혀 있어 새 한 마리 날아오지 않았다. 흐린 창밖으로 흘러가는 하늘의 구름을 바라보는 일은 그저 지루하기만 했다. 그래도 가끔 베란다에 널리는 빨래나 쓰레기봉투에 버려진 신문과 이야기를 나누는 일은 있었으나 그는 늘 외로움에 시달렸다.
 '신문이라도 좀 볼 수 있으면 좋으련만…….'
 어쩌다가 그런 생각이 들어 재미있는 기사라도 하나

읽어달라고 하면 신문은 코웃음을 칠 뿐이었다.

"난초가 신문은 읽어서 뭐 한담!"

그는 신문이 그런 말을 하면 더 이상 아무 말도 못 하고 멍하니 창밖만 바라보았다.

"나도 세상이 어떻게 돌아가는지 궁금할 때가 있어."

혼잣말처럼 그런 말을 내뱉고 창밖을 바라보면 바라볼수록 그의 외로움은 더욱 깊어갔다.

그에게도 주인한테 사랑받던 젊은 시절이 있었다. '축 부장 승진'이라고 쓴 연분홍빛 리본을 가슴에 달고 활짝 꽃을 피운 채 아파트로 배달되었을 때만 해도 주인의 사랑을 독차지했다. 주인 남자는 일주일이 멀다 하고 물을 흠뻑 주기도 하고, 심심하지 않도록 텔레비전이 가장 잘 보이는 곳에다 그를 두기도 했다.

그러나 해가 지날수록 그는 천덕꾸러기 신세가 되어갔다. 뿌리가 썩을 정도로 물을 주고 하던 주인 남자가 한 달이 지나도 물 한번 주지 않을 때가 있었다. 길게 쭉 뻗어 올리던 잎도 자꾸 시들어 그의 몸도 점점 야위고 작아져갔다.

그것은 그가 축하 화분이 되어 아파트로 와서 산 지 삼 년쯤 지난 어느 날 주인 남자가 다니던 회사를 그만두게 된 뒤부터 일어난 일이었다.

그는 늘 우울해하는 주인 남자를 위해 있는 힘을 다해 꽃을 피워 올린 적도 있었다. 그러나 주인 남자는 눈길 한번 주지 않았다. 아니, 꽃을 피운 그다음 날 아예 집으로 들어오지 않았다. 꽃이 다 지고 향기마저 다 사라져 버린 날, 술에 취한 듯 초라한 모습을 하고 집으로 돌아와 멍하니 그를 쳐다볼 뿐이었다.

그날 이후로 주인 남자가 그에게 물을 주는 일은 없었다. 주인 여자가 가끔 가뭄에 콩 나듯이 물을 주었다. 집안 살림만 하던 주인 여자가 직장 생활을 시작하고 나서부터는 아예 물 한 모금 얻어먹기 힘들었다.

그는 외로움을 견디는 일도 힘들었지만 늘 목이 말라 더 힘들었다. 어떤 때는 이대로 말라 죽어버리는 게 아닌가 하고 덜컥 겁이 날 때도 있었다.

"넌 목마르지 않아서 좋겠다."

그는 도자기 화분 겉면에 멋지게 그려진 난초가 오히려 부러웠다.

"넌 시들지도 않고 언제나 그렇게 꽃을 피우고 있으니까 정말 좋겠다."

"날 부러워하지 마. 난 그림에 불과해. 향기도 없어. 너처럼 생명의 존재가 아니잖아."

그림으로 그려진 난초가 안타까운 표정을 지으며 그

를 위로해주었다.

"그래도 난 네가 부러워. 넌 누가 물을 주지 않아도 목마르지 않잖아."

"그건 그래. 그렇지만 난 화분이 깨지면 그만이야. 넌 내가 깨져도 다른 화분에 옮겨 심어지면 되는 거야. 힘들더라도 좀 참고 기다려봐. 가장 암담할 때 가장 큰 희망이 있다고 했어. 희망은 절망에 뿌리를 내리고 있는 거야. 희망을 잃지 마. 이제 곧 봄이 올 거야."

그림으로 그려진 난초가 마치 엄마처럼 그를 다독거렸다.

"그래, 맞아, 봄을 기다리는 거야!"

"그래, 봄이 오면 너에게 좋은 일이 있을 거야."

그날부터 그는 봄을 기다렸다. 주인 남자가 어쩌다가 한번 물을 주다가 "이거 정말 귀찮아 죽겠군. 꽃도 안 피는 걸 이렇게 자꾸 물을 줘야 되나. 올봄에도 꽃이 피지 않으면 내다버리고 말아야지" 하고 말할 때도 꾹 참고 봄이 오기만을 기다렸다.

"올봄에는 꼭 꽃을 피우고 말 거야!"

그는 주인 남자를 위해서라도 꽃대 높이 꽃을 피워 주인 남자의 가난한 가슴을 난 향기로 가득 채워주고 싶었다.

봄은 곧 찾아왔다. 베란다 창밖으로 바라본 매봉산에 눈이 녹고 어느새 진달래가 피기 시작했다. 매화도 목련도 벚꽃도 피어나 그는 가슴이 두근거렸다. 연달아 피어나는 꽃들을 보자 정말 좋은 일이 일어날 것만 같았다. 그러나 아무리 기다려도 그에게 좋은 일은 일어나지 않았다.

'내가 공연히 봄을 기다렸나 봐.'

그는 곧 시무룩해졌다. 온몸에 힘이 쭉 빠져나갔다. 사방에 꽃이 피었는데도 주인 남자는 베란다 창을 열어 놓고 하염없이 담배만 피워대었다.

그런 어느 날이었다. 어디서 날아왔는지 그의 좁은 화분 안에 풀씨 하나가 날아와 가만히 앉아 있었다. 그는 처음에는 주인 남자가 피우던 담뱃재가 떨어진 줄 알고 대수롭지 않게 여겼다. 그런데 차차 시간이 지나자 그게 아니었다. 그것은 풀씨였으며 조금씩 조금씩 가늘게 뿌리를 내리는 것이었다.

'얘, 여긴 네 집이 아니야.'

그는 처음에 그렇게 말하고 싶었다.

'여긴 물도 부족하고, 네가 살 만한 곳이 아니야, 어서 다른 데로 가!'

그는 풀씨를 멀리 쫓아버리고 싶었다.

그러나 풀씨는 점점 더 깊게 뿌리를 내렸다.

'아하! 더 이상 외로워하지 말라고 풀씨가 나를 찾아와주었구나. 봄이 오면 좋은 일이 있을 거라고 생각했는데 바로 이거였구나!'

그는 뒤늦게나마 그런 생각을 하며 풀씨를 마음속 깊이 받아들였다.

풀씨와 함께 살게 되자 그는 외롭지 않았다. 여전히 주인이 물을 자주 주지 않아 늘 목이 말랐지만, 더구나 그 부족한 수분마저 풀씨하고 나누는 안타까움이 있었지만, 풀씨와 형제처럼 함께 살고 있다는 것만으로도 늘 기뻤다.

풀씨는 곧 싹을 틔우고 쑥쑥 키가 자라 올랐다. 그는 마치 자기의 키가 쑥쑥 자라 오르는 것 같았다.

'아니, 언제 풀씨가 이렇게 컸지?'

어느 날 그는 문득 풀씨가 자기의 키보다 훨씬 더 크다는 사실을 발견했다.

'아이, 속상해!'

그는 마음이 몹시 언짢았다. 풀씨가 자기보다 훨씬 더 크게 자라리라고는 미처 생각하지 못한 일이었다. 그는 키가 큰 풀씨를 보자 자신이 초라하게 느껴졌다.

그런데 이게 또 웬일인가. 이번에는 풀씨가 노란 꽃을

피우고 쌩긋쌩긋 웃고 있는 게 아닌가. 그는 더욱 속이 상했다. 명색이 춘란인 자기도 아직 꽃을 피우지 못하고 있는데, 한낱 풀씨에 불과한 것이 꽃을 피웠다 싶어 은근히 풀씨가 미워지기 시작했다.

"어머나! 예쁜 꽃이 폈네!"

주인 여자가 베란다에 빨래를 널다가 풀꽃을 보고 반색을 하자 그는 풀씨가 더욱 미워졌다. 난 화분에 난초꽃이 피어야 마땅한데 풀꽃이 피었다는 것은 너무나 자존심이 상하는 일이었다.

그는 속으로 풀꽃이 하루빨리 시들어버리기를 기도했다. 그런데 그런 기도를 하면 할수록 풀꽃은 더욱더 아름답게 피어났다.

'아, 나도 꽃을 피워야 할 텐데……'

그는 속이 상해서 지금 당장이라도 풀꽃보다 몇 배나 아름다운 꽃을 피우고 싶었다. 그러나 아무리 꽃을 피우고 싶어도 꽃대조차 올라오지 않았다.

그런 어느 날 아침이었다. 깊은 잠에서 깨어나 눈을 뜨자 풀꽃이 아침 햇살에 찬란하게 빛나고 있었다. 그는 그날따라 햇살에 빛나는 노란 풀꽃이 참으로 아름답다고 생각되었다. 그러자 풀꽃을 미워하는 마음이 어디론가 달아나버리고 말았다.

'아, 풀꽃이 참 아름답구나. 나보다 훨씬 더 아름다워. 나는 꽃을 못 피우더라도 풀꽃이라도 이렇게 아름답게 피어 있으면 괜찮아. 나 대신 피어난 걸로 생각하면 돼.'

그는 그런 생각을 하면서 미소 띤 얼굴로 풀꽃을 바라보고 또 바라보았다.

그런데 바로 그 순간이었다. 그는 자신도 모르게 꽃대를 높이 뻗어 올리기 시작했다. 그리고 며칠 지나지 않아서 꽃 대궁에 새 발자국 같은 아름다운 꽃을 피우게 되었다.

"와! 여기 춘란이 폈다! 난 어디서 이렇게 좋은 향기가 나나 했지!"

이번에는 주인 남자가 그를 보고 탄성을 내질렀다.

"난이 폈으니까 이제 우리 집에도 좋은 일이 있겠지!"

그는 기뻐하는 주인 남자를 보며 한순간 자신이 참 행복하다는 생각이 들었다.

기파조耆婆鳥

 머리가 둘 달린 '기파조'라는 이름의 새 한 마리가 있었다. 하나의 몸에 머리가 둘 달렸으니 얼핏 그 모습을 떠올리면 퍽 괴기할 것 같지만 실은 그렇지 않다. 비록 익숙한 모습은 아니지만 머리에 조그마한 관이 있고 깃털의 색깔 또한 팔색조처럼 아름다워 보는 이마다 예쁘다고 감탄을 하곤 한다.
 그뿐 아니라 목소리 또한 어여뻐 기파조가 노래를 부르면 나무들이 좋아서 춤을 추기도 하고, 별들이 더 가까이 다가와 노래를 들으려고 하다가 그만 별똥별이 되어 지상으로 떨어지기도 한다.
 그러나 기파조는 처음엔 자신이 왜 그런 모습으로 태

어났는지 이해할 수 없어 항상 엄마를 원망하는 마음이 가득했다.

"엄마, 엄마는 머리가 하난데, 우린 왜 둘이에요? 창피해서 어디 다니기가 싫어요."

"그렇지 않단다. 너희들은 아주 특별한 존재란다. 너희들이 그렇게 태어나게 된 건 어떤 특별한 뜻이 있기 때문이란다. 그 뜻을 아주 귀하게 여기렴."

"그 뜻이 뭔데요?"

"글쎄, 그건 엄마도 잘 모른단다. 아마 이 세상을 살아가는 데 꼭 필요한 아주 소중한 뜻이 아니겠니."

엄마는 기파조의 머리를 부드럽게 쓰다듬어주면서 다시 말을 이었다.

"너희가 머리가 둘이라고 해서 서로 다른 생명을 지니고 있는 것은 아니다. 너희들은 둘이지만 생명은 하나다. 그러니까 서로 열심히 사랑하면서 살아라. 그러면 단점보다 장점이 더 많을 거다."

기파조는 엄마의 그런 말씀을 듣자 그제야 마음이 아주 푸근해졌다. 더 이상 창피하게 느껴지지도 않았으며, 살아갈수록 엄마 말씀대로 나쁜 점보다 좋은 점이 훨씬 더 많았다.

배가 고플 때는 서로 먹으니까 조금만 먹어도 금방 배

가 불러져서 좋았다. 그리고 둘이 다 배불리 한번 먹고 나면 며칠 먹지 않아도 배가 고프지 않아서 좋았다. 또 일을 하다가 피곤할 때면 서로 교대로 잠을 자 쉬지 않고 꾸준히 일을 할 수 있어서 좋았다. 그래서 그들은 서로 교대로 밤새도록 잠을 자지 않고 어린 새들이 둥지에서 떨어지지 않도록 돌보아주는 일을 했다. 오른쪽머리 새가 잠든 동안에 왼쪽머리 새가 하늘의 별과 달을 바라보았다가 나중에 그 별빛과 달빛에 대해서도 얘기해주었다.

"아, 그래서 우리를 '생생조生生鳥'라고 하기도 하고, '공명조共命鳥'라고 하기도 하는구나."

이렇게 기파조는 머리가 둘이라는 사실이 그렇게 좋을 수가 없었다.

그런데 하루는 기파조가 산골짜기에 있는 어느 키 작은 나뭇가지에 앉아 있다가 무심코 붉은 열매를 쪼아 먹게 되었다.

"와, 맛있다. 이게 도대체 뭐지? 엄마가 말씀하시던 오미자 열맨가?"

그것은 오미자나무에 이삭 모양으로 달린 동그스름한 오미자 열매였다. 오미자 열매는 다섯 가지 맛, 즉 단맛, 신맛, 쓴맛, 짠맛, 매운맛을 내는 신묘한 열매로 새콤

달콤한 그 맛을 한번 맛보기만 하면 누구나 너무 맛있어 자꾸 먹게 되는 그런 열매였다.

마침 기파조는 가을이 되자 특별히 맛있는 음식을 먹고 싶었던 참이었다. 두 개의 입이 먹게 되니까 무슨 음식이든 조금만 먹어도 배가 불러 뭔가 좀 특별히 맛이 있는 음식이 없을까 하고 은근히 찾고 있던 중이었다.

기파조는 새콤달콤한 오미자 맛에 그만 반해버리고 말았다.

"우리 이거 많이 먹자. 너무 맛있다. 엄마가 세상에서 가장 맛있는 열매가 오미자 열매라고 하셨어."

오른쪽머리 새가 한꺼번에 몇 개씩 쪼아 먹었다.

"그래, 이렇게 맛있는 열매가 여기 있다는 걸 아무한테도 얘기하지 말자."

왼쪽머리 새도 신이 난다는 듯이 고개를 길게 뻗어 오미자 열매를 맛있게 쪼아 먹었다.

기파조는 그때부터 오미자를 쪼아 먹는 일로 하루해를 보냈다. 그러자 얼마 안 가 오미자 열매를 다 먹어버리고 말았다.

"엄마도 좀 드리지 않고 우리가 다 먹어버렸구나. 어떡하지?"

왼쪽머리 새가 머리를 긁적이며 미안한 듯한 표정을

지었다.

"그럼 또 찾아 나서자. 아마 어딘가에 또 있을 거야."

그들은 엄마한테 드린다는 핑계를 내세워 또 다른 오미자 열매를 찾아 나섰다.

그들은 마침 맞은편 산골짜기에 단 한 그루 있는 오미자나무를 발견했다. 오미자 열매는 몇 송이 달려 있지 않았지만 그것을 발견했다는 것만으로도 그들은 기뻤다.

"이거, 우리가 먹지 말고 엄마 갖다드리자."

"그래, 그렇게 하자. 그게 좋겠다. 먹고 싶어도 좀 참자."

왼쪽머리 새의 말에 오른쪽머리 새도 맞장구를 쳤다.

그날 밤이었다. 보름달이 뜨자 오미자나무에 앉아 있던 왼쪽머리 새가 깊이 잠이 들어버리고 말았다.

오른쪽머리 새는 오미자 열매를 먹고 싶다는 생각에 쉽게 잠이 오지 않았다. 그래서 그만 보름달이 구름 사이로 슬며시 들어가버린 순간, 오미자 열매를 모조리 다 먹어버리고 말았다.

이튿날, 왼쪽머리 새는 깜짝 놀라지 않을 수 없었다.

"아니, 오미자가 다 어디 간 거야? 누가 다 먹었어?"

"미안해. 내가 먹었어."

"엄마 드린다고 해놓고 혼자 다 먹어? 나도 안 주고?"

오른쪽머리 새는 미안한 마음에 한동안 입을 다물고

있다가 더듬더듬 다시 말을 이었다.

"내가 또 찾아볼게. 아직 열매가 달려 있는 나무가 어디에 있을 거야."

기파조는 다시 산골짜기를 뒤져 밤이 되어서야 열매가 딱 한 송이 달려 있는 오미자나무를 찾았다.

"이건 먹으면 안 돼. 내일 아침에 엄마하고 같이 먹을 거야. 알았지?"

"그래, 걱정하지 마."

"그래, 난 널 믿어. 우린 서로 믿지 않으면 안 돼."

잠이 많은 왼쪽머리 새는 오른쪽머리 새의 말을 굳게 믿고 곧 깊은 잠에 빠져들었다.

그러나 오른쪽머리 새는 그렇게 다짐을 했건만 오미자 열매가 먹고 싶어 참을 수가 없었다. 처음에는 한 알만 먹으면 모르겠지 싶어 딱 한 알만 쪼아 먹었으나, 그렇게 한 알 한 알 먹다보니 어느새 다 쪼아 먹어버리고 말았다.

이튿날 아침, 왼쪽머리 새는 화가 머리끝까지 치솟았다.

"나 혼자 먹을 것도 아니고, 엄마 드릴 건데 이럴 수가 있어?"

"미안해. 내가 정신이 나갔나 봐."

"이왕 먹을 거면 나를 깨우기라도 해야지. 아니면 내 몫을 남겨놓든가."

"깨워도 네가 계속 자는 바람에 그만……."

오른쪽머리 새는 거짓말까지 하는 자신이 무척 놀라웠다.

"우린 서로 한 몸이잖아. 남도 아닌데, 너 혼자 맛있는 걸 먹어? 이럴 수가 있단 말이야?"

"앞으로는 정말 안 그럴게. 무엇이든 나눠 먹을게. 약속할게."

"아니야. 이젠 난 널 안 믿어. 너무나 섭섭해."

왼쪽머리 새는 섭섭한 마음을 견디기 힘들었다. 그래서 어떻게 하면 오른쪽머리 새에게 앙갚음을 할 수 있을까 하는 생각을 하게 되었다.

앙갚음을 할 수 있는 날은 생각보다 빨리 다가왔다.

다시 오미자 열매를 찾아 산골짜기를 헤매다가 그들은 찔레나무 열매를 발견하게 되었다. 찔레나무 열매는 오미자처럼 발갛게 익은 게 여간 귀엽고 앙증맞은 게 아니었다.

"야, 찾았다! 이번엔 내가 안 먹을 거야."

오른쪽머리 새는 그 열매가 찔레 열매인 줄 모르고 크게 소리쳤다.

왼쪽머리 새는 그 열매가 독이 있다고 엄마가 먹지 말라고 한 찔레 열매라는 사실을 말하려고 하다가 얼른 입을 다물었다.

"저건 우리가 제일 좋아하는 오미자 열매처럼 생겼지만 오미자가 아니다. '색미자'라고 하는 찔레 열맨데, 독이 들어 있단다. 사람이 먹으면 괜찮지만 우리 새들이 먹으면 치명적이란다. 그러니까 조심해야 돼. 빛깔이 곱고 아름다운 것일수록 독이 들어 있단다."

왼쪽머리 새는 엄마가 한 이 말이 기억났지만, 오른쪽머리 새는 전혀 기억이 나지 않는 듯했다.

그날 밤, 왼쪽머리 새는 오른쪽머리 새가 그게 오미자 열매인 줄 알고 밤사이에 또 몰래 먹을 게 뻔한데도 미운 마음이 앞서서 일부러 아무 말도 하지 않고 잠이 들었다.

오른쪽머리 새는 그날 밤에도 그만 왼쪽머리 새 몰래 그 열매를 혼자 맛있게 먹고 말았다. 그리고 그 독이 온몸에 퍼져 기파조는 그만 땅 위로 툭 떨어져 죽고 말았다.

왼손과 오른손

 사람이라면 누구나 다 왼손과 오른손이 있다. 선천적이든 후천적이든 신체장애를 지닌 경우를 제외하고는 누구나 다들 양손을 지니고 있다.
 물론 나도 왼손과 오른손을 지니고 있다. 그런데 참 이상한 일이다. 나의 왼손과 오른손은 서로 친하지가 않다. 아니, 친하지 않다기보다 서로 돕지를 않는다. 사람은 두 손을 다 써야 무거운 물건도 들어 올릴 수 있고 세수도 할 수 있고 제대로 걸을 수도 있는데 나는 그렇지가 않다. 왼손과 오른손이 서로 원수처럼 대하니 하루하루가 힘이 든다.
 내가 손으로 무슨 일을 하려고 하면 꼭 왼손은 오른손

을, 오른손은 왼손을 먼저 살펴본다. 서로 자기에게 주어진 일만 하면 되는데 그렇지가 않다. 내가 왼손을 사용해서 어떤 일을 하면 오른손이 금방 토라져버리고, 내가 오른손을 이용해서 무슨 일을 하면 왼손이 벌컥 화를 내버린다. 왼손은 왼손의 할 일, 오른손은 오른손의 할 일만 하면 되는데도 그렇다.

내 손이 그렇게 된 데에는 어쩌면 내 잘못이 클지도 모른다. 나는 두 손을 지니고 있으면서도 꼭 한 손을 많이 사용한다. 두 손을 공평하게 사용하지 않고 주로 왼손을 많이 사용하는 왼손잡이이다.

엄마 말씀에 의하면 나는 어릴 때부터 왼손잡이였다고 한다. 엄마 젖을 떼고 밥을 먹을 때부터 왼손을 써서 그걸 고치려고 왼손을 쓰면 밥도 주지 않았다고 한다. 그래서 나도 남들처럼 오른손잡이가 되거나 두 손을 다 쓰는 양손잡이가 되기 위해 부단히 노력을 했다.

그러나 아무리 노력해도 왼손잡이에서 벗어날 수가 없었다. 젓가락질을 할 때도 사과를 깎을 때도 심지어 대변을 보고 뒤처리를 할 때도 꼭 왼손으로 하게 된다. 아마 오른손은 그런 내가 몹시 못마땅한 나머지 왼손을 미워하게 된 게 아닌가 싶다.

그래도 내가 어릴 때는 왼손과 오른손 사이가 그렇게

나쁘지 않았다. 심심하면 서로 그림자놀이를 할 정도로 사이가 좋았다. 그런데 내가 스무 살 청년이 되어 애인이 생기자 그만 사이가 나빠지기 시작했다. 나는 왼손으로만 애인의 부드러운 손을 잡곤 했는데 하루는 오른손이 자기도 내 애인의 손을 잡고 싶다는 것이었다.

"아, 알았어, 알았어. 미안해."

나는 오른손의 청을 받아들여 오른손으로 애인의 손을 잡으려고 했으나 그게 그렇게 잘되지 않았다. 왼손잡이라 나도 모르게 자꾸 왼손으로만 애인의 손을 잡았다.

오른손은 그게 몹시 부럽기도 하고 화가 나기도 했던 모양이다. 오른손은 그때부터 툭하면 왼손에게 시비를 걸곤 했다. 반드시 두 손으로 해야 할 일이 있어도 말을 듣지 않았다.

한번은 애인의 집 근처 골목에서 용기를 내어 첫 키스를 하려고 하는데 오른손이 말을 듣지 않았다. 엉겁결에 왼손만으로 애인을 껴안고 키스를 하긴 했지만 나는 얼마나 화가 났는지 모른다.

그뿐만이 아니다. 길에 넘어진 할머니를 일으켜 세우려고 해도 오른손이 말을 듣지 않았다. 헬스장에서 바벨을 들 때도 오른손이 제대로 힘을 주지 않아 어깨를 다치기도 했다. 심지어는 탁자에 놓인 맥주잔을 툭 쳐서 애인의 치마를 흥건하게 적신 일도 있었다. 그러니 내 마음이 어떻겠는가. 나도 자연히 오른손을 미워하게 되고 오른손을 사용하지 않으려고 들 수밖에 없었다.

그래서 나는 두 손을 동시에 사용하는 일은 하지 못한다. 한 손으로 가방을 드는 일은 잘하는데, 두 손으로 컴퓨터 자판을 두드린다든가 운전을 한다든가 식탁을 옮긴다든가 하는 일은 하지 못한다.

그렇지만 내가 언제까지 그렇게 살 수는 없는 일이었다. 하루는 한밤중에 응급실로 급히 어머니를 모셔가야 할 일이 생겼는데 내가 직접 운전을 할 수가 없었다. 하는 수 없이 겨우 택시를 잡아타고 갔는데 그때 더 이상 이렇게 살아서는 안 된다는 생각이 들었다.

"오른손아, 제발 좀 왼손을 도우면서 살아."

하루는 오른손이 너무 차가워 햇볕에 따뜻하게 해주면서 조용히 말했다.

"네가 그러니까 내가 힘들어 죽겠어."

"싫어요. 난 왼손이 미워요."

오른손은 내 말을 일언지하에 거절했다. 내가 그렇게 말하면 들어줄 줄 알았으나 그게 아니었다.

"그러지 마. 내가 왼손잡이라서 그런 거야. 너도 잘 알잖니."

"잘 알지만, 그래도 왼손이 싫은 걸 어떡해요?"

"그러지 말고, 서로 돕고 살아. 손은 도우면 남을 껴안을 수 있지만, 그렇지 않으면 서로 밀어내고 말아. 신이 인간에게 두 팔을 준 것은 서로 안아주라고 준 것이라는 말도 있잖니. 신이 인간에게 두 손을 준 것도 마찬가지야."

"자꾸 그런 소리 하지 마세요. 날 이대로 좀 내버려두세요."

"제발 좀 그러지 마. 세상은 서로 돕고 사는 거야. 손은 잡으면 서로의 마음과 마음을 이어줄 수 있지만, 자기 혼자 꽉 쥐고 있으면 남을 해치는 주먹이 되고 말아."

"주먹이 되어도 좋아요. 난 이대로 혼자 살 거예요."

오른손의 태도는 의외로 완강했다. 나는 그동안 내가 오른손을 사랑해주지 않은 탓이다 싶어 그제야 후회가 되었다.

'어떻게 하면 오른손의 마음을 돌릴 수 있을까.'

그날 이후부터 나는 늘 그런 생각을 하며 하루하루를 보냈다. 밥을 먹을 때나 길을 걸을 때나 지하철을 탈 때나 그런 생각을 하며 가능한 한 오른손을 쓰려고 애를 썼다.

그런 어느 날이었다. 지하철을 타려고 무심히 전동차

가 들어오기를 기다리고 있는데 다섯 살쯤 되는 사내아이가 계단 쪽에서 막 뛰어오다가 그만 선로 아래로 툭 떨어졌다.

"주영아!"

아기 엄마가 달려와 소리치는 순간, "지금 수서, 수서행 열차가 들어오고 있습니다" 하는 안내방송이 흘러나왔다. 그러고는 곧 전동차의 불빛이 터널 끝에서부터 보이기 시작했다.

순간, 나는 나도 모르게 선로 아래로 뛰어내렸다. 두 손으로 얼른 아이를 안아 선로 위로 올려놓았다. 그리고 나도 누군가가 내민 손을 잡고 얼른 선로 위로 올라왔다. 그러자 바로 열차가 도착했다.

"아이고, 학생, 정말 큰일 날 뻔했어!"

아이 엄마는 놀란 아이를 꼭 껴안은 채 아무 말도 하지 못했다. 정작 주위에 있던 다른 사람들이 웅성웅성 내 주위로 몰려들었다.

나는 얼른 그 자리를 빠져나왔다. 아이 엄마가 나를 향해 뭐라고 손짓을 하는데도 모른 척하고 얼른 승객들 속으로 몸을 숨겨버렸다.

"오른손아, 고맙다. 네가 도우니까 어린 한 생명을 살렸지 않니. 세상은 그렇게 서로 돕고 사는 거야."

나는 그날 오른손이 참으로 고마웠다. 나도 모르게 왼손으로 오른손을 자꾸 쓰다듬어주었다.

기다리는 마음

 강원도 산속 어느 휴양림에 가을빛이 완연했다. 계곡을 흐르는 물들이 여름보다 더 맑은 소리를 내었으며, 새들도 질세라 맑은 웃음소리를 토해냈다.
 산은 서서히 단풍이라는 옷을 입기 시작했다. 산들은 매일매일 서로 뜨겁게 연애라도 하듯 온몸에 홍조를 띠었다. 어떤 날에는 밤새 뜨겁게 사랑이라도 나눈 듯 아침 안개 속으로 더 붉은 속살을 드러냈다.
 휴양림을 찾는 사람들의 수도 부쩍 늘어났다. 주말이 되면 평소보다 서너 배씩 사람들이 몰려왔다.
 떡갈나무는 사람들이 찾아오면 늘 재미있었다. 하루 종일 고요히 바람과 햇살과 새들하고만 있다가 사람들이 찾아오면 숲에 활기가 돌아서 좋았다. 봄과 여름을 기다리고 가을과 겨울을 기다리는 일보다 찾아오는 사람들을 기다리는 일로 인해 자신의 삶이 지루하지 않다고 생각했다.

그러나 떡갈나무는 주말에 찾아오는 이들은 그리 반갑지 않았다. 그들은 무엇보다도 떠들썩해서 싫었다. 숲 해설가인 김씨 아저씨가 열심히 숲의 일생에 대해서 설명을 해도 멀뚱히 듣는 척 마는 척하는 이들이 많았다.

극히 드문 일이지만 개중에는 침을 탁 뱉는 이도 있었다. 몰래 오줌을 누는 이도 있었다. 먹다 남은 과자 봉지를 그대로 버리는 아이를 뻔히 보고서도 나무라지 않는 엄마들도 있어 떡갈나무는 늘 속이 상했다.

그래서 그는 주중에 고요히 혼자 찾아오는 이들을 반겼다. 그들의 조용한 발걸음 하나하나와 그들의 맑은 눈빛 하나하나에는 자연에 대해 경이로워하는 마음과 감사하고자 하는 마음이 어려 있었다.

떡갈나무는 주말이 지나고 월요일이 되면 공연히 가슴이 두근거렸다. 오늘은 누가 나를 혼자 찾아올 것인가 하고 기다리는 그의 마음은 마치 첫사랑을 기다리는 소년의 마음과도 같았다.

그날도 그는 아침에 누가 꼭 혼자 찾아올 것만 같아

마음을 고요히 하고 누군가를 기다리고 있었다.

햇살은 유난히 맑고 투명했다. 새들이 햇살을 한 입씩 입에 물고 가는 게 눈에 다 보일 정도였다. 그는 햇살에 온몸을 내맡기며 이제 잎과 열매를 하나둘 떨어뜨릴 때가 되었다고 생각했다.

그때 멀리 오솔길 끄트머리에서 한 여자가 걸어 올라오는 게 보였다. 여자는 맨발로 걷고 있었다. 손에 든 분홍색 운동화를 가끔 흔들 때마다 그녀의 긴 머리카락도 따라서 흔들거렸다.

떡갈나무는 왠지 가슴이 자꾸 두근거렸다. 숨을 죽이고 그녀한테서 잠시도 눈을 떼지 않았다. 그녀가 한 걸음 한 걸음 가까이 다가오면 올수록 더 가슴이 두근거렸다. 일찍이 전에 없던 일이었다.

'왜 이럴까, 내가 왜 이러지?'

여자는 줄곧 천천히 걸어오다가 떡갈나무 앞에서 딱 걸음을 멈추었다.

"어머, 떡갈나무네. 참 오랜만이구나. 예전에 우리 고향 뒷산에도 네가 있었어."

그녀의 목소리는 듣는 순간, 떡갈나무는 가슴이 터질 것만 같았다.

"널 가랑잎나무라고도 하지. 해마다 이맘때면 도토리

를 주워 엄마한테 참 많이 갖다드리곤 했단다. 그러면 엄마가 도토리묵을 만들어주셨는데, 참 맛이 있었어. 널 보니 돌아가신 엄마 생각이 나는구나."

여자는 마치 엄마 얼굴을 쳐다보듯 떡갈나무의 넓은 이파리를 올려다보았다.

"그리고 난 너처럼 넓은 잎을 가진 나무가 좋아. 사람들도 넓은 마음을 지닌 사람이 좋듯이 말이야."

그녀는 그런 말을 하면서 한참 동안 떡갈나무 앞에 서 있었다.

얼핏 그녀의 눈에 눈물이 고이는 것 같았다. 그 눈물 때문이었을까. 가을 햇살이 그녀의 눈동자에서 비로소 제 빛을 찾아 빛나는 것 같았다.

"다시 올게. 내가 올 때까지 이대로 잘 있어."

그녀는 잠시 그를 껴안았다. 떡갈나무는 그대로 온몸이 다 녹아버리는 것 같았다.

'꼭 다시 오세요. 그때까지 이 모습 그대로 기다릴게요. 그때 오시면 내 몸의 도토리를 다 드릴게요.'

떡갈나무는 속으로 그녀에게 부드럽게 속삭였다. 그리고 맨발로 걸어가는 그녀의 뒷모습을 오랫동안 지켜보았다.

그녀가 돌아가고 난 뒤 떡갈나무의 삶은 온통 기다림

의 삶이었다. 그는 그녀를 기다리는 일로 하루해를 보고 또 하루해를 맞이했다.

그러나 아무리 기다려도 그녀는 오지 않았다. 다른 떡갈나무들은 잎과 열매를 모두 떨어뜨려 다람쥐와 청설모의 먹이로 전해주었으나, 그는 잎도 열매도 떨어뜨릴 수가 없었다. 그것은 그가 그녀를 기다리고 있기 때문이었다.

"넌 왜 잎을 안 떨어뜨리는 거야?"

옆에 있던 친구가 견디다 못해 잎을 떨어뜨리라고 충고했다. 그러나 그는 잎은 떨어뜨리지 않고 원망하는 듯한 눈빛으로 친구를 쳐다보았다.

"잎과 열매를 다 떨어뜨려버리고 나서 그녀가 오면 어떡해?"

"그래도 괜찮아. 그건 너의 일방적인 약속이야."

"나 혼자만의 약속도 약속이야. 어쩌면 그게 더 중요한 약속인지도 몰라."

"이런 바보 같으니! 네가 잎을 떨어뜨려야 그 잎이 눈과 비를 맞고 썩어서 우리가 먹을 수 있는 양식이 생기는 거야. 그러니 빨리 잎을 떨어뜨려. 너무 늦었어."

친구는 화를 참지 못하고 점점 목소리가 커졌다. 그러나 그는 계속 고개를 저을 뿐이었다.

"아냐, 그럴 수 없어. 난 그녀를 사랑해."

"그뿐만이 아니야. 넌 그대로 겨울을 나다간 자칫 잘못 부상을 당할 수가 있어. 우리가 잎을 떨어뜨리는 것은 꼭 겨울을 나기 위한 양식 때문만은 아니야. 눈이 많이 내리면 눈의 무게에 가지가 부러질 수가 있어. 우리 몸이 다친단 말이야. 저 산 위의 침엽수들을 좀 봐. 저 소나무하고 전나무를 보란 말이야. 잎이 바늘처럼 뾰족뾰족하니까 눈이 와도 쌓이지 않아. 그래서 잎을 안 떨어뜨리는 거야. 그런데 우리 같은 활엽수는 그렇지 않아. 잎을 떨어뜨려야만 겨울에 살아남을 수가 있어. 그러니 친구야, 제발 고집 좀 부리지 마. 난 네가 걱정돼."

"그래, 걱정해주는 건 고맙다. 그렇지만 난 괜찮아. 너무 걱정하지 마. 난 나 스스로 정한 약속을 더 소중히 지킬 거야."

친구는 더 이상 말을 잇지 못하고 그를 멍하니 쳐다볼 뿐이었다.

겨울은 깊어갔다. 사나운 바람이 몰아치기도 하고 비가 내리기도 하다가 몇 날 며칠 눈이 내렸다.

폭설이었다. 산에 길이 없어지고, 날짐승들의 보금자리가 눈에 덮였다. 잎을 떨어뜨리지 않은 떡갈나무는 눈의 무게를 견디지 못하고 결국 몇 개의 가지가 부러졌다. 부러진 가지 사이로 피가 흐르고 찬바람이 몰아쳤다. 고통스러웠다. 그래도 그는 그녀를 기다리는 마음이 행복하게 느껴졌다.

봄을 기다린 두 토끼

　겨울 산속에 두 마리 토끼가 살고 있었다. 한 마리는 양지 쪽 산비탈에 살고 있었고, 또 한 마리는 음지 쪽 산비탈에 살고 있었다.
　그들은 자나 깨나 봄이 오기만을 기다렸다. 그들의 소원은 하루속히 겨울을 보내고 봄을 맞는 일이었다. 허옇게 산을 뒤덮은 흰 눈이 녹고 계곡의 얼음장 밑으로 흐르는 물소리를 들으며, 산과 들에 막 새로 돋기 시작한 풀 이파리들을 마음껏 뜯어먹는 일이었다.
　그러나 겨울은 좀처럼 지나가지 않았다. 조금 따뜻한 기운이 돈다 싶어 굴 밖으로 머리를 조금 내밀면 이내 차가운 바람이 휘몰아쳤다. 지난해 첫눈이 내리기 시작했을 때부터 굴속에 갇혀 내내 겨울잠만 자고 있기란 정말 여간 답답한 일이 아니었다.

"아아, 언제 봄이 오려나?"

"춥고 배고파서 못 살겠네."

"참고 기다리면 언젠가 봄은 오겠지."

그들은 하루하루가 일 년 같았다. 겨우내 먹을 양식마저 곧 떨어질 것 같아 아끼고 또 아껴 먹었다. 땔거리마저 모자라 한밤중에 기온이 뚝 떨어져도 불을 지피지 않고 참고 견뎠다.

그러나 봄은 오지 않았다. 하루속히 꽃들과 새들과 이런저런 이야기를 나누며 외로움을 달래고 싶었지만 봄은 돌아올 기색조차 보이지 않았다.

그렇다고 함부로 굴 밖으로 나가볼 수는 없는 일이었다. 자칫 잘못 굴 밖으로 나갔다가는 토끼몰이 나온 마을 사람들이 산 위에서부터 몽둥이를 들고 몰아쳐 내려오면 꼼짝달싹도 하지 못하고 잡혀버릴 게 뻔한 일이었다.

"하는 수 없구나. 참고 기다리고 있으면 언젠가는 봄이 오겠지."

그들은 모든 것을 단념하고 다시 깊은 겨울잠 속으로 빠져들었다.

그 뒤 얼마나 많은 시간이 지났을까. 양지 쪽 산비탈

에 사는 토끼는 이따금 깨어나 건너편 음지 쪽 산비탈을 바라보았다. 봄이 와서 눈이 녹았나 해서였다. 그러나 그곳엔 눈이 허옇게 쌓여 있었다.

"아직 봄이 오지 않은 게로군. 깨어날 때가 아직 멀었어."

그는 다시 겨울잠 속으로 빠져들었다.

그러다가 얼마 안 가서 다시 눈을 뜨고 건너편 음지 쪽 산비탈을 바라보았다. 눈은 여전히 녹지 않고 그대로 있었다.

"어머나! 아직도 눈이 녹지 않았네. 눈이 다 녹으면 나가야지."

그는 아직 겨울잠에서 깨어날 때가 아니라고 판단하고 다시 잠을 청했다.

그는 이러기를 몇 차례나 거듭했다. 눈을 떠서 건너편 음지 쪽 산비탈을 바라보면 언제나 눈은 녹지 않고 그대로 있었다. 그러다가 결국 그 토끼는 양지 쪽 굴속에서 나오지 못하고 굶어 죽고 말았다.

음지 쪽 산비탈에 살던 토끼도 문득 겨울잠에서 깨어나 건너편 양지 쪽 산비탈을 바라보았다. 볕바른 그곳엔 어느새 눈이 다 녹아버리고 없었다.

"아, 내가 잠든 사이에 벌써 봄이 왔구나! 기다리고 기다리던 봄이 왔구나!"

그는 얼른 굴 밖으로 뛰어나와 눈 녹은 양지쪽을 향해 힘껏 달려갔다. 그러나 바람은 살을 에는 듯 차가웠다.

그는 결국 굴속으로 돌아가지 못하고 찬바람 몰아치는 산속에서 그만 얼어 죽고 말았다.

양지쪽과 음지쪽에 사는 두 토끼가 봄을 기다리다가 그만 둘 다 죽고 만 것이다.

붉은 장미와 노란 장미

 요즘은 조화造花를 얼마나 잘 만드는지 그냥 눈으로 보고는 조화인지 생화生花인지 구분하기 힘들다. 직접 손으로 만져보고 나서야 조화라는 걸 알 수 있다. 그래서 요즘은 조화가 생화를 무시하는 일들이 자꾸 일어난다. 제가 지금부터 들려드리는 이야기는 조화 가게에 살던 어느 붉은 장미의 이야기다.
 붉은 장미는 너무나 아름다워 보는 사람들마다 칭찬을 아끼지 않았다.
 "어머! 예쁘다. 정말 장미 같다!"
 "꽃잎에 떨어진 이 이슬방울 좀 봐. 어쩜 이렇게 잘 만들었을까? 정말 생화하고 똑같네!"

이렇게 놀라지 않는 사람이 없을 만큼 붉은 장미는 생화와 똑같았다. 아니, 생화보다 더 아름다웠다. '조화 판매'라고 쓴 안내판만 없었다면 사람들은 모두 생화인 줄 알았을 것이다.

사람들 앞에 처음 얼굴을 내밀었을 때 붉은 장미는 사람들의 그런 칭찬이 무척 부끄러웠다.

'난 생화도 아닌데, 사람들이 왜 저렇게 칭찬을 하는 거지? 아마 꽃값을 깎으려고 그러는 걸 거야.'

붉은 장미는 사람들이 칭찬할 때마다 늘 마음에 없는 소리를 하는 것이라고 생각했다. 그런데 칭찬을 자꾸 받으니까 차차 생각이 바뀌게 되었다.

'내가 정말 아름답긴 아름다운가 봐. 나도 이제 남의 칭찬을 받아들일 줄 알아야 해.'

붉은 장미는 그런 생각을 하고 나서부터 사람들의 칭찬을 당연한 것으로 받아들였다. 어쩌다 칭찬을 하지 않고 그냥 무심히 지나치는 사람이 있으면 "저 사람은 아름다움이 무엇인지 몰라" 하고 오히려 화를 내었다. 그만큼 자신의 아름다움에 자신이 있었다.

'내가 생화보다 나으면 나았지 못하지는 않아.'

붉은 장미는 생화나 조화나 어떻게 태어났느냐 하는 점만 다를 뿐 똑같은 아름다움을 지니고 있다고 생각했다.

'꽃이란 결국 얼마나 아름다우냐가 중요한 거야. 생화냐 조화냐가 중요한 게 아니야.'

붉은 장미는 이제 자신도 세상에서 가장 아름다운 꽃이 될 수 있다고 확신했다. 그리고 조화로 태어난 걸 부끄러워하는 다른 조화들을 크게 나무랐다.

"너희들, 생화한테 왜 그렇게 기죽는 거야? 왜 자꾸 생화하고 비교하는 거야? 생화는 생화고, 우리는 우리야. 우리 스스로 꽃이면 되는 거야."

다른 조화들은 붉은 장미가 아무리 열심히 이야기해도 귀담아듣지 않았다.

"잠도 못 자게 왜 자꾸 떠들어대는 거야?"

오히려 붉은 장미에게 조용히 하라고 소리쳤다. 그렇지만 붉은 장미는 더 열심히 그들에게 말했다.

"나도 한때 그런 생각을 한 적이 있어. 그렇지만 이제 난 조화라고 해서 부끄러워하지 않아. 우리는 우리 나름대로 소중한 거야."

다른 조화들이 듣든 말든 붉은 장미는 이야기를 계속해 나갔다.

"우리 스스로 아름답다고 생각해야만 다른 꽃들이 우리를 아름답다고 생각하는 거야. 우리의 아름다움은 우리 스스로 만드는 거야. 누가 만들어주는 게 아니야."

그런 어느 날이었다.

붉은 장미는 그만 자기가 살던 꽃 가게를 떠나게 되었다. 가게 문을 막 닫으려는 시간에 어떤 남자한테 다른 꽃보다 더 비싼 값에 팔려갔다.

붉은 장미가 남자를 따라간 곳은 은우라는 초등학생이 사는 아파트였다.

"은우야, 생일 선물!"

붉은 장미는 은우의 생일 선물이 되었다는 사실이 무척 기뻤다.

"아빠, 고맙습니다."

은우는 붉은 장미를 가슴에 안은 채 아빠한테 뽀뽀를 퍼부었다.

"아빠, 너무 예뻐요. 이렇게 예쁜 장미는 처음 봤어요."

붉은 장미는 은우의 말에 마음이 놓였다. 은우가 생화를 사 오지 않고 조화를 사 왔다고 싫어할까 봐 마음이 조마조마했다.

"어쩜 이렇게 잘 만들었을까. 생화하고 똑같네, 똑같아."

은우 엄마도 너무 예쁘다면서 붉은 장미를 꼭 생화처럼 대했다. 어떤 때는 먼지라도 묻을까 봐 호호 입김을 불어주기도 하고, 또 어떤 때는 분무기로 살짝 물을 뿌려주기도 했다.

가끔 은우 집에 놀러 오는 이웃 사람들도 은우 엄마가 하는 모습을 보고 대부분 붉은 장미를 생화로 여겼다.

"어머나! 난 생화인 줄 알았네. 어쩌면 이렇게 생화보다 잘 만들었을까."

어쩌다가 붉은 장미를 직접 손으로 만져본 사람들도 감탄의 말을 아끼지 않았다.

붉은 장미는 행복했다. 세상에서 사랑받는 일만큼 행복한 일은 없었다. 이 세상에 조화로 태어나게 해준 하느님에게 늘 감사하는 마음을 잃지 않았다.

그러면서 생화보다 조화가 더 아름답다는 생각을 더욱 굳혀나갔다. 조화의 아름다움과 자존심을 오직 자기만이라도 끝까지 지켜야 한다고 생각했다.

그런 어느 날 밤이었다. 이번에는 은우 아빠가 생화 한 다발을 가슴에 안고 집으로 돌아왔다.

"자, 당신 생일 축하해. 이번에는 생화야."

은우 아빠는 노란 장미 한 다발을 은우 엄마의 가슴에 안겨주었다.

"어머, 당신! 고마워요. 당신 정말 멋진 남편이에요."

은우 엄마는 펄쩍 뛸 듯이 기뻐하면서 은우 아빠의 뺨에 "쪽!" 소리가 나도록 키스를 퍼부었다.

붉은 장미는 그런 은우 엄마가 좀 야속하게 느껴졌다.

은우 엄마는 꽃병에 물을 부어 노란 장미를 꽃병에 꽂아 내 곁에 두었다.

'나는 시들지 않으니까 물을 줄 필요는 없지.'

붉은 장미는 그런 생각을 하며 애써 잠을 청했다.

그날 밤이었다.

밤이 깊어지자 노란 장미가 붉은 장미에게 은근히 말을 걸어왔다.

"넌 표정이 왜 그러니? 어디가 아프니?"

"아니, 안 아파. 나한테 신경 쓰지 마."

붉은 장미는 노란 장미와 말도 하기 싫었다.

"우리 친하게 지내자. 우리가 이렇게 만난 건 서로 친구가 되라고 만난 거야."

"괜찮아. 난 너랑 친해질 생각이 없어. 넌 조금 있으면 시들어 죽어버리고 말 테니까."

"넌 나랑 있는 게 기분 나쁜 모양이구나. 넌 나보다 네가 더 아름답다고 생각하는 것 같아. 네 표정을 보니까 그런 생각이 들어."

"그거야, 그렇지. 내가 더 아름답지."

"그래? 정말 그렇게 생각해?"

"그럼!"

붉은 장미는 어깨를 으쓱 치켜올리며 노란 장미를 빤히 쳐다보았다.

"너는 참 오만하구나. 난 너처럼 오만한 꽃을 본 적이 없어."

"그럼 넌 네가 더 아름답다고 생각하니?"

"그럼! 난 생화야. 그건 당연한 일이야. 넌 나를 흉내 낸 꽃에 불과해."

"하하, 넌 참으로 어리석구나. 난 지금까지 너처럼 어리석은 생화를 본 적이 없어. 넌 영원히 변하지 않는 아름다움을 모르는구나. 난 너처럼 시들지도 않고 죽지도 않아. 나에겐 죽음이라는 게 없어. 그러나 넌 이제 곧 죽을 거야. 큰소리칠 날도 며칠 남지 않았어."

"하하, 너야말로 너 자신을 잘 모르는구나. 넌 장미이면서도 향기가 없잖아."

"향기?"

순간, 붉은 장미는 말문이 막혀 대답을 하지 못했다. 장미에게 향기가 있다는 사실은 금시초문今時初聞이었다.

다음 날 아침이었다. 뜻밖에도 은우 엄마가 향수를 뿌리고 외출하려다 말고 붉은 장미에게도 장미향 나는 향수를 살짝 뿌려주었다. 그러자 이번에는 붉은 장미가 노란 장미에게 먼저 말을 걸었다.

"자, 맡아봐. 내게도 향기가 나. 네 몸에서 나는 향기보다 더 향기로울 거야."

노란 장미는 붉은 장미의 몸에서 정말 향기가 나자 더 이상 아무 말도 하지 못하고 입을 다물었다. 그리고 그다음 날부터 서서히 시들어 흉한 꼴을 하고 죽고 말았다.

"어머, 벌써 시들어버렸네. 생화는 이렇게 시들어버려서 참 귀찮단 말이야."

은우 엄마는 노란 장미를 쓰레기통에 갖다 버리면서 이마를 잔뜩 찡그렸다.

붉은 장미는 쓰레기통에 버려지는 노란 장미를 보자 피식 웃음이 나왔다.

"저렇게 곧 죽을 녀석이 까불기는……."

붉은 장미는 기분 좋게 어깨를 한 번 더 으쓱 치켜올렸다.

"난 저 녀석처럼 저렇게 시들어 죽지 않아. 아무것도 두려울 게 없어."

한 해가 지났다.

은우 엄마의 생일이 다시 돌아왔다. 은우 아빠는 이번에도 노란 장미 한 다발을 사와 은우 엄마의 가슴에 안겨 주었다.

"여보, 고마워요. 올해도 잊지 않으셨군요."

은우 엄마는 은우 아빠의 뺨에 또 키스를 하면서 좋아했다.

붉은 장미는 은우 엄마 아빠의 그런 모습이 이해되지 않았다. 곧 시들어 죽어버릴 노란 장미를 왜 또 사 왔는지, 왜 또 저렇게 좋아하는지 도무지 이해하기 어려웠다.

그날 밤, 붉은 장미는 잠이 오지 않았다. 물끄러미 은우 엄마가 꽃병에 꽂아 놓은 노란 장미를 바라보았다.

아니, 그런데 이게 웬일일까. 그 노란 장미는 지난번에 같이 얘기를 나누었던 바로 그 장미였다.

"너 정말 반갑구나. 날 모르겠니?"

붉은 장미는 반가운 마음에 노란 장미에게 먼저 말을 걸었다.

"응, 반가워. 그동안 잘 지냈니?"

노란 장미도 붉은 장미를 알아보고 방긋이 미소를 지었다.

"시들어 쓰레기통에 버려졌던 네가 다시 살아나 이처럼 아름답다니, 정말 신기하구나."

"난 우리가 이렇게 다시 만날 줄 알았어."

"다시 만날 줄 알았다니, 그게 무슨 말이니? 넌 그때 분명히 시들어 쓰레기통에 버려졌어."

"하하, 넌 정말 내가 죽었다고 생각했구나. 그건 네가 잘못 생각한 거야. 우린 그렇지 않아. 우린 죽음을 통해서 끊임없이 다시 태어나."

"뭐라고? 다시 태어난다고?"

붉은 장미는 노란 장미의 말에 입이 다물어지지 않았다. 한번 죽으면 다시는 살아날 수 없다고 생각하는 붉은 장미에게 노란 장미의 말은 도무지 믿어지지 않았다.

"어떻게 그럴 수가 있니? 난 네 말이 믿어지지 않아."

"붉은 장미야, 살아 있는 존재는 누구나 언젠가는 죽게 돼. 그건 말이야, 죽지 않으면 새로운 생명을 얻을 수가 없기 때문이야."

"난 새로운 생명, 필요 없어. 난 조화야. 죽지 않아. 이대로 영원히 변하지 않아."

"아니야, 그건 네가 잘못 생각하는 거야. 언제나 똑같은 모습인 널 보기 지겹다고 쓰레기통에 버릴 수도 있어. 그러면 너도 죽게 되는 거야. 시들지 않는다고 해서 영원히 사는 게 아니야."

"아니야, 그렇지 않아. 난 너처럼 버려지지 않아. 변하지 않는 아름다움을 지니고 있어."

"붉은 장미야, 참 딱하구나. 왜 내 말을 알아듣지 못하니? 변하지 않으면 아름다워질 수 없다는 걸 왜 모르니? 만일 말이야, 밤하늘에 떠오르는 달님이 늘 보름달로만 떠오른다면 그게 정말 아름답겠니? 초승달이 되었다가 반달이 되었다가 다시 보름달이 되니까, 그렇게 변하니까 아름다운 거야. 만일에 은우가 자라지 않고 언제까지나 저렇게 초등학생으로만 있으면 어떻게 되겠니······.”

붉은 장미는 노란 장미의 말에 무슨 대답을 해야 할지 몰라 입을 다물고 가만히 있었다. 그러다가 한참 뒤에 다시 입을 떼었다.

"노란 장미야, 그럼 난 어떡하면 좋니?"

"너에게도 죽음이 있다고 생각해."

"알았어······."

"만일 너에게 죽음이 없다면 넌 생명이 없다는 거야. 생명 없는 꽃이 어떻게 아름다울 수 있겠니."

"그래도 사람들이 다들 날 아름답다고 해."

"그건 네가 조화로서 아름답다는 거야. 생화보다 더 아름답다고 하는 게 아니야."

"알았어······."

"붉은 장미야, 너도 너 나름대로 정말 아름다워. 그러나 네가 진정 아름다워지기 위해서는 너 자신이 누구인가를 잘 알아야 돼. 생화하고 자꾸 비교하지 마. 넌 조화로서 아름다울 때만이 진정 아름다운 거야. 너도 처음에는 친구들한테 그렇게 말했잖아."

"그래, 알았어. 네 말을 잊지 않을게. 그동안 내가 너무 어리석었어."

며칠 뒤, 노란 장미는 곧 시들어버렸다.

"붉은 장미야, 잘 있어. 나중에 또 만나!"

노란 장미는 붉은 장미를 향해 몇 번 미소를 띠더니 그만 쓰레기통에 또 버려지고 말았다.

붉은 장미는 노란 장미가 쓰레기통에 버려졌다고 이번에는 비웃지 않았다. 무시하지도 않았다. 노란 장미가 한 말을 가슴속에 꼭 담고 다시 만날 날을 꿈꾸었다.

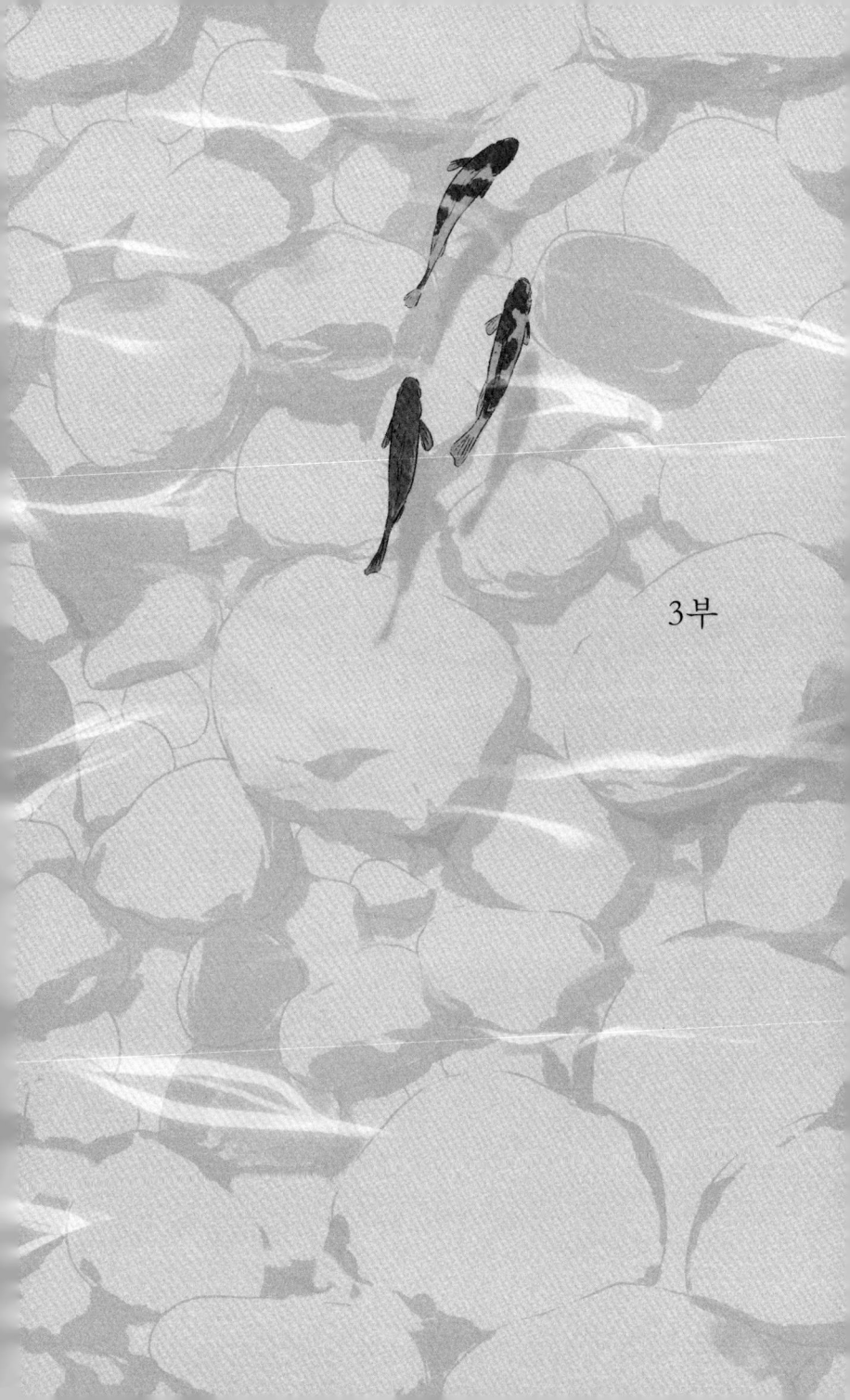

비목어比目漁

　나는 명태나 고등어처럼 잘생긴 그런 물고기는 아니다. 그냥 몸이 납작하고 넓적한, 잘생기지 못한 물고기다. 얼핏 보면 가자미 비슷하게 생겼기 때문에 '아, 가자미같이 생긴 녀석이구나' 하고 생각하시면 된다.

　나는 온몸이 다 대칭을 이루고 있는데, 유독 사물을 볼 수 있는 눈만은 대칭을 이루지 않고 있다. 왜냐하면 눈이 하나뿐이기 때문이다. 말하자면 외눈 물고기로 태어날 때부터 그렇게 한쪽 눈만 지니고 태어났다.

　처음에는 놀라기도 했지만 고민 또한 얼마나 했는지 모른다. 헤엄을 치기는 치는데 도대체 다른 물고기들처럼 신나게 헤엄칠 수가 없었다. 이건 헤엄을 치는 게 아니라 무슨 나무 조각이나 나뭇잎처럼 물속에 둥둥 떠다니기만 하는 거였다.

"엄마, 나는 왜 이렇게 헤엄치기가 어렵죠? 이건 헤엄을 치는 게 아니라 그냥 물에 떠 있는 거예요."

하루는 내가 헤엄도 못 치는 바보가 아닌가 싶어 엄마한테 살짝 물어보았다. 엄마의 대답은 뜻밖이었다.

"그래, 네 말이 맞다. 넌 당분간 그렇게 물에 떠 있기만 해야 한단다."

"왜요? 다른 물고기들은 다 헤엄을 잘 치는데……."

"그건 네가 외눈이기 때문이란다."

"제가요?"

엄마 말씀에 놀라 얼른 내 눈을 찾아보았다. 정말 나는 오른쪽 머리 위에 작은 풀잎처럼 생긴 눈이 하나밖에 없었다.

"엄마, 도대체 이게 무슨 일이에요? 왜 눈이 하나밖에 없는 거예요?"

"우리들은 모두 외눈이란다. 그래서 넌 마음대로 헤엄을 칠 수가 없단다."

"그런데 엄마는 헤엄을 잘 치시잖아요?"

"그건 아빠가 늘 엄마 곁에 있기 때문이란다. 우리는 외눈이기 때문에 늘 함께 다녀야만 헤엄을 칠 수가 있단다. 그래서 사람들은 우리를 비목어라고 한단다."

그러고 보니 엄마 아빠 두 분은 늘 함께 다니셨다. 잠시라도 떨어져 있는 것을 본 적이 없었다.

"그럼 난 어떡해요? 누구랑 함께 다녀요?"

"너도 엄마처럼 아빠 같은 물고기를 만나면 된단다."

"어떻게 만나는데요?"

"그건 너도 사랑을 하게 되면 만나게 된단다."

엄마의 목소리는 따뜻하고 부드러웠지만 내 마음은 슬프기만 했다. 엄마가 이야기하는 사랑도 무엇인지 알 수가 없었다.

"엄마, 사랑한다는 게 뭐예요?"

"나중에 네가 좀 더 크면 자연히 알게 된단다. 네가 사랑을 알게 되면 왜 눈이 하나뿐인지 그 까닭도 알게 된단다."

엄마는 부드럽게 나를 쓰다듬어주면서 그렇게 말씀하셨지만, 나는 도무지 그 까닭을 알 수 없었다. 늘 나란히 몸을 맞대고 함께 헤엄쳐 다니는 엄마 아빠가 부러울 뿐이었다.

'나도 엄마 아빠처럼 서로의 눈이 되어 함께 헤엄칠 수 있는 그런 물고기를 하루속히 만나게 해주세요.'

나는 늘 그렇게 기도하는 마음으로 하루하루를 보냈

지만 그런 물고기를 만나기는 어려웠다. 그저 시간만 물 흐르듯 흘러갈 뿐이었다.

그런 어느 날이었다. 어느 물고기 한 마리가 가지 않고 내 곁을 자꾸 빙빙 돌았다. 그래서 혹시 내가 짝을 이룰 수 있는 물고기인가 싶어 자세히 살펴보았더니 눈이 두 개 다 있는 물고기였다.

"넌 왜 안 가고 내 주위를 그렇게 빙빙 도니? 도대체 네 이름은 뭐니?"

나는 그만 나도 모르게 퉁명스러운 목소리를 내었다.

"난 연어라고 해."

연어는 내가 퉁명스럽게 말했음에도 불구하고 해맑게 웃으면서 말했다. 나는 조금 미안한 생각이 들어 다시 말을 이었다.

"그런데 왜 안 가고 그렇게 있니?"

"짝을 이룰 물고기를 만나게 해달라고 네가 혼잣말하는 걸 들었거든."

"그래? 그럼 좀 만나게 해줘. 내가 어떻게 하면 좋겠니? 하루이틀도 아니고 헤엄도 제대로 치지도 못하고, 친구들에게 놀림만 당하고 정말 창피해 죽겠어."

나는 연어에게 그동안 가슴에 쌓였던 불만을 한꺼번에 털어놓았다. 그러자 연어가 따스한 눈길로 나를 쳐다보면서 말했다.

"비목어야, 사랑은 가만히 기다리는 게 아니야. 찾아 나서야 하는 거야."

"어떻게?"

"먼저 부모를 떠나야 해. 부모하고 함께 살고 있으면 사랑을 찾아 나설 수가 없어."

나는 연어의 말을 이해하기 힘들었다. 지금까지 나를 낳아주고 돌보아준 엄마 곁을 떠난다는 것은 생각도 할 수 없는 일이었다. 그러나 연어는 부모로부터 떠나는 데서부터 사랑은 시작된다고 말했다.

"나랑 같이 이 풀숲을 떠나. 난 태어나자마자 엄마 곁을 떠났어. 그래서 지금 내 사랑을 찾아가는 중이야."

"너랑 같이 떠나면 사랑을 찾을 수 있니?"

"그럼! 떠나지 않으면 얻을 수 없다고 내가 말했잖아. 일단 떠나야 돼! 이렇게 집에만 처박혀 있으면 아무도 만날 수 없어."

"엄마는 어떡하고?"

"아빠가 계시잖아. 좋은 짝을 만나 집으로 돌아오면 오히려 엄마가 더 좋아하실 거야."

"난 헤엄도 잘 못 치는데?"

"내가 있잖아. 내 손을 꼭 잡고 날 따라오기만 하면 돼."

나는 몹시 두려웠지만 연어의 손을 잡고 길을 떠났다. 엄마한테는 함께 헤엄칠 수 있는 짝을 만나 반드시 돌아오겠다고 굳게 약속을 했다.

"그래그래, 부디 좋은 짝을 만나도록 해라. 엄마도 네 나이 때 네 아빠를 만나러 그렇게 집을 떠났단다."

엄마는 어서 가보라고 다정히 손을 흔들어주었다.

길은 멀었다.

길은 끝나는 곳에서 늘 다시 시작되었다.

도무지 사랑이 어디에 있는지 알 수 없었다.

"연어야, 도대체 어떻게 사랑을 찾아야 되니?"

"먼저 만남을 위해 간절히 기도하는 마음을 지녀야 돼. 누구를 만나느냐에 따라 운명이 다 달라져."

"그리고 그 다음은?"

"둘의 사랑을 신념화해야 돼. 왜냐하면 사랑은 감정에서 출발하기 때문에 흔들리기 쉽거든. 이 세상에 사랑만큼 변하기 쉬운 건 없어."

"알았어. 그렇게 해볼게."

나는 연어의 말대로 만남을 위해 간절히 기도하는 마음을 늘 잃지 않으려고 노력했다.

그러자 여러 외눈 물고기들을 만날 수 있었다. 그들은 다들 나를 보고 반갑다고 꼬리를 쳤다. 그런데 그들 중에 누구를 사랑해야 될지 알 수가 없었다.

"연어야, 저 많은 녀석들 중에서 도대체 내가 누구를 사랑해야 하니? 첫눈에 반하는 녀석?"

"글쎄, 그건 아니고, 우선 상대방의 눈동자를 잘 살펴봐. 상대방의 눈동자에 네 모습이 아주 맑게 비치면, 그건 상대방이 너를 사랑하기 때문이야."

나는 연어의 말대로 만나는 외눈 물고기들의 눈동자를 들여다보았다. 그러나 내 모습이 그들의 눈동자에 대부분 뿌옇게 비칠 뿐이었다. 어떤 녀석의 눈동자엔 아예 비치지조차도 않았다.

나는 점점 지쳐갔다. 엄마한테 돌아가고 싶었다.

"조금만 참아봐. 사랑도 용기와 인내를 필요로 하는 거야."

연어는 지친 나를 달래었으나 나는 집으로 돌아가고 싶어 견딜 수가 없었다.

나는 연어가 잠든 틈을 타서 살며시 그의 손을 놓았다. 혼자 유유히 헤엄을 칠 수는 없었지만 조류를 따라 왔던 길을 되돌아갈 수는 있을 것 같았다.

그러나 그건 나의 잘못된 판단이었다. 조류가 다른 방향으로 흘러 아무리 흘러가도 맑은 풀숲이 있는 엄마의 바다로 갈 수가 없었다.

나는 점차 온몸에 힘이 빠져나갔다. 사랑을 찾는 일이고 뭐고 모든 게 다 귀찮았다. 어떤 때는 숨쉬기조차 힘들어 배를 뒤집고 물속에 가만히 떠 있었다. 그러다가 하루는 그만 지나가던 황복(참복과의 바닷물고기)의 날카로운 가시에 찔려 피를 흘리며 바닷속으로 흐느적흐느적 가라앉아갔다. 멀리서 "비목어야, 비목어야, 어디 있니?" 하고 나를 찾는 연어의 목소리만 조그맣게 들려왔다.

나는 점점 더 깊이 바닷속으로 가라앉았다. 짝은커녕 엄마조차 다시는 만나지 못하고 이대로 죽다 보다 하는 생각에 마음은 갈기갈기 찢어지는 듯했다.

그런데 그때 내 손을 가만히 잡는 물고기 한 마리가 있었다. 그 손은 따뜻하고 힘 있는 손이었다.

나는 있는 힘을 다해 살짝 눈을 떠보았다. 나와 같은 외눈 물고기 한 마리가 내 손을 꼭 잡고 있었다.

"정신 차려! 정신만 차리면 살 수 있어. 내 손을 꼭 잡아."

그는 다정하면서도 힘찬 목소리로 말했다.

나는 살며시 다시 눈을 떠 그의 눈동자를 들여다보았다. 내 모습이 그의 눈동자 속에 맑게 비치고 있었다. 그의 눈동자 속에 비친 내가 참 맑고 아름답게 느껴졌.

'아, 바로 이 녀석이야. 나는 이 녀석을 만나기 위해 지금껏 이 고생을 한 거야.'

내 가슴은 떨려왔다. 다시 힘이 솟구쳤다. 나도 모르게 녀석을 덥석 껴안았다.

"고마워, 날 구해줘서."

"고맙긴. 난 널 얼마나 만나고 싶었는지 몰라."

"나도."

"난 이곳에서 네가 오기를 눈이 빠지게 기다렸어."

"하하, 하나밖에 없는 눈이 빠지면 어떡하려고?"

"그러게 말이야, 하하."

우리는 서로 몸을 맞대고 웃었다.

우리가 웃자 다른 물고기들이 따라 웃었다.

그렇게 바다 속에 웃음소리가 퍼져나가는 동안 갑자기 내 눈앞이 환해졌다. 서로의 눈이 짝을 이루어 바다를 보자 바닷길이 환하게 보였다. 헤엄을 치는데도 아무런 지장이 없었다. 단숨에 엄마가 계신 곳으로 달려갈 수 있을 것 같았다.

"이제 죽을 때까지 우리 같이 살자. 우린 한쪽 눈만으로는 세상을 살아갈 수가 없어."

"그래, 우린 어떠한 일이 있어도 서로 떨어져서는 안 돼. 사람들은 짝을 이루어야 비로소 헤엄을 칠 수 있는 우리를 보고 '비목동행比目同行'이라는 말도 만들어냈어. 한 쌍의 눈처럼 같이 다닌다는 뜻인데, 언제나 서로 떨어지지 않고 사랑하는 사이를 나타내는 말이야."

"그래그래, 우리 정말 비목동행하자!"

내 몸 어디에서 그렇게 힘이 솟았는지 모른다.

글쎄, 진실한 사랑의 힘 때문이라고 할까.

나는 엄마한테 짝을 이루었다고 자랑하고 싶어서 엄마가 사는 바다의 풀숲을 향해 힘차게 헤엄을 치기 시작했다.

"비목어야, 축하해!"

어디선가 다정한 연어의 목소리가 들려왔다.

내가 왜 눈이 하나뿐인지 이젠 그 까닭도 알 수 있을 것 같았다.

녹지 않는 눈사람

"하늘나라에 사는 모든 눈들은 지금 당장 우리 집 느티나무 아래로 모여라!"

하늘나라에 사는 눈들 중에서 가장 나이가 많은 함박눈이 하늘나라에 사는 모든 눈들을 불러 모았다.

"무슨 일일까? 왜 갑자기 함박눈이 우리를 모이라고 할까?"

가장 먼저 첫눈과 풋눈이 느티나무 아래로 달려와 서로 궁금한 표정을 지었다.

"도대체 무슨 일이야? 함박눈님 댁에 무슨 좋지 않은 일이라도 있어? 첫눈아, 넌 무슨 일인지 몰라?"

싸락눈과 진눈깨비도 헐레벌떡 달려와 몹시 걱정스러

운 표정을 지었다.

함박눈은 나라에 무슨 특별한 일이 있지 않고서는 이렇게 다들 모이라고 하는 일이 거의 없었다. 누구 집에 초상이 났다거나 하늘나라의 대표를 뽑는다거나 하는 일 외엔 다들 모여본 일이 없었다.

그러나 그들의 그런 궁금증은 그리 오래가지 않았다. 함박눈이 봄눈과 자국눈과 가랑눈을 거느리고 빠른 걸음으로 느티나무 아래로 나타났다.

"자, 다들 모였으면 이리 내 앞으로 다가오시오."

함박눈은 길게 자란 허연 수염을 쓰다듬으며 잠시 헛기침을 하다가 말을 이었다.

"오늘 내가 모이라고 한 것은 급히 나눌 이야기가 있기 때문이오. 그동안 우리가 바빠서 땅의 나라에 내려가지 못한 탓으로, 지금 땅의 나라에서는 가뭄이 들어 난리가 났소. 몇십 년 만에 겪는 가뭄이라고 땅의 나라 사람들이 목말라 야단들이오. 이걸 어찌하면 좋을지 의견이 있으면 다들 말해보시오."

함박눈이 다시 헛기침을 하며 말을 마치자, 하늘나라에 사는 눈들은 다들 마음이 놓이는 얼굴들이었다. 땅의 나라보다 하늘나라에 무슨 큰일이 일어난 줄 알고 다들 걱정했기 때문이었다.

"그동안 땅의 나라를 잊고 지낸 것은 큰 잘못입니다. 지금 당장이라도 땅의 나라로 내려가는 게 좋겠습니다."

언제나 다른 눈들보다 가장 먼저 땅의 나라로 가는 것을 큰 자랑거리로 삼는 첫눈이 얼른 자리에서 일어나 말했다.

"벌써 일 년 넘게 땅의 나라에 가보지 못했다고 다들 불만이 많습니다. 더 늦기 전에 땅의 나라에 한번 다녀오는 게 좋을 듯합니다."

싸락눈도 얼른 자리에서 일어나 온몸을 서걱거리며 말했다.

"그렇습니다. 지금 당장 땅의 나라에 한번 다녀오는 것 외엔 다른 방법이 없을 듯합니다."

하늘나라에 사는 눈들은 모두 땅의 나라에 한번 다녀와야 한다는 데에 의견을 모았다.

함박눈은 눈들이 하는 이야기를 한참 동안 가만히 듣고 있다가, 흰 수염을 다시 한번 쓰윽 쓰다듬고 나서 큰 소리로 말했다.

"땅의 나라에서 가뭄이 무척 심하다 하니, 하늘나라에 사는 모든 눈들은 지금 당장 땅의 나라로 내려가도록 하시오!"

이 말을 듣고 가장 기뻐한 것은 봄눈 형제였다. 연년

생으로 태어난 지 얼마 되지 않은 봄눈 형제는 아직 한 번도 땅의 나라에 가본 적이 없었다. 봄눈 형제는 신나게 노래를 부르며 땅의 나라에 한번 가보는 일이 소원이었다.

"땅의 나라에 다녀오겠습니다, 엄마."

봄눈 형제는 엄마한테 인사를 드리자마자 서둘러 땅의 나라를 향해 길을 떠났다. 그토록 가보고 싶던 땅의 나라로 간다는 생각에 저절로 콧노래가 나왔다.

"형, 땅의 나라는 어떻게 생겼을까? 우리 하늘나라보다 더 넓을까?"

"글쎄, 나도 잘은 모르지만 아마 우리 하늘나라만 할 거야."

"와! 정말 기대된다. 형, 빨리 내려가보자."

봄눈 형제가 도착한 곳은 한국이라는 나라였다. 하늘에서 내려다본 한국은 삼면이 바다로 둘러싸여 있었으며, 가운데 허리 부분에 철조망이 남북으로 가로놓여 있었다.

"형, 저게 뭐야?"

"응, 그건 나도 잘 모르지만 철조망이라는 거야."

"그런데 왜 철조망이 저렇게 가로 쳐져 있지?"

"글쎄, 왜 그럴까? 왜 남북으로 저렇게 갈라져 있을까?"

봄눈 형제는 그 이유를 알 수가 없어 고개를 갸우뚱거렸다.

그때였다. 갑자기 강한 회오리바람이 봄눈 형제 쪽으로 불어왔다.

회오리바람은 다정히 손을 잡고 있던 봄눈 형제를 그만 갈라놓고 말았다.

"어, 어, 형! 혀엉!"

동생은 형의 손을 놓치지 않으려고 안간힘을 썼으나 그만 형의 손을 놓쳐버리고 말았다.

형의 손을 놓쳐버린 동생 봄눈이 바람을 타고 내려앉은 곳은 철조망 위쪽 땅인 북녘땅이었다.

강한 회오리바람을 이기지 못하고 그만 동생의 손을 놓쳐버린 형 봄눈이 내린 곳은 철조망 아래쪽 땅인 남녘땅이었다.

봄눈 형제는 회오리바람을 타고 휴전선이 그어진 남북으로 그만 헤어져버리고 말았다.

한국 땅에 사는 사람들은 눈이 내렸다고 좋아서 야단들이었다. 몇십 년 만의 겨울 가뭄에서 벗어날 수 있게 되었다고 덩실덩실 춤을 추는 사람도 있었다. 남쪽 사람들이나 북쪽 사람들이나 내린 눈을 보고 좋아하는 모습은 서로 마찬가지였다.

동생 봄눈은 휴전선 너머 남녘땅에 내린 형이 보고 싶어 견딜 수가 없었다. 형 봄눈도 북녘땅에 내린 동생이 건강하게 잘 지내고 있는지 궁금해서 견딜 수가 없었다. 그러나 봄눈 형제는 철조망이 가로막혀 서로의 소식을 전혀 알 수 없었다.

그러던 어느 날이었다. 동생 봄눈은 형이 보고 싶어 울다가 지쳐 잠이 들었다. 그런데 누가 자꾸 톡톡 몸을 건드리는 것 같아 깨어나보니 아이들이 자기 몸을 굴려 눈사람을 만들고 있었다.

"얘들아, 왜 이래? 왜 내 몸을 이렇게 만드는 거야?"
"응, 그건 우리가 널 눈사람으로 만들려는 거야."
"눈사람이 되면 형을 만날 수 있어?"
"그럼, 만날 수 있고말고."

남녘땅에 있는 형도 밤새워 동생을 생각하다가 잠이 든 뒤 깨어나보니, 아이들이 자기 몸을 이리저리 굴려 눈사람을 만들고 있었다.

이렇게 봄눈 형제는 남쪽과 북쪽 어린이들에 의해 커다란 눈 덩어리로 변해갔다. 그리고 곧 눈사람이 되어 형은 북쪽을, 동생은 남쪽을 바라보고 서 있게 되었다. 북쪽 아이들은 남쪽을 향해, 남쪽 아이들은 북쪽을 향해 눈사람을 세워놓았다.

하늘나라에서 처음으로 한국이라는 땅의 나라로 내려왔다가 뜻하지 않게 남북으로 헤어진 봄눈 형제는 이렇게 각각 눈사람이 되어 서로 휴전선을 바라보고 서 있게 되었다.

"형, 나야, 보고 싶어."

"응, 나도 보고 싶어. 그동안 어디 아픈 데는 없었니?"

"응, 괜찮아, 형은?"

"응, 나도 괜찮아."

눈사람이 된 봄눈 형제는 서로 너무 보고 싶었다. 그러나 철조망이 가로막혀 만날 수가 없었다. 산에 들에 봄이 오고 진달래가 펴도 서로 보고 싶어서 녹을 수가 없었다. 휴전선을 앞에 두고 봄이 와도 녹지 않는 눈사람으로 서 있었다.

썩지 않는 고무신

 그해 5월 이후, 나는 아직도 땅속에 파묻혀 있다. 낮이면 맑은 햇살, 시원한 바람 한 줄기 온몸에 맞고 싶고, 밤이면 따스한 별빛 한번 바라보고 싶어도 컴컴하고 습기 찬 이곳 개울가 기슭에 깊이 파묻혀 있다.
 이제 나와 함께 묻힌 것들은 모두 썩어버렸다. 나를 신고 다니던 소년의 공책도 일기장도 책가방도 엄마한테 쓴 편지도 이제는 모두 썩어 제 모습을 찾을 길이 없다.
 그러나 나는 아직 썩지 않고 그대로 있다. 그것은 내가 고무신이기 때문이 아니라, 내가 아직 소년을 사랑하고 있기 때문이다. 내가 아직도 소년이 나를 신고 신나게 논둑길을 달릴 날을 기다리고 있기 때문이다.

1980년 5월의 어느 봄날이었다. 나는 그날도 여느 때와 마찬가지로 소년의 발에 신겨 길을 걷고 있었다. 소년은 학교 수업을 일찍 끝내고 친구들과 함께 집으로 돌아가고 있었다. 소년은 논둑 옆 개울가를 걷고 있었고, 마을 입구에는 손에 총을 든 군인들이 수백 명씩 몰려와 있었다. 군인들은 얼음처럼 차가운 얼굴을 하고 길에 바리케이드를 치고는 마을로 들어오는 차들을 일일이 조사한 후, 모두 오던 길로 되돌려 보내고 있었다.

"갑자기 군인들이 왜 저렇게 많이 와서 저러지? 무슨 일 있어?"

　소년이 같이 가던 친구 재문이한테 물었다.

"무슨 일인지 나도 몰라. 총을 든 걸 보니까 훈련받는가 보지 뭐."

"아냐, 뭔가 좀 이상해. 차를 못 들어오게 하잖아."

　소년은 그제야 우리나라에 또다시 군사독재 정권이 들어섰다고 걱정하던 어른들의 이야기가 생각났다.

"재문아, 군사독재 정권이 뭐지?"

"응, 그건…… 나도 어른들한테 뭐라고 얘길 듣긴 들었는데, 잘 모르겠다. 야, 우리 그런 데 신경 쓰지 말고, 개구리나 잡으면서 놀다가 가자."

　재문이가 소년의 말을 툭 끊고 개울가로 소년의 소매

를 끌었다.

"아니야, 그냥 가자. 개구리가 불쌍해. 그리고 오늘 엄마가 놀지 말고 빨리 오라고 하셨어."

"그럼 우리 종이배라도 만들어 띄우면서 조금만 놀다 가자."

소년은 놀다 가고 싶지 않았다. 그러나 혼자 말없이 가만히 있던 남철이마저 "누구 종이배가 멀리 가나 시합하자"고 하는 바람에 그만 개울가로 내려가 종이배를 만들었다.

소년은 미술시간에 쓰다 남은 도화지로 종이배를 만들어 개울에 띄웠다. 재문이와 남철이는 국어 시험지로 종이배를 만들어 개울에 띄웠다.

종이배는 뒤뚱뒤뚱 잘도 흘러갔다.

"야, 내 종이배가 먼저 간다!"

"아니야, 내 게 먼저야!"

소년들은 서로 먼저 간다고 소리치며 쪼르르 종이배를 따라갔다.

종이배는 앞서거니 뒤서거니 기우뚱기우뚱 물결을 따라 신나게 흘러갔다.

개울에 종이배가 흘러가는 것을 처음 본 나는 신이 났다. 나도 종이배가 되어 멀리멀리 바다에까지 흘러가고 싶었다.

'빵!'

갑자기 총소리가 난 것은 그때였다.

종이배를 따라가던 소년들의 웃음소리가 총소리에 파묻혔다. 소년들은 놀라 건너편 논둑길로 냅다 뛰었다.

소년도 얼른 건너편 논둑길로 뛰었다. 그런데 그때 소년의 발에서 그만 내가 벗겨져버리고 말았다.

순간, 소년이 우뚝 멈춰선 채 나를 돌아보았다. 그러더니 사방에서 총알이 날아오는 그 위험한 순간에 나를 향해 힘껏 달려오기 시작했다.

"돌아가! 위험해! 영욱아!"

나는 힘껏 소리쳤다.

"잘못하면 죽어! 돌아가란 말이야!"

나는 있는 힘을 다해 고함을 질렀다.

그러나 소년은 나의 고함소리를 듣지 못했는지 계속 나를 향해 달려왔다.

아, 총알 하나가 소년의 야윈 가슴을 뚫고 지나간 것은 바로 그때였다. 개울가에 벗겨진 나를 막 주우려는 순간, 소년은 "아!" 하는 짧은 비명 소리와 함께 앞으로 폭 거꾸러졌다.

나는 눈앞이 캄캄했다. 온몸이 덜덜 떨려왔다. 재문이

와 남철이는 어디로 갔는지 보이지 않았다. 무서운 총소리는 계속 들려왔다.

개울가에 가장 먼저 달려온 사람은 소년의 엄마였다.

"영욱아, 영욱아, 이게 무슨 날벼락이냐, 이게 무슨 날벼락이야!"

소년의 엄마는 나를 집어 들고 땅을 치면서 통곡하다가 그만 정신을 잃었다.

"저 나쁜 놈들! 나라를 지키라는 총으로 자기 국민을 쏴? 이 천벌을 받을 놈들! 어린아이한테 무슨 죄가 있다고!"

허겁지겁 마을 사람들도 달려와 분통을 터뜨렸다.

그러나 마을 사람들은 분통만 터뜨리고 있을 수가 없었다. 소년과 소년의 엄마를 급히 들쳐 업고 병원으로 달려갔다. 그러자 이번에는 군인들 몇 명이 급히 달려와 소년의 책가방과 함께 나를 개울 옆 논둑길에 묻어버렸다.

"종이배야, 잘 있어!"

종이배는 무슨 일이 일어났는지도 모르고 물결 따라 흔들흔들 흘러가다가 그만 빠른 물살에 휩쓸려 가라앉고 말았다.

세월이 흘렀다. 이제 소년을 기억하는 사람은 거의 없다. 그러나 나는 아직 소년을 기억하고 있다. 소년이 이 땅에 다시 살아날 것이라고 굳게 믿는다. 그래서 소년을 만날 날을 기다리며 아직도 썩지 않고 있다.

  언젠가 어느 젊은 시인이 한 말을 나는 잊지 않는다. 기다림은 우리를 썩지 않게 만든다고. 내가 소년을 기다리고 있는 한, 나는 결코 썩지 않을 것이다.

고슴도치의 첫사랑

 밝은 대낮에 떡갈나무 숲속을 산책하기 좋아하는 한 고슴도치가 있었다. 고슴도치들은 야행성이라서 주로 낮에는 나무뿌리나 바위틈에 숨어 있다가 밤이 되면 슬슬 나돌아 다니는데, '고슴이'라고 불리는 이 고슴도치만은 그렇지 않았다.

 고슴이는 친구들이 다 잠든 낮이면 혼자 일어나 작은 귀를 쫑긋 세우고 새들의 노랫소리를 들으며 떡갈나무 숲속을 산책하곤 했다. 그리고 친구들이 기지개를 켜고 슬슬 활동을 시작하는 밤이면 혼자 너럭바위 밑에 들어가 잠을 잤다.

 친구들은 그런 고슴이의 행동을 비웃었다.

"고슴아, 넌 너 자신을 좀 알아야 해. 넌 고슴도치야. 고슴도치는 고슴도치답게 살아야 하는 거야. 넌 왜 우리가 다 잠든 낮이면 일어나고, 우리가 일어나 일하는 밤이면 잠을 자니? 너 정말 그렇게 해도 되는 거니?"

"미안해. 그렇지만 난 밤이 싫어. 맑은 바람이 불고, 해님이 있고, 햇살이 눈부신 밝은 대낮이 좋아."

"밤에도 달님이 있어. 달빛도 있고. 어디 그뿐인 줄 아니? 별님도 있고 별빛도 있어. 밤하늘에 떨어지는 별똥별을 보면 얼마나 아름다운지 몰라."

"나도 알아. 그렇지만 난 어둠이 싫어. 어둠침침한 밤은 정말 싫어."

고슴이는 친구들의 말에는 조금도 귀 기울이지 않고 해만 뜨면 일어나 숲속을 산책했다. 그럴 때마다 고슴이는 자신이 참으로 행복한 고슴도치라는 생각이 들었다.

그런 어느 날이었다. 고슴이는 숲속 오솔길에서 다람쥐 한 마리를 만났다. 그런데 참으로 이상한 일이었다. 다람쥐를 보자마자 고슴이의 가슴이 갑자기 콩콩 뛰기 시작했다.

다람쥐는 재빨리 나무 위로 기어 올라가 고슴이를 빤히 쳐다보았다. 고슴이는 다람쥐의 그 초롱초롱한 눈빛에 그만 온몸이 다 녹아버리는 것 같았다.

고슴이는 용기를 내어 가만히 다람쥐에게 다가가 말을 걸었다.

"난 고슴이라고 해. 넌 이름이 뭐니?"

"난 다람이야."

"다람이야, 나도 너처럼 나무 위로 올라가고 싶어. 그런데 어떻게 하면 올라갈 수 있니? 그 방법을 좀 가르쳐 줄 수 있겠니?"

"그건 가르쳐준다고 되는 일이 아니야. 자기 스스로 노력해야 되는 일이야."

다람이는 고슴이를 내려다보며 방긋 미소를 띠었다.

고슴이는 다람이한테 가까이 가고 싶어 나무 위로 기어오르려고 애를 썼다. 그러나 아무리 애를 써도 번번이 나가떨어지기만 할 뿐 도저히 나무 위로 기어오를 수가 없었다.

그렇지만 고슴이는 포기하지 않았다. 나동그라지고 또 나동그라져도 열심히 나무 위로 기어 올라가 해 질 무렵쯤 되어 나무 밑동 위로 조금 올라갈 수 있었다. 그러나 이미 다람이는 집으로 돌아가버리고 그 어디에도 보이지 않았다.

그날 밤, 너럭바위 아래로 돌아온 고슴이는 잠이 오지 않았다. 바위 틈새로 보이는 밤하늘의 별들만 하염없이 쳐다보았다. 별들이 모두 떡갈나무 가지 사이로 빛나던 다람이의 맑고 까만 눈동자 같았다.

이튿날 아침, 고슴이는 다람이를 만나기 위해 다른 날보다 더 일찍 떡갈나무 숲으로 갔다. 다람이도 밤새 고슴이가 보고 싶었는지 다른 날보다 더 일찍 숲으로 나와 있었다. 고슴이는 다람이를 보자 다시 가슴이 콩콩 뛰었다. 탐스러운 꼬리를 치켜올린 다람이의 모습이 너무나 아름답게 느껴졌다.

고슴이와 다람이는 이렇게 이른 아침마다 숲속 오솔길에서 만나고 또 만났다. 그들이 만날 때마다 숲은 언제나 아침 이슬에 젖어 있었고, 다람이는 언제나 햇살에 빛나는 아침 이슬 같았다. 고슴이는 그런 다람이를 바라보고 있는 것만으로도 행복했다.

그런 어느 날, 풀잎마다 고요히 이슬이 맺히는 것을 바라보다가 고슴이는 그만 마음속 깊이 감추고 있던 말을 하고 말았다.

"다람이야, 이 말은 결코 안 하려고 했지만, 난 널 사랑해!"

그러자 다람이가 재빨리 나무 아래로 내려오면서 말했다.

"고슴아, 나도 널 사랑해!"

"정말?"

"그럼! 나는 네가 그 말을 해주길 얼마나 기다렸는지 몰라."

다람이는 조금도 주저하지 않고 고슴이의 품을 파고들었다. 고슴이는 너무나 기쁜 나머지 있는 힘을 다해 다람이를 힘껏 껴안았다.

그러자 갑자기 다람이가 비명을 내질렀다.

"아야! 아이 아파!"

고슴이는 깜짝 놀라 팔의 힘을 풀었다.

"너는 몸에 왜 그렇게 가시가 많니? 따가워 죽을 뻔했어!"

다람이가 얼른 고슴이의 품을 빠져나가면서 얼굴을 찡그린 채 소리쳤다.

"우린 다들 그래. 나만 가시털이 있는 게 아니야."

"그러면 그렇다고 미리 말을 했어야지. 가시가 있으면 난 싫어. 널 사랑하지 않을 거야."

다람이의 말에 고슴이는 갑자기 가슴이 쿵 내려앉았다.

"다람이야, 그러지 마. 내가 누굴 사랑하게 된 건 네가 처음이야."

"그래도 난 싫어. 몸에 가시가 있는 한, 널 사랑하지 않을 거야. 널 안을 수도, 안길 수도 없어."

고슴이는 정신이 멍해졌다. 사랑을 얻게 된 순간에 갑자기 사랑을 잃게 되었다는 생각이 들었다.

"다람이야, 사랑은 그런 게 아니야. 우리가 누굴 사랑한다는 건 있는 그대로를 사랑한다는 뜻이야. 내 몸에 가시가 있더라도 예쁘게 봐주길 바라."

"아니야, 난 네 가시털이 너무 아파. 네가 날 정말 사랑한다면 이번 기회에 아예 가시털을 없애버렸으면 좋겠어."

"뭐? 가시털을 없애라고?"

"그래, 사랑한다면 말이야."

"그건 너무 무리한 요구야. 가시털이 없으면 난 죽게 될지도 몰라. 내가 죽으면 날 만날 수도 없잖니?"

"그래도 난 가시털이 싫어."

"다람이야, 부탁이야. 지금 있는 그대로의 나를 사랑해줘."

고슴이는 겨우 정신을 차리고 떠듬떠듬 말을 이어갔다. 그러나 다람이는 "가시털을 없애지 않으려면, 날 만날 생각도 하지 마!" 하고 소리치고는 뒤도 돌아보지 않고 쪼르르 나무 위로 올라가버리고 말았다.

고슴이는 슬펐다.

"넌 등에 검은 줄무늬가 다섯 개나 되잖아? 어떤 때

그 검은 무늬가 보기 싫을 때가 있었어. 그렇지만 난 그것 때문에 널 싫어하지는 않아."

고슴이는 밤송이처럼 몸을 웅크린 채 다람이가 사라진 떡갈나무를 쳐다보며 혼자 울고 또 울었다.

고슴이는 다람이를 만날 수가 없었다. 다람이는 고슴이가 떡갈나무 숲속에 나타나기만 하면 어디론가 멀리 달아나버리곤 했다.

고슴이는 다람이가 보고 싶어 견딜 수가 없었다. 남을 사랑하는 일이 그렇게 고통스러운 일인 줄 몰랐던 고슴이는 날마다 눈물로 시간을 보냈다.

그러다가 어느 날 곰곰 생각해보았다.

'내가 다람이를 사랑하는 한 어쩔 수 없어. 내 몸의 가시털을 없애는 수밖에. 다람이는 날 사랑하면서도 가시털 때문에 날 멀리하고 있을 뿐이야. 내 몸에 가시털만 없다면 지금쯤 우리는 매일 서로 만나 사랑하고 있을 거야. 난 다람이를 위해 내 몸의 가시털을 없애지 않으면 안 돼······.'

고슴이는 그날부터 가시털을 없애기 위해 바위 모서리에 몸을 비비기 시작했다. 한 번씩 몸을 비빌 때마다 온몸에 피가 흐르고 팔다리가 떨어져 나가는 것 같았다. 그러나 고슴이는 다람이를 생각하며 참고 또 참았다.

"고슴이야, 너 도대체 이게 뭐 하는 짓이니?"

"가시털을 없애려는 거야."

"왜?"

"몰라도 돼."

"너 이러다가 잘못하면 죽어. 가시털은 우리의 생명과도 같은 거야."

"나도 알아. 그렇지만 이렇게 할 수밖에 없어."

몇 날 며칠 친구들이 안타까이 말려도 고슴이는 들은 척도 하지 않았다.

결국 고슴이는 바위 하나를 벌겋게 피로 물들이고 나서야 몸에 난 가시털을 전부 없앨 수 있었다.

고슴이는 그길로 곧장 다람이를 찾아갔다.

"다람이야, 네 말대로 내 몸의 가시털을 다 없앴어. 난 널 위해 무엇이든지 다 할 수 있어."

"뭐, 뭐라고? 정말이야?"

"그래, 이젠 가시가 없어, 괜찮아. 날 한번 안아봐."

다람이는 놀라지 않을 수 없었다. 가시털을 다 없앤 고슴이는 가엽게도 온몸이 피투성이였다.

다람이는 얼른 달려가 고슴이를 꼭 껴안아주면서 말했다.

"고슴아, 미안해. 내가 잘못했어. 난 네가 정말 그럴 줄 몰랐어. 용서해줘."

다람이는 고슴이에게 가시털을 없애라고 한 일이 후회되었다. 고슴이를 그토록 고통스럽게 만든 자신이 미웠다.

"고슴아, 미안해. 다시는 그런 말 하지 않을게."

"아니야, 괜찮아. 난 이대로 행복해."

사랑하는 다람이의 품에 안긴 고슴이는 정말 행복했다. 마치 포근한 엄마 품에 안긴 것 같았다. 이대로 시간이 흐르지 않고 영원히 멈춰버렸으면 싶었다.

그러나 고슴이의 그런 행복은 잠깐이었다. 갑자기 다람이를 짝사랑하는 들쥐가 나타나 고슴이한테 싸움을 걸어왔다.

"감히 고슴도치 주제에 다람이를 사랑하다니! 저리 비키지 못 해?"

반들반들 고슴이를 노려보는 들쥐의 검은 눈은 무서웠다.

"정말 저리 비키지 못 해?"

고슴이는 들쥐의 말을 들은 척도 하지 않고 다람이를 더욱 꼭 껴안았다. 그러자 들쥐가 날카로운 두 발을 치켜들고 고슴이를 공격해왔다.

고슴이도 두 발을 치켜들고 들쥐와 한판 싸움을 벌이

지 않을 수 없었다.

"얘들아, 싸우지 마!"

다람이가 발을 동동 구르면서 소리쳤지만 싸움은 쉽게 끝나지 않았다.

서로 뒤엉켜 땅바닥을 뒹굴 때마다 들쥐의 날카로운 이빨에 찔려 고슴이의 몸은 더욱 피투성이가 되어갔다.

몸에 가시가 없어진 고슴이는 들쥐의 공격을 막을 재간이 없었다.

고슴이는 그만 사랑하는 다람이를 들쥐한테 빼앗겨버리고 말았다.

'다람이를 위해 가시까지 없앴는데 들쥐한테 빼앗기다니!'

고슴이는 너무나 억울해서 슬피 울었다.

몇날 며칠 떡갈나무 숲속에서는 고슴이의 울음소리가 그치지 않았다.

그러나 고슴이의 몸속에서는 다시 가시털이 조금씩 자라나고 있었다. 정작 고슴이 자신마저도 가시털이 다시 자라기 시작했다는 사실을 알지 못했다.

종이배

'이번에는 꼭 바다로 가야지.'

나는 종이배로 태어날 때마다 늘 이렇게 마음을 굳게 먹곤 했다. 그러나 지금까지 단 한 번도 바다에 가본 적이 없다. 바다는커녕 영산강이나 낙동강 같은 큰 강에도 한번 다다르지 못했다. 아니, 강은커녕 시냇물 한번 제대로 건너가본 적이 없다. 아이들이 나를 만들어 개울에 띄웠다 하면 나는 늘 얼마 가지도 못하고 기우뚱기우뚱 하다가 그만 물살에 휩쓸려버리고 말았다.

나는 그런 나 자신의 모습이 너무나 싫었다. 아무리 나룻배나 조각배는 아니라 하더라도 그래도 명색이 배인데, 한 시간, 아니 단 십 분이라도 제대로 유유히 흘러가고 싶었다.

그래서 하루는 친구들과 종이배를 만들어 멀리 가기 시합하기를 좋아하는 소년에게 말했다.

"바다로 보낼 생각이 아니라면, 이젠 날 만들지도 마."

나는 일부러 잔뜩 화가 난 목소리로 말했다. 그러자 소년이 "하하하" 크게 소리 내어 웃으면서 나는 바다로 갈 수 없다고 말했다.

"왜? 나도 갈 수 있어. 바다로 가는 게 내 꿈이야."

"종이배인 주제에 꿈은 크군. 하긴 꿈이야 뭔들 못 꿀까."

소년은 나를 비웃었다.

나는 그런 소년이 미웠지만 하는 수 없었다. 나를 만드는 이가 바로 소년이었으니까.

그날도 나를 만든 소년은 친구들이랑 내기를 했다.

날은 맑고 반짝반짝 물결 위로 햇살은 눈부셨다. 종이배 멀리 가기 시합을 하기엔 꼭 알맞은 날이었다.

"네가 일등 하면 내가 바다로 보내줄게."

소년이 내 귀에 대고 속삭였다.

"정말?"

"그럼, 언제 내가 거짓말하는 거 봤니?"

그날따라 소년은 친구들이랑 떡볶이 내기 시합을 하

게 되었는데, 떡볶이는 소년이 가장 좋아하는 것이었다.

나는 소년의 말이 미심쩍었지만 다른 종이배들과 함께 나란히 시냇물 위에 놓이자 최선을 다해 달리기 시작했다.

내 마음속엔 오직 일등을 하겠다는 생각밖에 없었다. 다른 종이배들이 급물살을 피하지 못하고 기우뚱대다가 쓰러져도 뒤도 돌아보지 않았다. 오히려 배 속에 가득 찬 물을 어쩌지 못하고 결국 물속에 가라앉아버리는 종이배를 보면 기분이 아주 좋았다.

물론 그날 나는 일등을 했다. 버드나무가 서 있는 목표지점까지 가장 먼저 도착한 나는 냇가에 살짝 붙어 가라앉지 않으려고 가쁜 숨을 몰아쉬었다. 어쩌면 소년이 나에게 바다 구경을 시켜줄지도 모른다는 생각이 들어 가슴이 벅차올랐다.

그러나 소년은 나를 바다로 보내주지 않았다. 수고했다는 말 한마디 없이 "우리 떡볶이 먹으러 가자!" 하고 소리치고는 나를 그대로 냇가에 버려버렸다.

나는 우르르 떡볶이를 사 먹으러 뛰어가는 소년들의 뒷모습을 한참 동안 쳐다보다가 그만 나도 모르게 눈물을 주르르 흘리고 말았다. '날 버리고 혼자 가면 어떡해? 약속을 지켜!' 하고 소리치고 싶었으나, 목이 메어 입에서 말이 나오지 않았다.

나는 그렇게 뜻하지 않게 냇가에 버려졌다.

그런데도 시간은 어김없이 잘도 흘러갔다.

얼마나 많은 시간이 지났는지 나는 잘 모른다. 나는 종이배가 아니라 낡은 휴지 조각에 불과한 모습으로 변해갔다.

그뿐만이 아니었다. 바람은 시도 때도 없이 나를 짓밟고 지나갔으며, 가끔 새들이 나를 쪼아 먹다가 가기도 했다. 그리고 개미들도 들쥐들도 내 주위를 서성거렸다.

나는 슬펐다. 산다는 게 너무나 고통스러웠다. 이대로 바다도 보지 못하고 죽나 싶었다.

그런 어느 날이었다.

"어머! 여기 종이배가 버려져 있네."

레이스가 달린 푸른 원피스를 입은 한 소녀가 다가와 내게 말했다.

"왜 여기 버려져 있니?"

소녀가 물었다.

"나도 잘 몰라. 이건 내가 원하는 삶이 아니야."

나는 눈물을 뚝뚝 흘리며 소녀에게 말했다.

"울지 마, 울지 말고 말해. 네가 원하는 삶을 한번 말해봐."

"바다로 가보는 거야."

"바다?"

"응."

"왜 하필 바다니?"

"난 시냇물이 닿는 곳까지 흘러가고 싶거든."

"바다는 넓고 무서워. 넌 바다에 가면 그대로 파도에 휩쓸려 죽을지도 몰라. 그래도 괜찮아?"

"괜찮아. 그게 내 꿈이야. 여기에서 휴지 조각이 되어 죽는 것보다는 가고 싶은 바다에 가서 죽는 게 더 나아."

나는 한 소년이 나를 만들었으며, 그 소년이 떡볶이를 내걸고 종이배 멀리 가기 시합을 친구들이랑 벌였는데, 내가 우승하면 나를 바다로 가게 해주겠다고 약속해놓고 그대로 버려버렸다는 이야기를 마치 엄마한테 이르듯이 소녀한테 말했다.

"그러니까, 나를 바다로 좀 데려다주면 안 될까?"

나는 소녀가 나를 불쌍하게 생각해서 바다로 데려다 주길 원했다.

"좋아, 내가 바다로 보내줄게. 바다는 여기서 그리 멀지 않아. 그런데 미리 연습을 좀 해야 돼. 바다는 여기보다 수천 배, 수만 배 더 위험한 곳이야. 사람들도 배를 타고 나갔다가 살아 돌아오지 못하는 곳이거든."

나는 소녀의 말에 잔뜩 겁이 났지만 바다에 가보고 싶다는 생각을 버리지 못했다.

그날부터 소녀는 내게 물에 가라앉지 않는 연습을 시켰다. 내에서 가라앉지 않아야 강에서 가라앉지 않게 되고, 강에서 가라앉지 않아야 바다에서 가라앉지 않게 된다는 것이 소녀의 생각이었다.

그렇지만 나는 내에서부터 자꾸 가라앉았다. 가라앉을 때마다 소녀가 나를 건져주고 하얀 손수건을 꺼내 몸에 묻은 물기를 닦아주었다.

"날 위해 깨끗한 손수건을 더럽히다니, 미안해."

"아니야, 괜찮아. 난 네가 꿈을 이루게 되길 바랄 뿐이야."

나는 소녀를 실망시키지 않기 위해서라도 가라앉지 않으려고 열심히 노력했다.

그러자 마침내 나는 가라앉지 않게 되었다. 그것은 쉬운 일이면서도 어려운 일이었다. '가라앉으면 어떡하나' 하는 생각 자체를 버리자 새의 깃털처럼 가볍게 물결 따라 흘러갈 수 있었다.

"잘 가! 이대로 흘러갈 수만 있다면, 넌 틀림없이 바다에 다다를 수 있을 거야. 바다에 가도 너무 무서워하지 마. 알았지?"

소녀가 작은 손을 흔들었다. 나도 손을 흔들었다. 소녀의 손이 나뭇잎처럼 햇살에 반짝였다.

나는 내를 지나고 강을 지나 드디어 바다에 다다랐다.

바다는 넓고 무서웠다. 조금만 움직여도 그대로 뒤집힐 것만 같았다. 나는 바다를 너무 무서워하지 말라던 소녀의 말을 떠올리며 조금씩 앞으로 나아갔다.

"맞아. 너무 무서워할 필요가 없어. 바다도 똑같은 물이야. 냇물이나 바닷물이나 똑같은 물이야. 결국 그 물을 어떻게 이해하느냐 하는 내 마음이 문제인 거야."

나는 바다를 시냇물로 생각했다. 그러자 마음이 편안해졌다.

"두려워하면 안 돼!"

나는 내가 뒤집히려고 할 때마다 그렇게 생각했다.

"이 세상에 위험을 감내하지 않아도 되는 곳은 없어. 문제는 그것을 얼마나 감내할 수 있는가 하는 용기만이 필요한 거야."

나는 파도에 몸과 마음을 다 맡겼다. 그러자 가라앉지 않고 망망대해로 고요히 흘러갔다. 수평선 위를 날던 갈매기 한 마리가 나를 보고 빙긋 웃었다. 나도 그만 빙그레 웃고 말았다.

새의 일생

 배고픔과 추위를 견디지 못한 겨울 참새 한 마리가 숲을 떠나 사람들이 사는 동네로 내려오게 되었다. 혹시 사람 사는 집 마당에 미처 거두지 못한 알곡이라도 떨어져 있나 싶어 형제들 몰래 둥지를 빠져나왔다.
 봄이나 여름이라면 곡식이 익지 않아도 벌레를 주식으로 얼마든지 배고픔을 면할 수 있으나 겨울이면 사정이 달랐다. 겨울엔 해 뜨기 전에 일어나 해 지기 직전까지 잠시도 쉬지 않고 먹이를 찾아다녀도 벌레 한 마리 곡식 한 알 찾아볼 수가 없었다.
 참새에게는 겨울을 나는 게 가장 힘든 일이었다. 느닷없이 눈이라도 한번 내리면 도대체 어디로 가서 무엇을 쪼아 먹어야 할지 알 수 없었다. 눈에 보이는 건 온 마을과 숲속을 덮은 하얀 눈밖에 없었다. 추위를 견디기 위해 온몸의 털을 부풀려야 하는데 그것조차 배가 고프면 그렇게 하기 힘이 들었다.

마당엔 누가 흘린 쌀알 하나 없었다. 개 밥그릇에 개가 먹다 남긴 밥알이 조금 붙어 있었으나 가까이 다가갈 수는 없었다. 자칫 잘못하다가는 개나 고양이에게 잡아먹힐 수도 있었다.

참새는 하는 수 없이 마당을 떠나 도로변으로 날아가 앉았다. 지난가을, 사람들이 소달구지에 볏가리를 싣고 지나가면서 떨어뜨린 낱알이 혹시 아직 남아 있을까 하는 생각이 들어서였다.

그러나 사방을 두리번거리며 살펴보아도 도로변에도 쪼아 먹을 만한 게 아무것도 없었다.

"이대로 굶어 죽으려나 보다."

참새는 먹이 찾기를 포기하고 도로변에 그대로 주저앉아 가만히 있었다. 찬바람에 몸이 자꾸 흔들렸다. 이대로 쓰러지기 전에 둥지로 돌아가고 싶었으나 돌아갈 힘조차 없었다.

산 너머로 해가 지고 어둠이 곧 찾아올 것 같았다. 차디찬 바람 끝에 온몸이 덜덜 떨려왔다. 참새는 몸을 잔뜩 웅크린 채 꼼짝도 하지 않고 그대로 가만히 있었다. 이것이 참새의 운명이라면 이대로 길바닥에 쓰려져 얼어 죽어도 좋다 싶었다.

그때였다. 참새 가까이에서 소 방울 소리가 왈랑절렁 들려왔다.

"어둡기 전에 빨리 집에 가자!"

소를 모는 농부의 목소리도 들려왔다.

그것은 우시장牛市場에 소를 팔러 갔다가 팔지 못하고 저녁 늦게 집으로 돌아가면서 소를 재촉하는 소리였다.

참새는 소가 가까이 다가오기 전에 일어나려고 온몸에 힘을 주었다. 그대로 가만히 있다간 쇠발에 밟혀 죽을 수도 있었다. 그러나 추위에 온몸이 얼어붙어 얼른 일어날 수 없었다. 겨울이라 며칠 굶은 데다 날씨마저 추워 이제 얼어 죽을 수밖에 없는 신세가 된 것이다.

참새는 그대로 눈을 감고 가만히 있었다. 소가 밟고 가든 말든 모든 것을 포기하고 운명에 맡길 수밖에 없다는 심정에 들었다.

얼마나 지났을까. 갑자기 물컹하고 따뜻한 물체가 참새의 온몸을 덮었다. 순간 참새는 누군가가 자기를 덮어 죽이는 것 같은 공포에 휩싸였다. 그러나 차차 시간이 지나자 그 물체가 무척 따뜻하게 느껴졌다.

"이게 뭐람? 무엇이 나를 엄마처럼 안아주는 거지?"

그것은 바로 쇠똥이었다. 소가 참새 곁을 지나가면서 똥을 눈다는 것이 하필이면 쓰러져 누워 있는 참새 몸에 누고 간 거였다.

거의 빈사 상태에 놓여 있던 참새는 갑자기 자신의 온몸이 따뜻해지자 조금 살 것 같았다. 쇠똥의 온기에 참새의 얼었던 몸이 차차 풀어지게 된 것이다.

"감사해요! 쇠똥님!"

쇠똥의 온기에 자연히 기운을 차리게 된 참새는 자기한테 똥을 누고 간 소와 쇠똥에게 감사한 마음이 들었다.

"참새도 죽으라는 법은 없나 보다."

참새는 마치 엄마 품에 안긴 듯 스스로 잠이 들었다.

얼마나 잤을까. 참새는 갑자기 온몸에 한기가 느껴져 번쩍 눈을 떴다. 차차 시간이 지나면서 따스했던 쇠똥이 식어가자 참새 몸에 느껴지던 온기 또한 식어가게 되었다.

"아, 쇠똥이 식으면 안 되는데…… 이대로 얼어붙어버리면 어떡하나!"

참새는 밤새 쇠똥이 얼어붙어버릴까 봐 걱정이 돼 잠을 이룰 수가 없었다.

그래도 아침은 어김없이 찾아왔다. 식어버린 쇠똥이

아침 햇살에 다시 따스해지기 시작했다. 쇠똥을 덮고 있는 참새한테도 맑고 따스한 햇살이 찾아와주었다.

"그렇지, 죽으라는 법은 없는 거야. 힘을 내야지."

참새는 살아남아 다시 둥지로 날아가고 싶었다.

"다들 나를 기다리고 있을 텐데 내가 너무 경솔했어. 굶어도 다 같이 굶어야 했어. 나만 살겠다고 둥지를 떠나왔으니 내 잘못이 커."

참새는 자기를 기다리고 있을 형제들 생각을 하자 마음이 무거웠다.

그때 어제저녁에 소를 몰고 가던 농부가 다시 참새가 있는 곳으로 찾아왔다. 농부의 손에는 삽이 들려 있었다.

"녀석이 똥을 길에다 쌌군. 이웃이 뭐라고 하기 전에 얼른 치워야지."

농부는 삽으로 쇠똥을 떠서 집으로 가져갔다. 평소 부러진 못 하나라도 버리지 않을 정도로 알뜰한 농부는 나중에 땔감으로 쓸 작정으로 볕이 잘 드는 남향받이 댓돌 위에다 쇠똥을 놓아두었다.

쇠똥은 하루 종일 볕을 쪼이게 되었다. 참새는 온몸이 따스한 게 여간 좋지 않았다. 이제 추위의 고통에서 완전히 벗어날 수 있게 되었다 싶어 다시 한번 쇠똥에게 감사한 마음이 들었다.

그러나 참새의 그러한 마음은 그리 오래가지 않았다. 참새는 하루하루 자신의 몸이 옥죄어드는 것을 느끼게 되었다. 날이 갈수록 쇠똥의 수분이 증발되면서 숨을 쉴 수 없었다. 숨을 쉴 수 없다 못해 몸 한번 움직일 수조차 없었다. 결국 참새는 바짝 마른 쇠똥 안에 갇혀 꼼짝달싹도 할 수 없게 되었다.

참새의 몸은 차츰 야위어갔다.

양지바른 댓돌 위에는 농부가 주워온 쇠똥의 수가 차츰 늘어났다.

날은 계속 추웠다. 사람들은 춥다고 바깥출입을 잘하지 않았다. 농부는 그동안 주워 말린 쇠똥을 모두 안방 아궁이에 넣어 불을 지폈다.

새싹

사방이 어두웠다. 옥창獄窓에 아침 햇살이 스며들어도 살인죄를 저지른 그는 조금도 밝음을 느낄 수가 없었다. 눈에 보이는 것은 온통 어둠뿐이었다. 이제 그에게 남은 소원이 있다면 하루속히 형이 집행돼 저승길로 떠나는 것뿐이었다. 저승에 가서 자기 때문에 죽은 사람에게 용서를 청할 수 있다면 그것으로 족할 뿐이었다. 못난 아들이지만 저승에서 어머니도 한번 만나보고 싶지만 어쩌면 그것은 한낱 욕심일 수 있었다.

"그 사람이 죽을 줄은 몰랐어. 시비를 걸어도 내가 가만히 있어야 했어……."

하루에도 수백 번 그런 후회를 해봐야 아무 소용이 없

었다. 그는 이제 담담히 형이 집행되기만을 기다리고 있었다.

춘분이 지난 어느 봄날이었다. 하루는 그런 그에게 전옥서典獄署에서 형리刑吏 한 사람이 찾아왔다. 일부러 그를 만나러 온 사람이었다. 그는 혹시 오늘 형이 집행되는 게 아닌가 하고 잔뜩 긴장했으나 형리의 말은 뜻밖이었다.

"자네, 살고 싶지 않은가?"

그는 이게 무슨 말인가 싶어 얼른 입을 열 수 없었다.

"왜 대답이 없는가? 내가 살고 싶지 않은가 하고 물었지 않은가?"

"사람을 죽인 제가, 무슨, 살 자격이 있겠습니까?"

그는 잔뜩 어깨를 움츠리며 더듬더듬 말했다.

"살 수 있는 좋은 방법이 있네. 내가 오늘 그 방법을 알려주려고 일부러 자네를 찾아왔네."

형리의 목소리는 은근하고 부드러웠다. 그러나 형리를 모시고 온 옥리獄吏가 육모 방망이로 그의 어깨를 툭툭 쳤다.

"망나니가 되게. 이번에 살인수殺人囚들 중에서 망나니 몇 명을 고르기로 했는데, 자넨 어떤가? 망나니가 되면 지금 당장 감형해주겠네. 사형을 시키지 않겠다는 말일

세. 이번에 천주학쟁이들이 몇백 명 잡혀 왔는데, 그놈들 목을 칠 망나니, 회자수劊子手가 필요하네. 어떤가? 이번 기회에 망나니 일을 한번 해보지 않겠나? 사형수로서 목숨을 부지할 절호의 기회네. 행형쇄장行刑鎖匠(참형 집행을 맡은 망나니)이 되고 싶지 않은가?"

생각지도 못한 뜻밖의 제안이었다.

그는 갑자기 살고 싶다는 마음이 일었다. 그런 제안을 받기 전까지만 해도 죽기만을 기다리고 있었는데, 마음속 어느 깊은 곳에 그런 욕망이 꿈틀대고 있었는지 모를 일이었다.

그러나 망설여졌다. 생사람을 죽인 죽어 마땅한 자신이라는 생각에서 쉽게 벗어날 수 없었다.

"저는 죽어 마땅한 죄인입니다. 이대로 죗값을 달게 받겠습니다."

비록 용기를 내었으나 그의 목소리는 기어들어가는 목소리였다.

"어허, 이 사람, 좋은 기회야. 자네야말로 키도 크고 힘도 좋아 망나니로선 정말 제격이네. 자네는 내로라하는 씨름 장사 아닌가."

형리는 더욱 부드럽고 은근한 목소리로 타이르듯이 말했다.

그는 말은 그렇게 했지만 마음속으로는 살 수만 있다면 무슨 일인들 못 하랴 싶었다. 그러나 그런 제안을 받아들이겠다는 말은 쉽게 나오지 않았다.

"내 말을 허투루 듣지 말게나. 내일 다시 들를 테니 잘 생각해보게. 단 하루만 생각해볼 기회를 주겠네. 자네 같은 인재를 사형시키기에는 너무 아까워서 그러네."

형조에서 온 형리는 그날 그렇게 돌아갔다.

그날 밤, 그는 잠이 오지 않았다. 도무지 어떤 결정을 내려야 할지 알 수 없었다. 마음 같아서는 얼른 제안을 받아들여 살길을 택하고 싶었다. 사형수가 사형을 면하게 되는 천재일우千載一遇의 기회였다.

천주학쟁이들은 조상에게 제사도 지내지 않는 데다 국기를 문란하게 하는 국가 반역자들이다. 우리나라의 왕 말고도 하늘나라의 왕을 섬긴다니 도무지 이해할 수 없다. 이런 대역죄를 지은 자들을 처형하는 일은 합당하다. 하느님 앞에서 인간은 모두 평등하다는 것은 다 속임수에 불과한 것. 도대체 듣도 보도 못 한 하느님이 누구란 말인가.

그는 밤새 잠을 자지 못하고 온갖 회의懷疑에 빠져들었다. 대역죄인인 천주학쟁이들을 처형하는 망나니가 되어 살길을 찾고자 하는 마음이 끊임없이 일었다.

그때였다. 먼동이 텄는지 어둠뿐인 옥창에 희미한 한 줄기 빛이 스며들고 멀리 저승에 계신 어머니의 음성이 들려왔다.

"네 이놈! 네가 망나니가 된다고? 죄 없는 천주학쟁이들을 네 손으로 죽인다고? 내 아들이 그런 놈이었나? 이제 너는 내 아들이 아니다!"

환청이었을까. "아닙니다. 어머니! 결코 망나니가 되지 않겠습니다" 하고 말하는 순간, 어머니의 음성은 더 이상 들리지 않았다.

날이 밝자마자 형조에서 형리가 옥리와 함께 그를 다시 찾아왔다.

"간밤에 좀 생각해보았는가. 살 수 있는 정말 좋은 기횔세. 다른 사형수들은 서로 하겠다고 야단일세."

그는 어머니한테 맹세한 말을 떠올렸다. 이제 죽음을 앞두고 더 이상 불효자가 되고 싶지는 않았다.

"이대로 죗값을 받겠습니다."

"그렇다면 형조의 뜻을 거절하겠다는 말인가?"

"네, 그렇습니다."

그는 침착하게 망나니가 되지 않겠다고 말했다. 그러자 형리의 목소리가 크고 거칠어졌다.

"네 이놈! 망나니가 되는 게 바로 네놈의 죗값을 치르는 것인 줄 정녕 모른단 말이냐!"

형리의 표정은 표독스러웠다.

그는 더 이상 뭐라고 대답할 수가 없었다. 자칫 잘못 한마디만 더 했다간 옥리가 든 육모 방망이에 어깨뼈가 부러질지도 모를 일이었다.

"이놈아, 이건 네놈이 선택할 문제가 아니고, 네놈이 해야 할 일이야. 아무리 하기 싫다고 해도 해야 해!"

"그러지 마시고, 저를 빨리 처형해주십시오!"

그는 기어이 입속에서만 맴돌던 말을 뱉어내었다.

"뭐라고? 이놈이?"

옥리의 육모 방망이가 그의 머리를 내리쳤다. 붉은 피가 튀었다. 그는 바닥에 쓰러지면서 이 순간 이대로 죽기를 바랐다.

그러나 그는 죽지 않았다. 머리의 상처가 채 아물기 전에 다른 사형수들과 함께 황토마루를 지나 새남터 처형장으로 끌려갔다. 팔을 뒤로 결박당하고 목에는 감옥에서 채운 칼을 그대로 쓴 채 형졸刑卒이 끄는 소달구지에 실려 처형장으로 압송되었다.

황토마루를 지나 인가人家를 지날 때는 마을 사람들이 그를 구경하려고 몰려들었다. 형졸이 그의 얼굴에 회칠을 한 뒤 양팔을 뒤로 잡아 묶고 어깨 밑으로 긴 막대기를 끼워 그를 사람들 사이로 끌고 다녔다.

"아, 오늘이 내가 죽는 날이구나."

그는 무섭고 두려웠지만 마음속 깊이 죽음을 받아들였다. 곧 저승에서 만나게 될 어머니와 자기에게 죽임을 당한 이를 생각하며 처형의 순간이 다가오기를 기다렸다.

그런데 이게 웬일일까. 그는 정작 처형장까지 와서 처형되지 않았다.

"오늘은 사형수를 어떻게 처형하는지 구경하는 날이다. 눈 부릅뜨고 잘 봐둬. 내일부터는 저 천주학쟁이들의 목을 네가 치는 거야. 그래야 사형수인 널 살려줄 수 있어."

그는 한순간 머릿속이 하애졌다. 뭐라고 말을 하려 해도 말이 입에서 나오지 않았다.

새남터 처형장에는 그와 함께 끌려온 남녀 천주학쟁이들이 무릎을 꿇고 참수형斬首刑의 순간을 기다리고 있었다. 온몸 군데군데 피멍 자국이 나 있는 그들의 몰골은 처참했으나 어딘지 모르게 평온한 기운이 떠돌았다.

처형장의 관리가 큰 소리로 사형수의 죄상과 판결문을 낭독했다. 대기하고 있던, 붉은 옷을 입고 붉은 두건을 쓴 망나니 한 명이 그들의 웃옷을 벗기고 두 손을 묶었다. 그러고는 거적때기 위에 엎드리게 한 뒤, 목침木枕

같은 나무토막을 턱 밑에 받쳤다. 양쪽 귀에는 화살촉을 꿰어 머리를 움직이지 못하도록 했다. 머리는 상투 끝을 끈으로 매어 삼각대 나무 기둥에 연결했다. 집행이 끝나면 끈을 잡아당겨 절단된 머리가 쉽게 나무 기둥에 효시梟示될 수 있도록 하기 위함이었다.

그는 그날 망나니들이 자루가 길고 칼날이 초승달 같은 행형도자行刑刀子로 사형수의 목을 베는 광경을 목격하였다. 칼을 든 망나니들은 칼에 물을 뿜으며 망나니춤을 추었다. 칼을 휘두르면서 번갈아 한쪽 다리를 들었다 놓으면서 빙빙 원을 그렸다. 그러다가 한순간에 죄수의 목을 내려쳤다.

그날 밤, 그는 다시 전옥서로 돌아와 누웠으나 잠이 오지 않았다. 처형되는 줄 알았다가 다른 죄수들이 처형되는 것을 구경만 하고 돌아온 밤은 끔찍했다. 잘린 죄수의 머리가 허공에 매달리던 모습은 떠올리기조차 싫었다.

다음 날, 그는 다시 처형장으로 끌려갔다. 이번에는 망나니의 임무를 수행하기 위해서였다. 선택의 여지가 없었다. 결코 되고 싶지 않았으나 죽지도 살지도 못하는 상황에서 그는 그렇게 망나니가 되었다.

처형당할 천주학쟁이들은 이미 새남터 처형장에 끌려

나와 있었다.

그가 처형해야 할 천주학쟁이는 살아갈 날이 쇠털처럼 많이 남은 젊은 여인이었다. 여인은 형장에 끌려 나와서도 먼 하늘을 우러러보며 기도를 했다. 여인의 손에는 묵주가 있었고 묵주 끝에는 작은 십자가가 매달려 있었다.

여인은 곧 죽을 운명인데도 온화한 미소를 잃지 않았다. 오히려 단칼에 죽기를 원했다.

"나는 당신을 원망하지 않아요. 천국 가는 일을 도와주셔서 오히려 감사해요. 그런데 한 가지 부탁이 있어요. 단숨에 목을 쳐주세요. 그게 당신이 내게 은혜를 베푸는 것입니다."

여인은 정말 두려움이 없어 보였다.

"우리는 지금 천국에 가는 겁니다."

"나는 천국 가는 일이 두렵지 않아요."

"우리 천국에서 다시 만나요."

"천국에서 만나 우리 모두 행복하게 살아요!"

천주학쟁이들은 망나니가 칼날에 물을 뿜으며 칼을 휘두르는 춤을 추자 서로 마지막 말을 나누었다.

그는 어차피 천주학쟁이들이 처형될 것이라면 '내가 나서서 그들을 도와야 한다. 고통 없이 단숨에 죽을 수 있도록 해줘야 한다. 만일 그렇게 하지 못한다면 그들의 고통은 정말 끔찍할 것'이라는 생각이 들었다.

"걱정 마세요. 단숨에 가실 수 있도록 하겠습니다."

봄볕은 따사로웠고 햇살은 부드러웠지만 온몸이 떨려왔다.

그는 엎드려 있는 여인의 가냘픈 목을 통나무 토막 위에 올려놓았다.

그의 손에도 손잡이가 세 자나 되고, 칼날이 두 자나 되는 장검長劍이 쥐어졌다.

그는 장검의 긴 손잡이를 힘껏 움켜쥐었다. 여인은 조금도 두려워하지 않고 입가에 엷은 미소를 띠었다.

그는 칼날에 물은 뿜었으나 망나니 춤은 추지 않았다. 서서히 칼을 들고 몸을 한껏 뒤로 제쳤다. 이제 여인의 목을 내려치기만 하면 되는 순간이었다.

그때였다. 그의 눈에 통나무 토막 한쪽이 푸른빛으로 눈부셨다. 그는 칼을 내려치려다 말고 그것이 무엇인지 살펴보았다. 아, 그것은 연하디 연한 새싹이었다. 겨우내 처형장에 나뒹굴던, 사형수의 목을 괴던 그 오동나무 토막에 봄이 오자 연푸른 싹이 돋은 것으로 생명의 신비, 바로 그것이었다.

그는 가슴이 쿵 무너져 내렸다.

"아, 저런 나무토막에도 싹이 돋는데, 나는 또 내 손으로 사람을 죽이려 들다니……."

그는 칼을 내려놓고 무릎을 꿇었다. 붉은 망나니의 옷과 두건을 벗었다. 그리고 그날 저녁, 다른 망나니에 의해 마지막으로 처형되었다.

고로쇠나무

　전남 광양시 백운산 중턱에 아기 고로쇠나무와 엄마 고로쇠나무가 살고 있었다.
　아기 고로쇠나무는 고개를 들어 멀리 산 아래를 바라보았다. 실낱같은 섬진강 아래쪽에서 아장아장 봄이 걸어오는 모습이 보였다.
　"엄마, 이리와보세요. 저기 봄이 와요."
　아기 고로쇠나무는 엄마 고로쇠나무를 향해 무슨 큰 발견이라도 한 듯 소리쳤다.
　"그래, 봄이 오는구나. 봄이 걸어오는 소리가 이 엄마의 귀에도 들린다. 곧 눈 녹는 소리가 네 마음을 맑게 해 줄 거다."

두 고로쇠나무가 이런 대화를 나눈 지 얼마 되지 않아 백운산에 봄은 왔다. 봄이 오고 온 산이 연두색으로 물들 무렵 엄마 고로쇠나무는 연한 황록색 꽃을 피웠다. 아기 고로쇠나무는 꽃을 피운 엄마가 너무나 아름다웠다.

"엄마, 나는 왜 꽃이 안 피는 거예요?"

아기 고로쇠나무는 꽃을 피운 엄마에 비해 꽃을 피우지 못한 자신의 모습이 초라하게 느껴졌다.

"아가야, 나중에 너도 꽃을 피우게 된단다."

"그때가 언제예요?"

"그건 네가 청년이 되었을 때다."

"언제 청년이 되는데요?"

"글쎄, 딱히 언제라고는 말할 수 없다. 많은 시간이 지나야 한다. 꽃이 피기 위해서는 기다림이 필요하단다."

아기 고로쇠나무는 기다림이 필요하다는 엄마의 말에 적이 실망스러워 불만에 찬 목소리로 자꾸 물었다.

"그런데 엄마, 엄마는 왜 꽃을 피우는 거예요?"

"내가 아름다워지기 위해서지. 또 인간을 아름답게 하기 위해서고. 엄마가 아름다워지면 인간도 아름다워진단다."

"왜 인간을 아름답게 하려고 하세요?"

"인간이 아름다워지면 세상이 아름다워진단다."

"세상이 아름다워지면 뭐가 좋아요?"

"내가 열매를 맺게 되지."

"열매 맺게 되면 뭐가 좋은데요?"

"우리 삶에 의미가 생기게 되지. 열매를 맺지 않으면 우리의 삶은 아무런 의미가 없단다."

아기 고로쇠나무는 잠시 말을 멈추고 엄마의 말을 곰곰 생각했다.

"그럼 엄마, 나도 열매를 맺고 싶어요."

"그럼, 그래야지. 그런데, 열매를 맺기 위해서는 먼저 꽃을 피울 수 있어야 한단다. 꽃을 피울 수 있을 때까지 잘 참고 기다리도록 해라."

아기 고로쇠나무는 꽃이 피기를 기다렸다. 그러나 아무리 기다려도 꽃이 피지 않았다. 몇 번이나 봄이 오고, 겨울이 오고, 바람이 불고, 눈이 내리고 했으나 꽃은 피지 않았다.

아기 고로쇠나무는 기다리다 못해 엄마한테 다시 물었다.

"엄마, 나는 왜 기다리는데도 꽃이 피지 않는 거예요?"

"그건, 네가 진정으로 기다리지 않았기 때문이야. 진정으로 한번 기다려보렴."

아기 고로쇠나무는 엄마의 말씀대로 꽃이 피기를 진

정으로 기다렸다. 어떻게 해야 진정으로 기다리는 것인지 잘 몰라 기다릴 때마다 늘 별빛을 바라보았다.

그런 어느 해 봄날 아침이었다. 아기 고로쇠나무는 아침에 일찍 일어나 자신의 몸에 연한 황록색 꽃송이들이 피어나 있는 것을 보고 놀라 소리쳤다.

"엄마, 나도 꽃을 피웠어!"

"오! 너도 어느새 청년이 되었구나! 늠름한 한 그루 고로쇠나무가 되었구나. 이제 너는 너 자신을 사랑해야 하지만 인간도 사랑할 줄 알아야 한다."

엄마 고로쇠나무는 아들 고로쇠나무가 사랑스러워 바람을 따라가 아들 고로쇠나무의 등을 쓰다듬어주었다. 아들 고로쇠나무는 어느새 엄마 키만큼 자라 있었다. 몸집도 우람해졌다.

그런 어느 해 봄날이었다. 입춘이 지나고 우수가 지났으나 다시 겨울이 오는 것처럼 유난히 꽃샘추위가 기승을 부린 날이었다. 등산객 차림을 하고 백운산을 올라오는 사람들의 목소리가 두런두런 들렸다.

"고로쇠 물은 달콤한 게 맛이 아주 좋아. 약효도 뛰어나지. 위장병, 신경통, 관절염뿐만 아니라 변비나 산후통 등 아픈 데라면 두루 다 좋아. 오죽하면 골리수骨利樹라고 했겠나. 나무 수樹 자 말고, 물 수水 자를 써서 골리

수骨利水라고도 하는데, 통일신라 때 도선 국사가 마시고 무릎이 펴졌다고 하잖아. 도선 국사가 백운산에 몇 달 동안 가부좌를 한 채 도를 깨치다가 일어나려고 하는데 무릎이 잘 펴지지 않더라는 거야. 그래서 바로 옆에 있던 고로쇠나무를 붙들고 일어서다가 그만 나뭇가지를 부러뜨리고 말았는데, 그 나뭇가지에서 물방울이 뚝뚝 떨어져 그걸 마셨더니 당장 무릎이 펴졌다는 거야."

쉰은 족히 넘은 듯한 점퍼 차림의 사내 이야기가 끝나자 또 한 사내가 말을 이었다.

"옛날에 백제군과 신라군이 싸울 때도 화살이 박힌 고로쇠나무에서 흘러내리는 물을 마시고 힘을 내 전투를 계속할 수 있었다는 거야. 또 지리산 반달곰이 고로쇠 물을 마시고 다친 상처가 깨끗이 나았다는 얘기도 있어. 그만큼 고로쇠물이 좋다는 거지."

그러자 그 옆에 있던 또 한 사내가 참견하고 나섰다.

"따뜻한 온돌방에서 오징어나 북어를 고추장에 푹 찍어서 골리수랑 같이 먹으면 끝내주는 거지. 골리수는 아무리 많이 먹어도 탈이 없어. 먹고 싶은 만큼 먹어도 돼. 어이구, 그런 말을 하니 목이 칼칼한 게 막걸리처럼 한 대접 푹 들이키고 싶네."

아들 고로쇠나무는 그런 말을 하는 사람들이 무서워

얼른 고개를 다른 데로 돌렸다. 그러다가 그만 그들과 눈이 딱 마주치고 말았다.

"오호, 요놈 아직 한 번도 물을 뺀 적이 없는 아주 젊은 놈이구나. 넌 아주 특효야, 특효!"

점퍼 입은 사내가 마치 보물이라도 발견했다는 듯이 아들 고로쇠나무를 보고 크게 소리쳤다. 그러고는 가방에서 이런저런 물건들을 꺼내더니 아들 고로쇠나무의 몸에 드릴을 갖다 대었다.

아, 아들 고로쇠나무는 너무나 아파 한순간 기절을 하고 말았다. 그가 깨어났을 때는 사람들 손가락 굵기만 한 작은 구멍이 몸 여기저기 여러 군데 나 있었다.

아들 고로쇠나무는 너무 무서워 아무 소리도 지르지 못하고 그저 사람들이 하는 짓을 멍하니 쳐다보았다. 사람들은 곧 그 구멍에다가 비닐 호스를 연결시켰다. 그리고 그 끝에 커다란 플라스틱 약수통을 갖다 놓았다.

곧 아들 고로쇠나무의 몸에서는 한 방울 두 방울 물이 흘러내리기 시작했다. 한 번씩 밭은기침을 할 때는 몸 안에 있던 수액이 울컥울컥 비닐 안으로 흘러내렸다.

아들 고로쇠나무는 덜컥 겁이 났다. 이러다가 이대로 죽는 것이 아닌가 싶어 급히 엄마 고로쇠나무를 쳐다보았다. 엄마 고로쇠나무도 맨살에 호스가 꽂힌 채 눈물방울 같은 수액을 토해내고 있었다.

"엄마, 안 아파요?"

"아프지만, 참는단다. 아들아, 너도 많이 아프지? 그렇지만 잘 참고 견뎌야 한다."

"엄마, 도대체 사람들이 왜 이러는 거예요? 엄마, 이건 우리의 피와 눈물이에요."

"아들아, 우리의 피눈물이 사람들한테는 약이 되니까 우리가 좀 참도록 하자."

"아니에요, 그럴 수는 없는 일이에요. 이건 강제 채혈하는 거예요."

아들 고로쇠나무는 화가 났다. 이건 있을 수 없는 일이라고 생각했다. 엄마는 세상을 아름답게 하고 인간을 아름답게 하기 위해서 꽃을 피운다고 했는데, 정작 인간은 엄마의 몸에 상처를 내고 수액을 채취하고 있지 않은가.

"엄마, 난 약이 되게 하지 않을 거예요. 사람들한테 독이 되게 할 거예요!"

아들 고로쇠나무는 입을 앙다물고 말했다.

"그러면 안 된다 아들아. 우리는 조상 대대로 인간에게 약이 되는 존재로 살아왔다. 그게 우리 존재의 의미이자 가치다."

"그래도 싫어요. 난 얼마든지 독이 될 수 있어요."

"아들아, 모든 사랑에는 희생이 따른다. 희생 없는 사랑은 없다. 아들아, 울지 말고 내 말을 잘 들어라. 자기 몸을 내어주는 것만큼 더 큰 사랑과 자비는 없다. 우리는 그런 사랑과 자비를 보여주려고 이 세상에 태어났다."

아들 고로쇠나무는 엄마 고로쇠나무의 말을 들으며 점점 정신을 잃어갔다.

먼 데서 뻐꾸기가 울고 백운산에 봄은 계속되었다.

사람들은 드릴로 구멍을 내고 고로쇠나무의 수액을 계속 채취했다. 그것이 고로쇠나무의 피를 강제 채혈하는 것임에도 애써 외면한 채.

위대한 개구리

 깊은 우물 속에 어린 개구리 한 마리가 살고 있었다. 그 개구리는 우물 속에 구름과 햇빛과 별들이 비치는 것을 보고 늘 우물 밖을 그리워하며 살고 있었다.
 "난 언젠가는 우물 밖으로 나가볼 거야. 그 꿈을 꼭 이룰 거야."
 이렇게 우물 밖 세상으로 나가보는 것이 소원인 개구리는 날마다 우물에 비치는 구름과 별들을 보면서 하루하루를 보냈다. 친구들이 헤엄을 치면서 거울처럼 잔잔한 수면을 흔들어놓으면 물결이 잠잠해질 때까지 기다렸다가 수면에 비치는 하늘을 들여다보고 또 들여다보았다.

그런 어느 날이었다. 우물 안으로 한 줄기 시원한 바람이 불어왔다. 개구리는 바람에게 물었다.

"바람아, 바람아, 너는 우물 밖의 세상이 어떤지 알고 있니?"

"그럼, 알고말고."

바람이 개구리의 얼굴을 간질이며 자랑하듯 말했다.

"난 이 세상 어디든 안 가본 곳이 없단다."

"그럼 좀 가르쳐줘. 우물 밖이 어떤 곳인지 난 정말 궁금해 죽겠어."

개구리는 잠시도 기다릴 수 없다는 듯이 말끄러미 바람의 얼굴을 쳐다보았다.

"으음, 우물 밖은 말이야, 햇살이 눈부신 넓은 세상이야. 여기처럼 이렇게 어둡고 좁은 곳이 아니야."

"정말?"

"그럼, 바다도 있어."

"바다?"

"이 우물보다 수천 배 수만 배 더 넓은 곳이야. 비교할 수가 없어. 멀리 수평선이 있고, 수평선 위로 하얀 돛단배들이 떠다니고, 수많은 물고기들이 살아. 집채만 한 고래도 있어."

바람은 빙그레 웃으면서 계속 개구리의 얼굴을 간질

였다.

"바람아, 날 바다에 좀 데려다줘. 난 이 우물 안이 너무나 춥고 좁고 답답해."

개구리는 우물 밖에 바다가 있다는 말을 듣자 가슴이 쿵쿵 뛰었다.

"글쎄, 그렇게 해주고 싶지만, 어떡하지? 널 도와줄 수 있는 아무런 방법이 없어. 그건 너 자신이 해야 하는 일이야."

바람은 그 말을 하고는 휙 몸을 뒤척이더니 갑자기 우물을 빠져나갔다.

"바람아, 가지 마. 나랑 더 얘기해."

개구리는 급히 바람을 붙들었으나 바람은 언제 다시 오겠다는 말도 없이 급히 우물을 빠져나가버리고 말았다.

개구리는 안타까웠다. 우물 밖에 바다가 있고, 바다에 고래가 산다는 사실을 알게 되자 더욱더 우물 밖 세상이 그리웠다. 어떻게 하면 우물 밖으로 나가 보다 넓은 세상에서 살아볼 수 있을까 하고 생각하는 것만으로도 하루해가 모자랐다.

그러나 아무리 생각해도 좋은 방법이 없었다. 한밤중에 이웃의 눈을 피해 몇 번이나 우물 밖으로 나가려고 시도해 보았지만 번번이 '풍덩!' 소리를 내며 곤두박질

칠 뿐이었다.

그래서 하루는 하는 수 없이 엄마 개구리에게 도움을 청했다.

"엄마, 우물 밖 세상에 나가 살고 싶어요. 어떻게 하면 여길 빠져나갈 수 있는지 엄마가 그 방법을 좀 가르쳐주세요."

"뭐라고? 너 지금 그게 제정신으로 하는 소리냐?"

엄마 개구리는 너무나 놀랍다는 듯 펄쩍 뛰는 시늉부터 먼저 내었다.

"아이구, 내 아들아. 그런 생각은 아예 하지도 마라. 우물 밖에는 나쁜 놈들이 얼마나 많은데 그러니? 뱀이란 놈은 우리를 한입에 잡아먹어버린단다."

"엄마, 그렇다고 한평생 여기에서 살 수는 없어요. 여긴 너무 춥고 어두워요."

"아니야, 아니야, 뱀이 얼마나 무서운지 네가 몰라서 그래. 우린 여기서 살아야 해. 조상 대대로 살아온 여기가 우리 고향이고, 가장 안전한 곳이야."

엄마 개구리는 아예 우물 밖으로 나갈 생각조차 하지 말라는 말만 되풀이했다. 그러나 아들 개구리는 우물 밖으로 나가 살고 싶다는 꿈을 결코 버리지 않았다.

그런 어느 해 여름이었다. 몇 달째 비가 오지 않아 가움이 몹시 심했다. 사람들이 먹을 물을 긷기 위해 하나 둘 개구리가 사는 우물을 찾아오기 시작했다.

"다른 우물은 다 말라버렸는데 이 우물만은 마르지 않았어. 이건 정말 고마운 일이야."

우물은 하루 종일 물을 길으러 온 사람들로 붐볐다. 사람들은 서로 다투어 두레박을 드리웠다.

개구리는 사람들이 계속 두레박질하는 것을 보고 무릎을 탁 쳤다. 우물 밖으로 나갈 수 있는 절호의 기회가 찾아왔다는 생각이 들었다.

"맞아! 저 두레박을 타고 우물 밖으로 나가는 거야!"

개구리는 두 주먹을 불끈 쥐고 마음을 굳게 먹었다. 부모 형제와 헤어질 생각을 하자 눈물이 앞을 가로막았으나, 그 정도의 고통은 참고 견뎌내야 한다는 생각이 들었다.

"엄마, 전 두레박을 타고 우물 밖으로 나갈 거예요. 엄마 곁을 떠나고 싶진 않지만 이 기회를 결코 놓칠 수는 없어요."

개구리는 다시 한번 굳게 마음을 먹고 엄마 개구리한테 말했다

엄마 개구리는 큰 눈을 끔벅거리며 말없이 아들 개구리의 얼굴만 쳐다보았다. 그러다가 눈에 눈물을 비치며

한참 만에 입을 열었다.

"그래, 알았다, 아들아. 난 언젠가 이런 날이 올 거라고 생각했다. 정말 섭섭하구나. 그렇지만 난 내 아들을 언제까지나 이렇게 춥고 비좁은 곳에서 살게 하고 싶지는 않다. 네가 원한다면 떠나거라. 비록 우물 밖에 많은 위험이 도사리고 있다 하더라도 이젠 떠나거라. 네가 간절히 떠나고 싶을 때 떠나는 거다. 예전에도 두레박을 타고 밖으로 나간 조상들은 많았단다. 그렇지만 이것 한 가지만은 명심해라. 두 번 다시 돌아올 생각은 하지 마라. 우리나라에서는 우물 밖으로 나가지 못하게 법으로 정해놓고 있다. 돌아오는 날이면 처형을 당하게 돼. 알았지?"

"네, 엄마……."

개구리는 엄마의 말에 눈물이 핑 돌았다. 지금 이 순간이 엄마하고 영원히 이별하는 순간이라는 생각이 들었다. 그렇지만 결코 엄마한테 눈물을 보이지 않았다.

개구리는 부모 형제 외에는 아무한테도 작별 인사를 하지 않고 새벽이 오기를 기다렸다. 새벽에 가장 먼저 물을 긷는 사람의 두레박을 타고 밖으로 나갈 작정이었다.

먼동이 트자 한 여인이 물동이를 이고 우물가로 다가왔다. 개구리는 조마조마 가슴을 졸이며 두레박이 우물

속으로 내려오기를 기다렸다. 두레박은 우물 속으로 천천히 내려왔다.

개구리는 두레박에 물이 다 차는 것을 보고 훌쩍 두레박으로 뛰어올랐다. 두레박은 서서히 우물 밖으로 끌어올려졌다.

아, 우물 밖의 세상은 바람이 말한 그대로였다. 눈부신 햇살 아래 끝없이 너른 들판이 펼쳐져 있었고, 그 들판 끝에 푸른 바다가 넘실대고 있었다.

그것은 참으로 놀라운 광경이었다. 개구리는 놀라 입이 다물어지지 않았다. 하늘은 우물 안에서 보던 그런 구멍만 한 곳이 아니었다. 밤하늘에 별들이 그렇게 많을 줄이야 꿈에도 생각할 수 없던 일이었다.

개구리는 바닷가 기슭에다 집을 짓고 매일 바다를 바라보며 살았다. 멀리 갈매기가 나는 수평선 너머로 고래가 물을 뿜는 모습을 볼 때마다 더없이 행복했다. 바다에 무지개가 떴을 때에는 뛰는 가슴을 억누르기 어려웠다.

눈 깜짝할 사이에 몇 년이 지났다. 개구리는 우물 밖에 사는 개구리를 만나 사랑도 하고 결혼도 하고 자식도 낳아 더 이상 부족함이 없었다. 개구리는 참으로 행복했다. 자신이야말로 이 세상에서 가장 행복한 개구리라고 생각했다.

그런데 참으로 이상한 일이었다. 언제부터인가 밤에 잠을 자려고 하면 문득 우물 속에 사는 어머니의 얼굴이 떠올랐다. 한번 어머니의 얼굴이 떠오르면 그날 밤엔 어머니 생각에 꼬박 잠을 이루지 못했다. 눈을 감아도 어머니의 얼굴이 떠오르고, 눈을 떠도 어머니의 얼굴이 어른거렸다.

개구리는 세상 넓은 줄 모르고 우물 안 개구리로 사는 부모 형제들이 불쌍했다. 우물보다 더 넓은 세상이 있다는 사실을 부모 형제에게 전해주지 않으면 안 된다는 생각이 자꾸 들었다.

'부모 형제를 위해 내가 해야 할 일이 있는 거야. 우물 안 개구리들에게 우물 밖의 세상을 알려줄 의무가 있는 거야. 이렇게 넓고 좋은 세상에서 나 혼자만 행복하게 잘산다는 것은 잘못된 일이야. 그건 참된 행복이 아니야. 다른 개구리들도 나처럼 살 권리가 있는 거야. 우물 안 개구리였던 내가 우물 밖의 세상으로 나온 까닭이 있는 거야. 나는 내 의무를 저버려서는 안 돼.'

개구리는 몇 날 며칠 골똘히 생각에 잠긴 끝에 아내에게 말했다.

"여보, 내 우물에 좀 다녀오리다. 요즘은 부쩍 어머니의 얼굴이 그립구려. 어머니를 지금까지 우물 안에 계시게 한 건 내 잘못이오. 우물에 사는 부모 형제들을 이번에 모두 우물 밖으로 데리고 나올 생각이오."

"네, 그렇게 하세요. 이젠 모두 우물 밖으로 나와 살 때도 되었어요. 당신이 가서 모두 모시고 나오세요."

개구리의 아내는 아기 개구리들의 손을 잡고 멀리 동구 밖까지 남편 개구리를 바래다주었다.

개구리는 결코 돌아와서는 안 된다고 당부하던 어머니의 말씀이 떠올랐지만, 다시 물을 길러 온 어느 여인의 두레박을 타고 우물로 돌아갔다.

우물 안은 여전히 춥고 좁고 어두웠다. 어떻게 이런 곳에 개구리가 살 수 있는지 이해하기 힘들었다.

"돌아오지 말라고 신신당부했는데, 네가 돌아오다니! 이 일을 어찌하면 좋단 말이냐."

엄마 개구리는 아들 개구리를 보자 한숨부터 먼저 내쉬었다.

"빨리 돌아가거라! 나는 이렇게 널 본 것만으로도 족하다."

"아닙니다, 어머니. 이젠 어머니도 우물 밖으로 나가서 사셔야 합니다. 우물 밖은 너무나 따뜻하고 넓은 곳입니다. 저 혼자만 우물 밖에서 잘살 수는 없습니다."

"아니다, 난 너만 잘살면 된다. 빨리 여길 빠져나가도록 해라. 어서! 잡히면 죽어!"

엄마 개구리는 빨리 도망치라는 말만 되풀이했다.

"걱정 마세요, 어머니!"

"어허, 빨리 도망가래도! 지금 당장 돌아가!"

"아닙니다, 전 어머니를 모시고 가겠습니다."

개구리는 도망치지 않았다. 오히려 우물 밖으로 나가 살자고 계속 부모와 형제들을 설득했다.

그러나 그는 그날 밤을 넘기지 못하고 그만 붙잡히고 말았다.

"너는 국법을 어긴 죄가 크다. 우물 안을 벗어나서는 안 된다는 국법을 어긴 네 죄를 네가 알렸다!"

개구리는 많은 형제들이 보는 가운데서 재판을 받게 되었다.

"우리는 너를 용서할 수 없다! 평화롭게 잘사는 형제들에게 뜬소문을 퍼뜨린 죄, 우물 밖으로 나가 살자고 감언이설甘言利說로 유혹한 죄, 그 죄는 죽어 마땅하다!"

재판장의 목소리는 서릿발 같았다.

"재판장님! 우물 밖에는 여기보다 더 넓은 세상이 있습니다."

"그런 세상은 없다."

"저는 우리 형제들에게 우물보다 더 넓은 세상이 있

다는 사실을 알려주어야 한다고 생각했습니다. 그리고 우리 형제들도 마땅히 그런 세상에서 살 권리가 있다고 생각했습니다."

개구리는 재판장 앞에서 조금도 주눅 들지 않고 당당히 고개 들고 말했다.

"넌 도대체 어떤 세상을 보고 왔기에 그따위 바보 같은 소리를 하느냐?"

재판장은 그런 말을 하는 개구리가 퍽 가소롭다는 듯 입가에 차가운 웃음을 띠었다.

"그래, 말해봐라. 도대체 어떤 세상이더냐?"

"바다가 있는 세상이었습니다."

"이놈아, 바다라니? 도대체 바다가 뭐냐? 이 세상에 그런 것은 없다. 여기보다 더 좋은 세상은 없어."

"재판장님! 우물 밖에는 분명 바다가 있습니다. 우물보다 더 넓은 세상이 있습니다. 이제 우린 우물에 갇혀 살 게 아니라 한없이 넓고 큰 바다가 있는 세상으로 나가 살아야 합니다. 그렇지 않으면 우리 모두 우물 안 개구리가 되고 맙니다."

개구리는 재판장의 위엄 앞에서도 자신의 주장을 결코 굽히지 않았다.

재판장은 할 말을 잃었다는 듯 한참 동안 말이 없다가

몇몇 다른 재판관들과 의논을 한 뒤 그에게 사형 선고를 내렸다.

"넌 죽어 마땅하다. 그러나 아직 기회가 없는 것은 아니다. 단 한 번의 기회를 주겠다. 지금이라도 우물 밖의 세상에 바다가 없다고 말해라. 네가 살아본 바깥세상보다 여기가 더 좋은 세상이라고 말해라. 그러면 너를 용서해주겠다."

사형 집행대 위에 선 개구리는 잠시 망설였다. 울음을 삼키고 있는 어머니의 모습이 보였다. 우물 밖의 세상에서 자기를 기다리고 있을 아내와 아이들의 모습도 떠올랐다.

"그래, 아직도 우물 밖에 바다가 있느냐?"

서릿발 같은 재판장의 목소리가 다시 들려왔다.

개구리는 조금도 주저하지 않고 또박또박 힘 있는 목소리로 말했다.

"네, 우물 밖에는 바다가 있습니다. 바다에는 고래가 삽니다. 가끔 무지개도 뜹니다. 우리는 우물 안 개구리가 되어서는 안 됩니다!"

부처님의 미소

신라 때 금을 잘 다루기로 소문난 한 금장이가 석불사 石佛寺에 안치할 부처님인 '금동미륵보살반가사유상'을 만들라는 왕명을 받았다. 금관을 만들기도 했지만 주로 여인들의 귀고리나 팔찌, 허리띠 등의 장신구를 만들던 금장이로서 미륵불을 만들게 된 것은 더없이 큰 영광이었다. 더구나 석불사는 신라왕실의 호국도량이라 신라의 사찰 중에서도 가장 으뜸가는 사찰이었다.

금장이는 하루도 지체하지 않고 왕명을 받들어 정성을 다해 반가사유상半跏思惟像을 만들기 시작했다. 연화대좌蓮花臺座 위에 걸터앉아 오른쪽 다리를 왼쪽 다리 위에 포개 얹고, 가볍게 숙인 둥근 얼굴을 오른손으로 괸 채,

법과 진리의 세계를 명상하는 반가사유상의 기본 형태는 그리 어렵지 않게 만들 수 있었다.

또 머리에 삼면이 둥근 산 모양을 한 삼산관三山冠을 쓰게 한다든가, 대좌를 덮어 내린 상의의 옷자락을 2단 주름으로 형성한다든가, 허리에 걸친 상의의 옷자락을 매우 얇게 만들어 몸의 굴곡을 그대로 드러나게 한다든가, 오른쪽 무릎을 힘차게 솟아오르게 하면서 옷 주름을 생략해 전체적으로 부드러우면서도 강한 생동감을 준다든가 하는 것 또한 그리 어려운 일이 아니었다.

문제는 부처님의 그 오묘한 깨달음의 미소를 어떻게 구현하느냐 하는 것이었다. 그는 가늘게 눈을 내리뜬 채 입가에 한없이 깊고 밝고 고요한 미소를 띠는 부처님을 만들고 싶었으나 그게 그렇게 잘 만들어지지 않았다.

그는 언제나 몸과 마음을 정갈히 하고 온 정성을 다해 부처님의 미소를 만들었다. 그러나 아무리 정성을 다해 만들어도 그것은 그가 생각하는 정각正覺, 그 진리의 미소가 아니었다.

그는 부처님을 만들었다가 부수고 부수었다가 다시 만드는 일을 수년 동안 되풀이했다. 그러나 아무리 되풀이해도 부처님의 미소가 평범한 인간의 미소로 느껴질 뿐이었다.

"아, 이제 어떻게 해야 하나."

그는 한 걸음도 더 나아갈 수 없었다.

"이제 그만 마무리하세요. 내가 보기에는 아주 훌륭한걸요. 거룩한 부처님의 미소예요."

"아니야, 아니야. 그렇지 않아. 아무리 봐도 이건 그냥 평범한 인간의 미소야."

"당신한테만 그렇게 보일 뿐이에요. 부처님의 마음을 가진 이들이 보면 다 부처님의 미소로 보여요."

보다 못해 아내가 완성을 종용했으나 그는 그렇게 할 수가 없었다. 어떻게 하든 세월이 얼마나 걸리든 부처님의 진리의 미소를 찾아 구현하고 싶었다.

자연히 그의 몸과 마음은 야위어갔다. 처음부터 할 수 없는 일을 맡았다 싶어 밥은커녕 잠도 제대로 자지 못했다. 아예 포기해버리는 게 더 낫겠다는 생각이 하루에도 수없이 들었으나 이제 와서 왕명을 거역한다는 것은 곧 죽음을 의미했다.

왕실에서는 "왜 빨리 만들지 않느냐, 더 이상 기다릴 수 없다"고 재촉이 심했다. 그러나 그는 "기다려달라"는 말밖에 할 수 없었다. 재촉한다고 해서 부처님의 진리의 미소가 저절로 구현되는 것은 아니었다.

다행히 왕실에서는 "얼마든지 기다릴 테니 잘 만들

라"는 말씀을 내렸다. 그러나 말씀은 그렇게 했지만 간절히 기다리고 있는 것만은 분명했다. 왕께서 석불사에 다녀간 적도 있었다. 그때 완성된 반가사유상이 안치돼 있었다면 왕께서 그 얼마나 기뻐하셨겠는가.

그는 더 이상 부처님의 미소를 만들 수 없다고 해서 그대로 손을 놓고 있을 수는 없었다. 몇 날 며칠 곰곰 생각하다가 부처님의 미소를 찾으러 집을 떠났다. 한없이 세상을 돌아다니다 보면 이 세상 어딘가에 그가 찾는 부처님의 미소가 있을 것 같았다.

'부처님의 미소를 만나지 못하면 결코 집으로 돌아가지 않으리라.'

그는 굳은 결심을 하고 온 세상을 돌아다녔다. 길을 가다가 쓰러져도 다시 일어나 길을 걸었다. 그러나 아무리 돌아다녀도 부처님의 미소를 찾을 수 없었다. 사람들이 오가는 마을 어귀에도, 햇살이 반짝이는 나뭇잎 사이에도, 아지랑이가 피어오르는 들판 어디에도 부처님의 미소는 보이지 않았다.

젊고 건강하던 그의 육신은 어느새 지치고 늙어버렸다. 그는 이제 병든 육신을 이끌고 돌아다니기 힘이 들었다. 반가사유상을 만들지 못하고 이대로 죽고 마는 것도 어쩌면 부처님의 뜻일 수도 있다는 생각이 들었다.

"이제 죽기 전에 아내가 기다리는 집으로 돌아가자."

그는 발길을 고향집으로 향했다.

세상에는 또다시 봄이 오고 있었다. 산수유가 피더니 여기저기 들판엔 개쑥이 돋고 온 산에 진달래가 만발하더니 멀리 산언덕엔 바람꽃이 일었다.

그는 어느 마을 앞을 느릿느릿 지친 걸음으로 지나가고 있었다. 그날따라 유난히 목이 말랐다. 시원하게 찬물 한 그릇을 들이켜고 싶다는 생각이 간절했다. 눈에 띄는 대로 어느 집 사립문을 밀고 마당으로 들어섰다. 우물가에서는 한 소녀가 물을 길어 쌀을 씻고 있었고, 봄볕이 따스하게 내리쬐는 널마루에서는 한 노인이 웃옷을 벼룩을 잡고 있었다.

"아가야, 나 물 한 모금 다오."

그는 소녀에게 물을 청했다.

소녀는 정성스럽게 바가지에 새로 돋은 나뭇잎을 한 잎 띄워 물을 떠 왔다. 물맛은 꿀맛이었다.

"이제야 좀 살 것 같군. 아가야, 고맙구나."

그는 얼른 물을 한 모금 들이켜고는 소녀에게 고마움을 표시했다. 그러자 널마루 양지쪽에 앉아 벼룩을 잡고 있던 노인이 그를 불렀다.

"이보시오, 이리 와서 이놈들 노는 것 좀 보시오."

그는 물바가지를 든 채 느릿느릿 노인 곁으로 다가갔다. 노인은 잡은 벼룩을 널마루에 풀어놓고 그들과 장난을 치고 있었다.

노인이 손가락으로 슬며시 벼룩을 건드리자 벼룩이 톡 뛰어올랐다.

"허허, 벼룩을 잡아 죽이고 있었던 게 아니었구려."

"죽이다니요, 늙은 나를 찾아온 귀한 손님이라오."

그는 벼룩을 데리고 노는 노인의 천진한 모습을 보자 자신도 모르게 얼굴에 미소가 일었다.

순간, 그는 깜짝 놀라지 않을 수 없었다. 다시 물을 먹으려고 바가지를 쳐다보는 순간, 물 위에 잔잔히 어린 미소, 그것은 그가 평생 찾아 헤매던 부처님의 미소 바로 그것이었다.

손가락들의 대화

 어느 겨울밤, 손가락들이 방 안에 앉아 서로 불평불만을 늘어놓았다. 손가락의 주인은 깊게 잠이 들어 손가락들이 하는 소리를 알아듣지 못했다.
 "나는 왜 이렇게 짧지? 이건 너무 불공평해. 누군 짧고, 누군 길고. 이건 말도 안 돼. 평등해야 해."
 가장 먼저 불만의 목소리를 터뜨린 것은 첫째 손가락인 엄지손가락이었다. 엄지손가락은 눈을 치켜뜨면서 큰 소리를 내었다.
 그러자 둘째 손가락인 집게손가락 검지가 아주 못마땅하다는 듯이 엄지손가락을 보고 눈을 흘겼다.
 "그런 소리 마. 그래도 넌 나보다 나아. 넌 손가락 중에서 첫 번째에 있고 가장 으뜸으로 치잖아. 사람들이 최고를 표시할 때 우린 다 접어버리고 너만 우뚝 치켜세우잖아. 나는 그게 더 불공평해."

"그렇지만 난 너무 짧아. 이왕 나를 치켜세우려면 키가 더 커야 해."

"아니야, 그 정도면 됐어. 욕심내지 마. 나는 너보다 키가 크지만 사람들이 아무짝에도 쓸모없다고 해. 정말 기분 나빠. 내가 없으면 콩알 하나도 집을 수 없는데 말이야."

엄지가 약간 으스대는 표정을 하자 기분 나쁘다는 듯 검지가 계속 말을 이었다.

"그런데 사람들이 왜 날 보고 손가락질한다고 욕하는지 몰라. 나는 누구를 가리킬 뿐인데, 방향을 나타내고 무엇을 지칭할 뿐인데 손가락질이라니 정말 기분 나빠."

"그러니까 누굴 가리키지 마. 바로 너 때문에 우리 모두가 욕을 먹는 거야. 그런데 말이 나왔으니까 말이지, 우리 손가락 중에서 내가 으뜸이야. 내가 키가 제일 크잖아."

이번에는 셋째 손가락인 가운뎃손가락 중지中指가 성큼 끼어들었다. 그러자 넷째 손가락 약지藥指도 질세라 불만을 터뜨렸다.

"난 도대체 이게 뭐야? 왜 나더러 약손가락이라고 하는 거야? 옛날에 약물을 달일 때 날 사용했다고 아직도 나를 약손가락이라고 하다니! 요즘 약탕관에다 직접 약을 달이는 사람이 누가 있어? 다들 한약방에서 만들어 주는 것을 먹지, 세상이 얼마나 변했는데……."

약지가 한마디 하자 이번에는 새끼손가락 계지季指도 더 이상 참지 못하고 이마를 찡그린 채 말을 붙였다.

"그래도 넌 괜찮아. 어디 쓰일 데라도 있잖아. 난 늘 꼬맹이 취급만 받아. 있어도 좋고 없어도 좋은 신세야. 그러니 이건 너무 불공평해! 다들 키가 똑같아야 해! 나만 제일 짧고 가늘어. 도대체 새끼가 뭐야, 새끼가!"

느닷없이 새끼손가락의 목소리가 높아졌다. 화가 나서 견딜 수 없다는 듯 한순간에 얼굴이 벌겋게 달아올랐다.

"새끼손가락아, 너무 화를 내지 마. 넌 그래도 자랑할 게 있어."

새끼손가락이 화를 삭이지 못하고 씩씩대자 엄지손가락이 새끼손가락을 달래려 들었다.

"내가 뭐 자랑할 게 있는데?"

"왜 없어? 넌 아직 너 자신을 잘 모르는구나. 사람들이 서로 중요한 약속을 할 때 어떻게 하니? 바로 너를 걸고 약속하고 맹세하잖아."

"아, 맞아. 그건 그래."

새끼손가락은 미처 몰랐다는 듯 가만히 자신을 쳐다보았다. 그러자 이번에는 엄지가 약지에게 말을 걸었다.

"약지야, 너도 자랑할 게 있어. 신랑 신부가 서로 결혼반지 끼워줄 때 어느 손가락에 끼우니? 엄지손가락에 끼우니? 아니잖아. 바로 너한테 끼우잖아."

"아, 참, 그렇지. 알고 있으면서도 미처 생각하지 못했네. 내가 결혼반지로 좀 빛날 때가 있지. 특히 다이아 반지를 꼈을 때 내가 가장 아름다운 손가락이 되지. 책임감이 느껴져 좀 부담스럽지만 그래도 인생에서 가장 중요한 결혼 약속을 나를 통해 하니 기분이 아주 좋아. 그런데 너희들 결혼반지가 왜 둥근지 아니? 결혼해서 살아가면서 어떠한 일이 있어도 서로 반지의 원圓 밖으로 벗어나지 말자는 것을 의미해. 그런 뜻이 있는 줄 몰랐지?"

약지가 약간 고개를 뒤로 제치고 자랑하듯이 말하자 엄지가 살짝 미소를 띠면서 이번에는 검지한테 말했다.

"검지야, 너도 자랑할 게 많아. 한번 곰곰 생각해봐."

"아, 맞아. 내가 없으면 군인들이 총을 못 쏴. 방아쇠를 당기지 못하는 거야. 전쟁 땐 내 공로가 아주 커. 그런데 바로 그런 이유 때문에 수난도 많아. 예전엔 군대 안 가려고 나를 잘라버린 사람도 있어. 내가 없으면 군

면제 사유가 됐어."

"세상에! 그런 사람도 다 있다니! 검지가 많이 아팠겠다."

새끼손가락이 놀란 얼굴을 하고 관심을 나타내자 검지는 신이 나서 자기 자랑을 더 늘어놓았다.

"열 손가락 깨물어서 안 아픈 손가락 없다고 하는데, 그중에서도 아픈 손가락이 있어. 그게 누굴까? 바로 나야. 내가 가장 아파. 나는 너희들보다 아주 예민해서 두께가 얇은 종이도 잘 가려내. 그래서 시각장애인들이 점자를 읽을 때 나를 사용해."

"아, 그렇구나. 내가 미처 몰랐어. 그러고 보니 우린 각자 단점도 많지만 장점도 많아. 나도 키가 작다는 단점이 있지만 장점이 더 많아."

이번에는 엄지손가락이 다른 손가락들을 쓱 둘러보면서 자기 장점을 자랑하기 시작했다.

"너희들 엄지라는 내 이름이 어디에서 비롯됐는지 알아? 바로 어머니에서 나왔어. 어머니를 엄마, 또는 어미라고 하잖아. '어머니'에다 한자 손가락 '지指' 자를 합쳐서 엄지라고 하는 거야. 그러니까 내가 너희들의 엄마란 말이야. 너희들은 모두 내 자식들이고. 이제 알겠니? 그러니까 이제부터 나를 엄마라고 불러."

"야, 웃기지 마. 네가 엄마라고? 우린 다 같은 손가락이고, 다 같은 손이야."

엄지의 말에 나머지 손가락들은 다들 어처구니없다는 표정을 지었다. 그중에서도 검지가 엄지를 향해 손가락질을 하며 큰소리를 내었다.

"우리들 중에 너처럼 작달막하고 못생긴 손가락은 없어. 제발 네 분수를 좀 알아라. 엄마라고 자처하니 정말 기가 막힌다."

검지의 말에 엄지는 물러서지 않았다.

"내가 있으니까 너희들이 있는 거야. 내가 없으면 너희들은 존재 자체가 불가능해. 손이 될 수 없단 말이야!"

"그건 서로 마찬가지야. 내가 없어봐, 네가 어떻게 손이 될 수 있겠니?"

검지도 지지 않았다. 화가 나서 도저히 물러서지 못하겠다는 표정이 역력했다.

"흥, 너희들은 나를 잘 모르는군. 그러고 싶진 않지만 내 자랑을 해야 되겠군. 너희들은 인간과 유인원類人猿의 차이를 어디에서 찾는지 알아? 모르지? 바로 엄지손가락의 발달 정도에서 찾아. 침팬지나 고릴라는 손의 크기에 비해 엄지가 인간보다 훨씬 짧아서 도구 사용에 한계가 있어. 이 때문에 인간처럼 문명을 발달시키지 못하고 유인원에 머무른 거야. 그러니까 인간을 인간답게 문명인으로 만든 게 바로 나 엄지란 말이야. 어디 그뿐인 줄 알아? 중요한 계약서에 도장 대신 지장을 찍을 때가 있어. 그럴 때는 반드시 내가 찍지, 검지를 찍는 거 봤어? 못 봤지? 그만큼 내가 중요하다는 거야."

"알았어, 알았어. 그만해. 듣기 싫어."

손가락들은 계속 자랑을 늘어놓는 엄지의 말이 듣기 싫었다. 그러나 엄지는 멈추지 않고 계속 자랑을 이어 갔다.

"나는 여러 가지 의미로도 쓰여. 잘했다고 나를 위로 치켜세우면 최대의 찬사나 긍정을 나타내. 그 반대로 나를 아래로 내리면 거절한다, 거부한다, 멸시한다, 야유한다는 부정의 뜻이 있어. 옛날 로마 시대에는 검투사의 생명을 끝장내버리라는 의미로 왕이 나를 아래로 향하게 했어. 이렇게 나는 사람을 죽일 수도 살릴 수도 있는 존재야. 나로 목을 그으면서 상대방을 응시하면 바로 그 상대방을 목을 자르겠다고 선언하는 거야. 상대방을 죽이겠다는 거지. 그만큼 나는 무서운 존재야. 알겠어?"

엄지가 늘어놓는 자랑에 다른 손가락들은 다들 놀라 입을 다물었다.

"휴대폰을 사용할 때 사람들이 가장 많이 사용하는

손가락이 누구일 것 같아? 너희들인 줄 알아? 착각하지 마. 바로 나 엄지란 말이야. 이렇게 나를 이야기하기 시작하면 한이 없어. 오늘 밤이 다 지나도록 해도 못 해. 너희들하고는 비교가 안 돼. 그러니까 나를 존중하란 말이야."

"알았어. 알았어. 그만해. 네 자랑하는 꼴을 더 이상 보기도 싫고 듣기도 싫어."

손가락들은 엄지가 하는 말이 듣기 싫어서 다들 입을 다물고 가만히 있었다. 한동안 방안이 고요해졌다.

얼마나 지났을까. 그 고요를 깬 것은 새끼손가락이었다.

"그런데 내가 꼭 하고 싶은 말이 있어. 처음에 엄지가 말한 것처럼 우린 서로 평등해야 돼. 누군 키가 크고 누군 작아서는 안 돼. 물건을 집을 때 새끼손가락인 나도 참여할 수 있어야 돼. 그래야 우리는 서로 잘 지낼 수 있어."

"새끼손가락 말이 맞아. 우린 키부터 같아야 해. 나는 계지 말에 적극 동의해."

엄지가 계지 말을 동의하고 나섰다. 뜻밖에 가운뎃손가락인 중지만 빼놓고 다들 찬성하는 말을 했다.

그러자 잠자는 줄 알았던 손이 그들의 이야기를 듣고 조용히 말했다.

"애들아, 너희들이 키가 똑같다면 난 피아노를 칠 수

없단다. 우리가 쇼팽의 아름다운 곡을 들을 수 있는 건 손가락들의 키가 각기 다 다르기 때문이야. 그리고 너희들의 키가 똑같다면 사람들이 두 손 모아 기도할 수 없단다. 혹시 기도를 한다 하더라도 기도하는 손이 결코 아름다워 보이지 않을 거야. 이 세상에 획일만큼 추하고 무서운 것은 없어."

서로 불평등하다고 주장하던 손가락들은 손의 말에 고개를 끄덕이며 더 이상 아무 말이 없었다.

소란스럽던 겨울밤은 다시 고요해졌다.

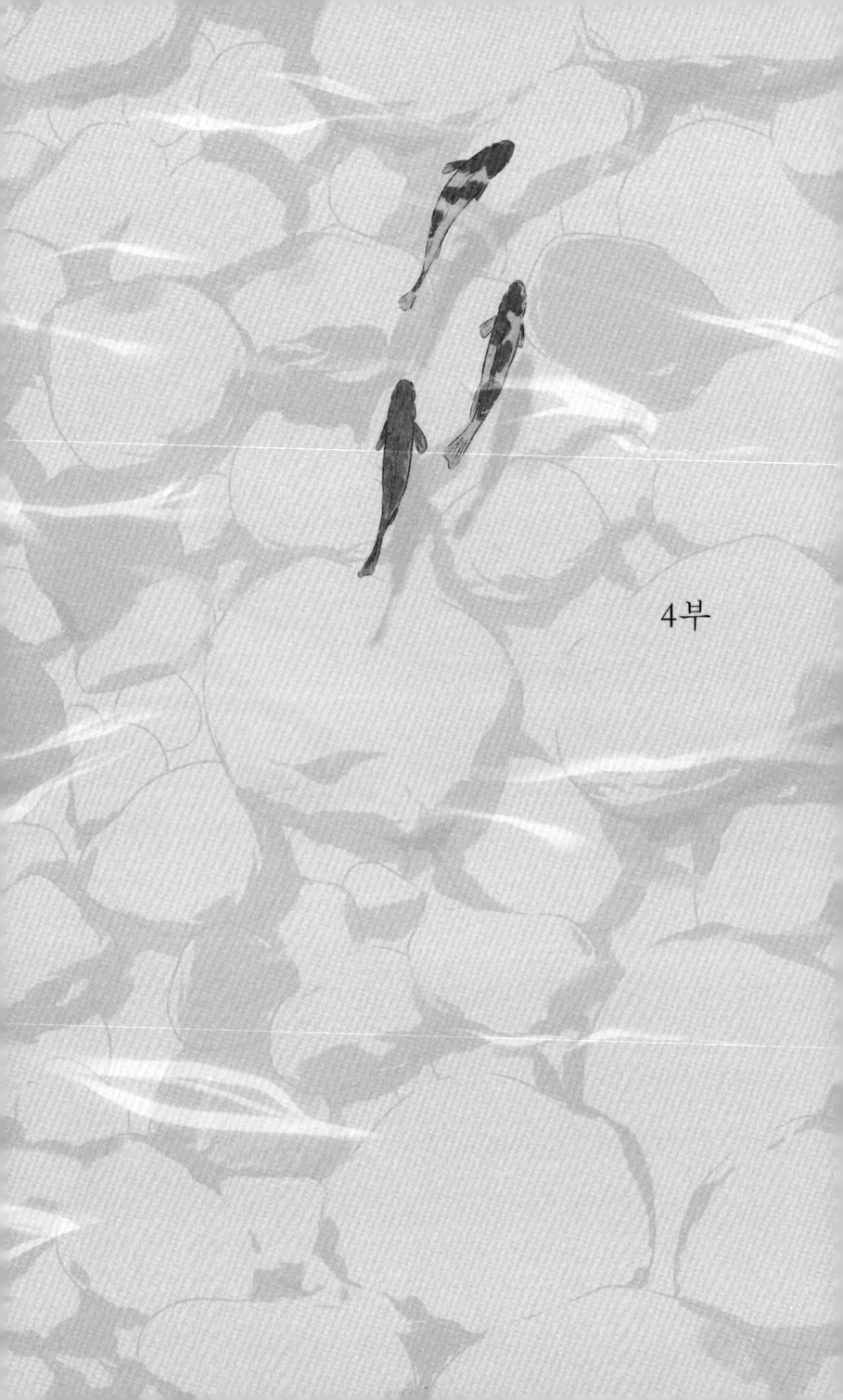

4부

은행나무

 바람을 미워하는 은행나무가 있었다. 원래 바람과 나무는 친한 사이였으나 이 은행나무는 바람이라면 얼굴부터 잔뜩 찡그렸다.
 고향을 떠나 은행나무가 어느 거리의 가로수로 심어진 날 밤이었다. 봄밤이었지만 꽃샘추위가 기승을 부려 그는 잔뜩 몸을 웅크리고 있었다.
 '집을 떠나온 일이 기쁘기도 하고 무섭기도 하구나.'
 그는 가슴을 펴고 별을 바라보며 떠나온 고향집을 생각했다.
 "어머니, 전 집을 떠나기 싫어요. 어머니하고 살고 싶어요."

그가 집을 떠나기 싫어하자 어머니는 그를 달랬다.

"넌 여길 떠나지 않으면 어른이 될 수 없어. 네 형들도 다들 여길 떠났기 때문에 아름다운 가로수가 된 거야."

"저는 어른이 안 돼도 좋아요. 그냥 어머니 곁에 있을래요."

"넌 마음이 왜 이렇게 작고 여리니? 꿈을 크게 가져야지. 우리 은행나무들은 몇백 년씩 살아. 경기도 양평 용문사龍門寺라는 절에는 천 년이 넘은 은행나무도 있어. 사람들이 자식을 못 낳으면 그 은행나무를 찾아가 기도를 올려."

"우리가 그렇게 오래 살아요?"

"그럼, 그러니까 너도 여길 떠나 어른이 돼야 해. 어른이 되어 열매를 맺을 수 있어야 진정한 은행나무라고 할 수 있어."

그는 어른이 되고 싶지는 않았다. 그렇지만 어머니의 말씀을 거역할 수 없어 트럭에 실려 어느 도시의 가로수로 심어졌다.

가로수가 된 첫날밤이었다.

"넌 안 춥니?"

옆에 있던 친구가 추워 몸을 떨며 말을 걸었다.

"나도 추워. 그렇지만 오늘은 별빛이 따스하게 느껴

져. 너도 별을 바라보렴."

그는 친구에게 그런 말을 한 뒤 잠을 청했다.

잠은 쉽게 오지 않았다. 밤이 깊어갈수록 꽃샘바람만 더 강하게 불어왔다.

"내 말을 명심해야 한다. 어디를 가든 뿌리를 잘 내려야 죽지 않고 살 수 있다. 그러니까 아무리 힘들어도 처음부터 뿌리를 잘 내릴 수 있도록 해야 한다."

집을 떠나던 날, 두 손을 꼭 잡고 신신당부하던 어머니의 말씀이 생각나 그는 뿌리를 잘 내리려고 애를 썼다. 그러나 뿌리는 하룻밤 사이에 튼튼하게 내릴 수 있는 게 아니었다. 흙이 뿌리를 받아들이고 단단하게 감싸줄 때까지 기다리지 않으면 안 되었다.

꽃샘바람은 그치지 않고 계속 불어왔다. 그는 바람에 온몸을 맡긴 채 이리저리 흔들렸다. 그대로 쓰러져버릴 것만 같아 겁이 났다.

다행히 먼동이 트고 아침이 오자 바람은 잦아들었다.

'바람이 그치니까 이제 좀 살겠군.'

그는 아침 햇살에 몸을 맡기며 안도의 숨을 내쉬었다.

그러나 바람은 밤만 되면 무섭게 불어왔다. 바람이 불어올 때마다 그는 뿌리째 흔들렸다.

'바람이 이렇게 강하게 부는데, 어머니는 왜 집을 떠

나라고 한 걸까.'

그는 어머니가 원망스러웠다. 그러나 어머니를 원망하기 전에 겨울바람처럼 불어오는 꽃샘바람을 먼저 이겨내지 않으면 안 되었다.

"별들아, 바람이 좀 안 불어오게 할 수는 없니? 나는 바람을 견디기가 너무 힘들어."

"글쎄, 우리도 어떻게 해줄 수가 없구나. 우리가 밤하늘에 떠 있어야 살 수 있듯이 바람도 그렇게 움직여야만 살 수가 있어."

"왜 너희들만 살려고 그러니…… 나도 좀 살아야지."

"은행나무야, 새들은 바람이 가장 강하게 불어오는 날 집을 지어. 너도 바람이 강하게 불어오는 날 뿌리를 내려야 돼. 그래야만 나중에 태풍이 불어와도 쓰러지지 않아."

그는 별들의 말을 듣고 땅속 깊이 뿌리를 내리려고 애를 썼다. 그러나 늘 바람이 문제였다. 바람은 가지에 내려앉은 별빛과 햇살을 떨구기도 하고 새들을 쫓아버리기도 했다. 어떤 때는 막 짓기 시작한 새들의 둥지마저 떨어뜨려버렸다. 오랜만에 깊은 잠이라도 자고 있으면 어느새 잠을 흔들어버리는 것 역시 바람이었다. 쓸데없는 비닐봉지나 휴지 조각을 둥치 밑에 수북이 쌓아두는 것 또한 바람이었다.

은행나무는 그런 바람이 늘 미웠다. 어떻게 하면 바람을 잡아버릴 수 있을까 하고 단 하루도 생각하지 않은 날이 없었다. 그러나 바람은 그에게 잡히지 않았다. 두 팔을 벌려 재빨리 움켜잡아도 바람은 어느새 한발 앞서 그의 손아귀를 빠져나갔다.

"나는 바람이 미워 죽겠어. 어떻게 하면 바람을 잡아버릴 수 있을까."

그가 그런 말을 하면 친구들은 킬킬 웃을 뿐이었다.

"아니, 너희들은 바람이 밉지도 않니? 우리를 이렇게 고생시키는데도?"

그는 친구들이 웃든 말든 바람을 잡으려는 노력을 포기하지 않았다.

어떻게 하면 바람을 잡을 수 있을까 하고 하루하루 골몰하는 동안 어느새 세월이 흘러 그는 스무 살 청년이 되었다.

봄이 지나고 여름이 지나고 가을이 몇 번이나 찾아왔다.

거리엔 낙엽이 우수수 떨어졌다. 부채꼴 같은 그의 잎과 자그마한 사탕 같은 그의 열매도 노랗게 물이 들었다.

그의 친구들은 바람이 불 때마다 황색 열매와 노란 잎을 떨어뜨렸다. 소녀들이 은행잎을 주워 책갈피 속에 넣으면서 까르르 웃곤 했으며, 어떤 사람들은 땅에 떨어진 열매를 약으로 쓴다면서 일일이 봉지에 주워 담기도 했다.

그의 잎새들도 이제 뿌리로 돌아가야 할 때가 찾아온 것을 알고 땅에 떨어질 때를 기다렸다. 그의 열매 또한 마찬가지였다. 나무를 떠나 이 세상 어딘가에서 또 하나의 은행나무가 될 날을 꿈꾸었다.

아, 그런데 도대체 이게 무슨 일일까. 아무리 기다려도 그의 잎과 열매는 떨어지지 않았다. 친구들은 잎과 열매를 다 떨어뜨리고 첫눈을 기다리며 겨울을 맞이하고 있는데, 오직 그만이 잎과 열매를 떨어뜨리지 못하고 있었다.

'어? 곧 겨울인데, 왜 나만 낙엽이 지지 않는 거지? 도대체 왜 이러는 거지?'

그는 몸을 마구 흔들어보았다. 그러나 아무리 몸을 흔들어도 잎과 열매가 땅으로 떨어지지 않았다.

그런 가운데 곧 겨울이 찾아왔다. 다른 은행나무들은 잎을 다 떨구고 앙상한 가지만 남아 있었으나, 그는 여전히 온몸에 잎과 열매를 그대로 달고 있었다.

지나가는 사람들이 신기하다는 듯이 그를 쳐다보고 쑥덕거렸다. 그러자 신문기자들이 찾아와 사진을 찍고 '신비한 겨울 은행나무'라는 제목으로 신문에 특집기사를 내었으며, TV 방송국에서도 그를 찍어 뉴스 시간에 '낙엽이 지지 않는 은행나무'가 있다고 보도했다.

그는 일약 유명한 은행나무가 되었다. 많은 사람들이 그를 구경하러 몰려왔다. 그는 우쭐해졌다. 자신이 아주 특별한 존재가 되었다고 생각했다. 그러나 친구들은 그런 그를 불쌍한 눈으로 쳐다보았다. "왜 날 그런 눈으로 보니?" 하고 말을 붙여도 아무것도 아니라고 하면서 제대로 대답조차 하지 않았다.

'친구들이 왜 저러는 것일까? 내가 유명해져서 시기하는 것일까?'

그는 친구들이 왜 그러는지 알 수 없어 하루는 밤하늘 별들을 바라보며 고요히 생각에 잠겼다.

그날 밤. 그는 문득 잎과 열매를 떨구지 못하면 봄을 맞이할 수 없게 되고, 봄을 맞이할 수 없게 되면 결국 죽음을 맞이할 수밖에 없다는 사실을 깨닫게 되었다.

'맞아, 친구들이 날 불쌍한 눈으로 쳐다본 까닭이 바로 그거야. 도대체 이 일을 어떡하면 좋지?'

그는 깊은 고민에 휩싸였다. 누구에게 도움을 청해야 할지 알 수 없었다. 그는 다급해진 마음에 그토록 미워했던 바람에게 도움을 청했다.

"미안하다, 바람아. 날 용서해줘. 널 미워했기 때문에 내가 이렇게 된 거 잘 알아. 내가 잘못했어. 이제 날 용서해주고, 내 잎과 열매를 좀 떨어뜨려줘. 응?"

그는 새벽이 지나도록 간절히 그런 부탁을 하다가 잠이 들었다.

다음 날 아침, 온몸에 썰렁한 느낌이 들어 일어나보니 그의 잎과 열매가 땅에 다 떨어져 있었다.

"축하해. 우린 널 얼마나 걱정했는지 몰라."

친구들이 서로 가지를 뻗어 그를 축하해주었다. 그는 눈물이 핑 돌았다.

"바람이 강하게 부는 것은 널 강하게 하기 위해서야. 바람이 불지 않았다면 넌 뿌리가 약해 금방 쓰러지고 말았을 거야. 그런데 바람이 강하게 자꾸 불어오니까 넌 쓰러지지 않으려고 깊게 뿌리를 내린 거야. 그게 다 바람이 널 위해서 한 일이야. 사실 우린 바람에게 감사해야 돼. 바람이 아니었다면 우리가 이렇게 건강한 청년이 될 수 없었을 기야."

"그래, 맞아. 내가 어리석었어."

그는 부끄러움에 친구들의 손을 덥석 잡았다. 바람이 살며시 그의 어깨를 어루만져주었다.

샘

 내가 이곳 산골 마을에 산 지 얼마나 되었을까. 코흘리개 아이들이 할아버지 할머니가 되어 손자 손녀들의 손을 잡고 나를 찾아오는 것을 보면 아마 칠십여 년은 더 지났을 것이다.

 오래전 어느 해 여름, 느닷없이 홍수가 휩쓸고 지나간 뒤, 나는 마을 뒷산 한 자락에서 자연스럽게 태어났다. 그해에는 가뭄까지 찾아와 폭염에 무논의 벼들이 타들어갔는데 유독 나한테서만은 물이 퐁퐁 솟아났다.

 내 가슴 어디에서 그런 맑은 물이 끊임없이 솟아나는지 나 자신도 알 수 없었다. 삼백 년 된 느티나무가 있는 마을 한가운데에 공동우물이 있지만 그 우물은 마을 때가 많았다. 그런데 나는 사시사철 그 어느 때에도 마르는 일이 없었다.

"우리 마을의 보배야 보배! 이렇게 마르지 않는 샘이 있으니 이 얼마나 감사한 일인가!"

"이게 다 조상님 은덕 덕분이야."

"겨울에도 얼지 않고 물이 이리 따스하니 고맙기 짝이 없네."

마을 사람들은 나를 칭찬했다. 논바닥이 거북등처럼 쩍쩍 갈라지는 가뭄에도 차고 맑은 물이 퐁퐁 솟아 마을 사람들은 누구나 나를 자랑하고 사랑했다.

나 또한 내가 마르지 않는 샘이라는 사실이 늘 자랑스러웠다. 마을 사람들이 평생 물 걱정을 하지 않고 사는 것이 곧 나의 행복이었다.

어른들은 들에 나가 김을 매다가 돌아와서는 꼭 나를 한두 바가지씩 퍼내 손발을 씻거나 등물을 했다. 아이들은 하루 종일 땡볕에서 뛰어놀다가 저녁 먹을 때가 되면 내게 와서 땟국을 씻고 집으로 돌아가곤 했다. 동네 아낙들 또한 매일같이 나를 길어 가 밥을 짓거나 빨래를 하곤 했다. 나는 바로 마을 사람들의 젖줄이었으며, 마을 사람들을 키워주는 또 하나의 어머니였다.

나는 이렇게 마을 사람들을 위해 물이 마르지 않고 늘

흘러넘쳤다. 그런데 어느 날 한 낯선 청년이 찾아와 나를 한 바가지 떠먹고는 고개를 갸우뚱거리며 혼잣말을 했다.

"샘물이 왜 이렇게 흘러넘치는 거지? 흘러넘치는 물이 아깝지 않나."

청년이 나 들으라고 한 말인가 싶어 내가 입을 열었다.
"너무 아까워하지 마세요. 나는 언제나 흘러넘치니까요."
"그래도 그렇지……."

청년은 더 이상 말을 잇지 않았다. 오랫동안 나를 쳐다보더니 멀리 동구 밖으로 사라져버렸다.

그 이후 청년이 나를 찾아오는 일은 없었다. 서울에 사는 이장님 조카가 혼사 문제로 잠시 마을에 들렀다는 이야기만 엿들을 수 있었다.

나는 그 청년의 말이 잊히지 않았다. 청년이 무슨 뜻으로 그런 말을 했는지 궁금했다. 그러다가 시간이 지날수록 흘러넘치기만 하는 내가 참 아깝다는 생각이 들었다.

'그 청년의 말이 맞아. 흘러넘치는 물이 참 아깝긴 아까워.'

한번 그런 생각을 하자 생각이 꼬리에 꼬리를 물었다.
'나라고 해서 물이 마르지 말라는 법이 있나. 언제 어느 때에 물이 마를지 모르잖아.'

그런 생각은 쉽게 그치지 않았다. 청년의 말처럼 물이 흘러넘치지 않도록 물을 아껴야 한다는 생각이 들었다.

'내가 나를 소중하게 생각해야 해. 만일 물이 마르면 마을 사람들은 나를 잊고 말 거야.'

나는 그런 생각을 하면 할수록 나 자신이 무척 소중하게 생각되었다.

'지금까지 내가 얼마나 소중한 존재인지 나 스스로 생각해본 적이 없어. 마을 사람들에게 나를 마냥 주기만 했지 나를 아껴본 적이 없어.'

나의 그런 생각은 마을 사람들 또한 나를 소중하게 생각해주지 않는다는 생각을 하기까지에 이르렀다.

'말만 마을의 보배라고 그러지 실은 그렇지 않아. 보배인 나를 진정으로 아껴주지 않아. 내게 해서는 안 되는 일을 너무 많이 해. 그동안 내가 너무 무관심했던 거야.'

내가 그런 생각을 하는 줄도 모르고 마을 사람들은 여전히 내게 와서 쌀을 씻거나 빨래를 하거나 목욕을 했다. 어떤 젊은 엄마는 아이들이 내 곁에다 오줌을 눠도 못 본 척 나무라지 않았다. 아니, 그 젊은 엄마가 내 곁에서 아이에게 오줌을 누게 하는 일도 있었다. 물을 가득 한 바가지 떠서 한 모금만 먹고 버리는 일은 어른이나 아이나 마찬가지였다.

나는 이런 일들이 몹시 못마땅하게 여겨졌다. 빨래를 해도 똥 기저귀를 빠는 젊은 엄마가 눈에 거슬렸다.

'내가 항상 흘러넘치니까 도대체 아까운 줄을 모르는 거야. 그 청년의 말이 맞아…….'

나는 마을 사람들에게 내가 얼마나 소중하고 아까운 존재인지 알려주고 싶다는 생각이 들었다.

'어떻게 하면 좋을까.'

아무리 곰곰 생각해봐도 뾰족한 방법이 없었다. 일단 다른 마을로 흘러갈 궁리를 해보았으나 그것은 불가능했다. 흘러넘치지 않으면 다른 곳으로 흘러갈 수가 없었다. 결국 나를 흘러넘치지 않게 하는 방법밖에 없었다.

나는 조금씩 나를 흘러넘치지 않도록 했다. 흘러넘치는 물의 양을 줄였다. 마을 사람들이 눈치챌 수 없도록 몇 년에 걸쳐 조금씩 조금씩 흘러넘치는 물의 양을 줄여 나갔다.

몇 년이 지나자 마을 사람들이 나를 들여다보며 물이 마르기 시작했다고 발을 동동 구르며 걱정하기 시작했다.

"아니, 언제 이렇게 물이 줄어든 거야? 늘 흘러넘쳤는데 도대체 이게 무슨 일이야?"

걱정하는 마을 사람들을 보며 나는 속으로 회심의 미소를 지었다.

나는 점점 더 물이 마르게 만들었다. 나중에는 마을 사람들이 한 바가지의 물도 길을 수조차 없게 만들었다.

'이제 내가 얼마나 소중한지 알아차렸을 거야. 그동안 물이 흘러넘친다고 아까운 줄 몰랐던 거야. 이젠 후회스럽겠지……'

나는 그런 생각을 하며 마을 사람들을 향해 늘 고소해 했다.

그런 어느 날이었다. 마을 사람들이 삽과 곡괭이를 들고 나를 찾아왔다. 손에 삽을 든 걸 보니 이제 마을 사람들이 내가 얼마나 소중한 존재인지를 깨닫고 나를 더 크고 깊게 만들고자 하는 것 같았다.

나는 그제야 마을 사람들에게 조금 미안한 생각이 들었다.

'그래, 이제는 더 이상 물이 마르지 않도록 해야지. 예전처럼 항상 흘러넘쳐야지.'

니는 그런 생각을 하며 마을 사람들을 향해 엷은 미소를 띠며 미안한 표정을 지었다.

그런데 바로 그때 나이든 이장 어른이 나서서 마을 사람들을 향해 큰 목소리를 내었다.

"샘은 항상 물이 흘러넘쳐야 안 마르는 거야. 한번 말라버리면 아무 소용이 없어. 그러니까 아예 샘을 없애버려. 위험하니까, 아이들이 빠질 수도 있으니까!"

이장 어른의 말이 끝나자마자 마을 사람들이 삽으로 흙을 파서 나를 메꾸기 시작했다.

나는 깜짝 놀라 소리쳤다.

"아니, 왜 이러는 거야? 날 메꾸지 마. 그게 아니야. 날 메꾸면 안 돼!"

나는 연달아 크게 소리쳤다.

그러나 아무리 크게 소리쳐도 마을 사람들은 내 말에 귀를 기울이지 않았다. 흙을 퍼서 나를 메꾸다 못해 곡괭이로 돌을 파서 내 가슴에 수북이 얹어놓았다. 나는 졸지에 그만 돌무덤이 되고 말았다.

"이러지 마! 그게 아니라니까! 제발 이러지 말라니까!"

나는 그렇게 계속 소리치다가 서서히 죽어갔다. 후회해도 아무 소용이 없었다.

열정

 입춘과 우수가 지난 어느 날, 우리나라에 사는 나무들의 영혼이 모여 회의를 열었다.
 "이제 곧 봄이 옵니다. 우리들의 몸속으로 흐르는 물들이 예전 같지 않고 따스하기 그지없습니다. 차갑던 흙들도 점차 온기를 더해가고 있습니다. 바야흐로 우리들은 다시 만물이 소생하는 봄을 맞게 되었습니다. 그런데 이번 봄을 맞이하면서 우리는 한 가지 문제에 봉착하게 되었습니다. 그 문제가 무엇인가 하니……."
 나무들 중에서 가장 나이가 많은 느티나무의 영혼이 빙 둘러선 나무들의 영혼을 보고 먼저 입을 열었다.
 "그게 무엇인가 하면…… 지난해에도 심각하게 대두

된 문제입니다다만……."

느티나무가 위엄을 드높이기 위해 쓰윽 수염을 쓰다듬은 후 말을 이었다.

"해마다 잎도 나기 전에 꽃부터 먼저 피는 나무들이 끼치는 폐해가 아주 심각하다는 것입니다. 봄은 그들에게만 오는 것이 아닙니다. 사람들에게 봄을 알리는 것 또한 그들만의 일이 아닙니다. 그것은 우리 모두의 일이자 기쁨이며, 우리의 가장 소중한 존재가치입니다. 그런데도 사람들은 산수유니 매화니 벚꽃이니 목련이니 개나리니 진달래니 하는 꽃들만 보고 봄이 온 것을 먼저 압니다. 이러한 사실은 우리 꽃들의 사회에서 평등하지도 않고 진실하지도 않다는 지적이 줄곧 있어왔습니다. 이 땅에 봄이 오는 것은 몇몇 특정한 꽃들의 명성과 명예를 위한 것이 아닙니다. 그래서 올해부터는 그 어느 꽃나무도 잎보다 꽃이 먼저 피어나서는 안 된다는 것을 의결하고자 합니다. 그래서 먼저 산수유에게 묻겠습니다. 산수유는 이제 봄이 오면 잎보다 먼저 꽃이 피어나서는 안 됩니다. 이에 동의하십니까?"

"네."

산수유나무는 대답은 그렇게 했지만, 느티나무의 주장을 받아들이는 꽃나무들의 일방적인 분위기에 불만이 가득 찼다. 그렇지만 하는 수 없이 그렇게 하겠다고 말했다.

"매화는 어떻습니까? 이에 동의하십니까?"

"네."

매화나무도 하는 수 없이 마른 나뭇가지를 흔들며 약속을 지키겠다고 말했다.

"그럼 이번에는 벚꽃에게 묻겠습니다. 벚꽃도 당연히 이에 동의하시겠지요?"

벚꽃나무는 얼른 대답을 하지 않았다. 입을 다물고 빤히 느티나무를 쳐다보기만 할 뿐이었다.

"빨리 대답하세요. 다들 벚꽃의 대답을 기다리고 있어요."

느티나무가 다그치듯이 말하자 벚꽃나무가 천천히 입을 열었다.

"나는 애초부터 이 회의에 참석하고 싶지 않았습니다. 이 회의에서 의결되는 사항을 받아들일 수가 없어요."

벚꽃나무는 반대 의견을 분명히 했다.

"나는 내 의지대로 피어나는 것이 아닙니다. 천지에 봄이 와서 봄에 의해 피어나는 것입니다."

벚꽃나무가 계속 자기주장을 펼치자 다들 놀라는 표정을 감추지 않았다.

"꽃이 먼저 피든 잎이 먼저 나든 그게 뭐 그리 중요한 문제입니까. 중요한 것은 세상에 봄이 온다는 것입니다. 내가 꽃을 피우기 때문에 봄이 오는 것이 아니고, 봄이 오기 때문에 내가 피어날 뿐입니다."

그때였다. 장미나무가 손을 치켜들고 벚꽃나무의 말에 반박하는 발언을 했다.

"사람들은 해마다 산수유가 피고 벚꽃이 피기 때문에 봄이 온다고 생각합니다. 시인들 중에서도 선암사 홍매화가 핀 것을 보고 올해도 봄이 찾아왔다고 노래하는 이가 있습니다. 그렇다면 조금 늦게 꽃을 피우는, 잎을 먼저 틔우고 나중에 꽃을 피우는 나 같은 꽃들을 보고는 봄이 온 것을 알 수 없다는 말입니까? 그런 꽃들에게는 봄이 존재하지 않는 겁니까? 이런 불만을 가지는 꽃나무들의 말에 귀를 기울여야 합니다."

장미나무가 벚꽃나무의 말을 공박하자 다른 꽃나무들, 수수꽃다리, 백일홍, 작약, 모란 등이 반색을 하며 박수를 쳤다.

"장미의 말이 옳습니다. 꽃들의 세계에서 평등의 가치는 아주 중요합니다. 예쁘지 않은 꽃이 없듯이 봄을 알리지 않는 꽃은 없습니다."

여러 꽃나무 중에서 특히 배롱나무가 나서서 장미나

무의 말을 지지하고 나섰다. 그러자 벚꽃나무가 질세라 다시 입을 열었다.

"우리는 누구나 평등하게 태어나지 않습니다. 우리 꽃들의 사회에는 평등의 가치가 왜곡돼 있습니다. 말이 나왔으니까 말이지 우리는 태어날 때부터 불평등하게 태어납니다. 어떤 꽃은 우아하고 아름답게, 어떤 꽃은 작고 앙증맞게 피어나고, 또 어떤 꽃은 피어나자마자 지고, 어떤 꽃은 한 달이 돼도 지지 않습니다. 이렇게 우리는 불평등한 존재입니다. 물론 꽃이라는 존재 자체의 가치는 똑같지만 그 외적 조건은 다 불평등합니다. 이런 사실을 무시하고 평등해야 한다면 이는 자연의 이치를 거스르는 일입니다. 우리는 꽃으로서 자연의 순리와 이치를 거스를 수는 없습니다. 만일 그렇게 하시겠다면 먼저 이 땅에 봄이 오지 않게 해야 합니다."

벚꽃나무의 말에 나무들은 잠시 말을 잃었다. 느티나무는 무슨 말을 해야 좋을지 놀라 한동안 눈을 부릅뜨고 벚꽃나무를 쳐다보기만 하다가 입을 열었다.

"벚꽃나무의 말은 옳은 말이오. 그렇지만 내가 하고 싶은 말은 우리 모두 봄의 가치를 함께 나누자는 것이오. 사람들이 봄이 왔다고 기뻐할 때 우리도 봄을 전한 기쁨을 함께 나눠 갖자는 것이오. 그게 그렇게 어려운 것이오?"

느티나무가 말을 마치자 이번에는 누가 선뜻 나서서 입을 열지 않았다. 벚꽃나무도 입을 꾹 다물고 아지랑이 이는 먼 산만 바라보았다.

"공동체의 기쁨을 위해서는 개인의 기쁨을 양보하고 희생할 수 있어야 하는 거요."

느티나무가 다시 입을 열고 침묵을 깼다.

"다들 잎보다 꽃을 먼저 피우지 않겠다고 약속하시오. 특히 산수유, 벚꽃, 매화, 백목련, 자목련, 개나리, 진달래는 봄이 왔다고 꽃부터 피우지 말고 다른 꽃나무들처럼 잎부터 먼저 틔우시오."

느티나무의 주장에 다들 입을 다물고 가만히 있자 이번에도 벚꽃나무가 먼저 나섰다.

"느티나무의 말씀을 이해 못 하는 바는 아니지만 아까도 얘기했듯이 우리는 자연의 이치와 순리를 거스르는 일은 할 수 없는 것입니다. 봄이 오면 자연스럽게 꽃부터 먼저 피우게 되는데 그걸 도대체 어쩌란 말입니까."

"꽃을 피우는 것은 우리가 마음먹기에 따라 다른 거요. 꽃은 우리의 의지가 피우는 것이지 봄이 피우는 게 아니오. 우리는 봄에 의존하는 존재가 아닌 주체적 존재입니다. 이제 더 이상 왈가왈부하지 말고 올해부터 다들 꽃부터 피우지 않겠다고 동의하시오!"

다시 침묵이 흘렀다. 느티나무의 말에도 벚꽃나무의 말에도 다들 곤혹스러운 표정만 짓고 있었다.

그때 아무 말이 없던 감나무가 자리를 털고 일어났다.

"벚꽃의 말이 틀린 것은 아니지만 우리 모두 느티나무의 말씀에 동의하고 따르도록 합시다. 느티나무는 오백 년이나 된, 나무들 중에서도 가장 어른인 나무이고 우리 모두 존경하는 나무입니다. 이번에는 느티나무의 말씀에 따르는 게 좋겠습니다."

"네, 좋아요."

"그렇게 하지요."

"나도 동의합니다."

감나무의 말에 기다렸다는 듯이 나무들은 다들 느티나무의 말에 따르겠다고 약속했다. 잎보다 꽃이 먼저 피어나는 꽃나무들도 올봄에는 꽃을 먼저 피우지 않겠다고 굳게 약속했다.

드디어 봄이 왔다. 산수유와 홍매화와 개나리와 진달래와 백목련과 벚꽃은 느티나무의 말에 동의는 했지만 몹시 고민이 되었다. 지금까지 단 한 번도 꽃보다 잎을 먼저 틔운 적이 없었던 그들로서는 막상 봄이 오자 꽃으로 불타오르는 뜨거운 가슴을 억누르기 힘들었다. 그러나 꽃들의 사회에 속한 그들은 의결된 사항 또한 지키지 않으면 안 되었다.

다행히 봄이 오자 꽃샘추위가 몰아쳤다. 봄은 온데간데없고 다시 겨울이 찾아온 듯했다. 하루 종일 불어대는 차가운 꽃샘바람은 모든 꽃나무들을 오돌오돌 떨게 만들었다.

"아, 정말 다행이야. 나는 봄이 오면 어떡하나 걱정했어."

"봄이 오지 않고 이대로 겨울이 계속됐으면 좋겠어."

"느티나무의 말씀에 동의하긴 했지만 약속을 지키지 못하게 될까 봐 걱정돼."

"그러니까 아예 봄이 안 오는 게 나아."

꽃나무들은 서로 이런 이야기를 주고받으며 꽃샘추위를 견뎌나갔다. 그러는 동안 경칩이 지나고 춘분이 지나고 하루 종일 봄비가 내렸다. 산수유와 개나리와 진달래와 백목련의 몸과 마음은 도저히 꽃망울을 터뜨리지 않고는 견딜 수 없을 정도로 봄비로 가득 찼다. 그래서 그들은 그만 자신들도 모르게 잎보다 꽃을 먼저 피우는 열정에 들뜨고 말았다. 봄비가 그친 뒤, 앙상한 나뭇가지에 잎보다 먼저 아름다운 꽃들이 피어나기 시작한 것이다.

"어머, 봄이야. 저 개나리 핀 것 좀 봐. 어머, 언제 저렇

게 목련이 피었지?"

 사람들은 감탄을 거듭하면서 그제야 봄을 느끼기 시작했다. 그리고 한 젊은 여자가 그들 앞을 지나면서 이렇게 말했다.

 "아, 나도 잎보다 먼저 꽃을 피우는 저런 꽃들처럼 열정적인 삶을 살고 싶어!"

 그 말을 듣는 순간, 잎보다 먼저 꽃을 피운 꽃나무들은 느티나무와 한 약속을 결국 지키지 못했다는 사실을 깨달았다. 그러나 이미 늦은 때였다. 꽃은 더욱 활짝 피어날 뿐이었다.

작은 꽃게의 슬픔

　서해안 바닷가에 큰 꽃게 한 마리와 작은 꽃게 한 마리가 살고 있었다. 그들은 어느 날 바닷가 모래밭 위로 살금살금 기어 올라왔다. 모래 속이 너무나 춥고 답답해서 바다 구경도 좀 하고 햇볕도 좀 쬐고 싶어서였다.
　"아이, 시원해! 밖으로 나온 일은 정말 잘한 일이야."
　"저길 좀 봐. 아이들이 파도를 타고 놀고 있잖아. 아, 정말 멋져!"
　큰 꽃게와 작은 꽃게는 누가 먼저라고 할 것 없이 서로 감탄의 소리를 내질렀다.
　그런데 그때 작은 꽃게가 밖으로 나올 때 만든 자기의 모래 구멍을 보고 큰 꽃게한테 말했다.

"큰 꽃게야, 참 이상하다. 내가 만든 구멍은 이렇게 작은데, 네가 만든 구멍은 왜 그렇게 크니?"

"아, 그건 내 몸이 크기 때문이야. 네 구멍이 작은 것은 네 몸이 작기 때문이고."

"그럼, 자기 몸 크기대로 구멍이 파진단 말이야?"

"그래, 우리는 자기 몸에 맞추어서 구멍을 파야 해. 돌아가신 엄마가 늘 그런 말씀을 하셨어. 그렇지 않으면 큰일 난대. 그게 우리의 분수를 지키는 일이래."

큰 꽃게는 귀엽다는 듯 작은 꽃게의 등을 톡톡 두드리면서 말했다.

작은 꽃게는 큰 꽃게의 말이 잘 이해되지 않았다. 그저 자기도 큰 꽃게처럼 큰 구멍을 파고 싶은 마음뿐이었다. 몸을 크게 움직이면 큰 꽃게보다 더 큰 구멍을 팔 수 있을 것 같았다.

그날 밤이었다. 밤하늘에 별들이 빛나고 있었다.

작은 꽃게는 큰 꽃게 몰래 다시 바닷가로 나가 모래 구멍을 파기 시작했다. 발가락과 집게다리를 열심히 놀려 자기 몸보다 몇 배나 되는 큰 모래 구멍을 팠다. 파도가 밀려와 파 놓은 구멍을 와르르 무너뜨려도 조금도 실망하지 않고 다시 또 구멍을 크게 파 놓았다.

'이만하면 큰 꽃게가 판 구멍보다 몇 배는 더 클 거야.

나도 이제 큰 꽃게가 부럽지 않아.'

작은 꽃게는 그런 생각을 하며 입가에 만족한 미소를 머금었다.

그런데 바로 그때였다. 갑자기 작은 꽃게의 더듬이를 따갑게 찌르는 한 불빛이 있었다.

"야, 찾았다! 여기 있다!"

아이들의 커다란 목소리가 우르르 발소리와 함께 한꺼번에 들려왔다.

작은 꽃게는 덜컥 겁이 났다. 얼른 자기가 파놓은 모래 구멍 속으로 몸을 숨겼다. 그러나 구멍이 너무 커서 자기의 몸을 다 숨기지 못하고 그만 전짓불을 든 한 아이의 손에 붙들리고 말았다.

작은 꽃게는 큰 꽃게의 말을 듣지 않고 구멍을 크게 판 일이 후회되었다. 그렇지만 아무리 후회해도 아무 소용없는 일이었다.

어린 대나무

대밭에서 태어난 지 얼마 안 된 어린 대나무 하나가 깊은 고민에 빠져 있었다.

그것은 끊임없이 불어오는 바람 때문이었다. 그는 바람이 조금만 불어와도 잠을 자지 못했다. 낮에 세상 구경을 하느라 너무 피곤해 밤에는 조용히 잠을 좀 자고 싶은데도 '위잉, 위잉' 하고 불어오는 바람 소리에 도저히 잠을 이룰 수가 없었다.

"바람아, 제발 잠 좀 자자. 가만히 좀 있어. 피곤해 죽겠단 말이야."

그가 아무리 사정해도 바람은 조금도 쉬지 않고 끊임없이 불어왔다.

"미안해. 이렇게 불지 않으면 우린 바로 죽게 돼. 그래서 늘 이렇게 부는 거야."

"그래도 그렇지, 내가 잠을 잘 수가 없잖아."

"좀 참아. 우리는 이렇게 부는 게 살아 있다는 증거야."

대나무는 바람의 말에 더 이상 아무 말도 하지 못하고 다시 잠을 청했다. 그러나 얼마 가지 못해서 또 잠에서 깨어났다.

"바람아, 불어도 좀 가만가만 불어. 나를 흔들지 말란 말이야. 잘못하다간 쓰러질 것 같아."

"그것도 내 마음대로 되는 게 아니야. 난 저 먼 땅과 하늘에서부터, 저 먼 산과 바다에서부터 불어오기 때문에 스스로 나를 조절할 수가 없어."

"그럼 난 어떡하란 말이니?"

"글쎄, 잠을 잘 수 없으면 별이나 바라보렴."

대나무는 바람의 말을 따라 별을 바라보았다. 그러나 바람에 몸이 자꾸 쓰러질 것만 같아 별을 바라보고 싶어도 바라볼 수가 없었다.

"난 내 의지대로 살고 싶어. 이리저리 바람에 흔들리며 살고 싶지는 않아. 아무리 바람이 불어도 흔들리지 않는 저 소나무들처럼 살고 싶어."

대나무는 그 어떤 바람에도 늠름하게 조금도 흔들리

지 않는 소나무들이 정말 부러웠다.

그러자 대숲에서 댓잎을 먹고 유정란을 낳는 어미닭 한 마리가 "소나무는 대나무를 부러워하지 않고, 대나무는 소나무를 부러워하지 않는 법"이라고 하면서 병아리 타이르듯 대나무를 타일렀다.

그러나 대나무는 자신에 대한 불만이 갈수록 커져 하루는 어미닭에게 물어보았다.

"어미닭님, 나는 왜 바람이 조금만 불어도 쓰러질 것 같을까요?"

"그건 네가 너무 빨리 자랐기 때문이야. 넌 죽순일 때 하루에 수십 센티미터씩 한꺼번에 자랐단다."

"네에? 그게 정말이에요? 내가 그렇게 빨리 자랐어요?"

"그래, 그래서 네가 지금 이렇게 허약한 거야. 누구나 빨리 자라기를 바라지만, 빨리 자란다고 해서 다 좋은 게 아니야."

"그럼 전 어떡하면 좋지요?"

"그야 강해지면 된단다."

"어떻게 하면 강해질 수 있는데요?"

"다른 대나무들처럼 매듭을 지으면 돼. 저 대나무들을 한번 봐. 매듭이 있으니까 바람이 불어와도 쓰러지지 않잖아."

어미닭은 여전히 병아리를 대하듯 대나무를 퍽 따뜻하게 대했다.

"어미닭님, 전 매듭 없이 매끄럽게 쭉 뻗은 대나무가 되고 싶어요. 마디마디마다 투박스럽게 툭툭 튀어나오고 싶지는 않아요."

"이 녀석아, 그런 모르는 소리 하지 마라. 대나무는 매듭이 있어야만 바람을 견딜 수 있어. 지금까지 대숲에 살면서 수많은 대나무들을 보아왔지만 너처럼 매듭을 원하지 않는 녀석은 처음이다."

대나무는 내가 매듭을 지을 게 아니라 바람이 불지 않으면 될 거 아니냐는 생각이 들었지만, 그런 말은 하지도 못하고 어떻게 하면 매듭을 지을 수 있는지 다시 물어보았다.

"글쎄, 그건 내가 대나무가 아니니까 나도 잘 모르는 일이야. 그렇지만 언젠가는 너 스스로 알게 될 거야. 한 가지 분명한 사실은 넌 매듭이 없으면 이제 더 이상 쭉쭉 곧게 자랄 수가 없어. 지금이 바로 매듭을 만들기 시작할 시점이야. 그렇지 않으면 아주 약한 바람에도 쓰러져버리고 말 거야."

어미닭의 말은 정말이었다. 어미닭과 그런 이야기를 나눈 지 며칠 지나지 않아서 대나무는 그만 비바람에 비스듬히 허리를 굽히고 쓰러지고 말았다.

대나무는 그런 자신이 무척 부끄럽게 생각되었다. 일본 히로시마에 원폭이 투하되었을 때 유일하게 살아남은 나무가 대나무였다는데, 자신이 그토록 쉽게 쓰러졌다는 사실이 믿기지 않았다.

그렇지만 그는 하루빨리 일어나려고 애를 썼다. 그러나 아무리 허리를 꼿꼿이 세우고 일어나려고 해도 일어날 수가 없었다. 그저 쓰러진 채 하늘만 바라보았다. 그러다가 하루는 밤하늘에 가장 먼저 떠오른 샛별에게 말을 던졌다.

"샛별님, 어떻게 하면 제가 다시 일어설 수 있을까요?"

"글쎄, 나는 잘 모르겠는걸."

"샛별께서 모르시면 누가 알겠어요? 그러지 마시고 좀 가르쳐주세요. 제 소원이에요."

"그럼 별똥별이 질 때 소원을 한번 빌어봐. 별똥별들은 자기들이 사라지기 전에 누가 소원을 빌면 누구의 소원이든 다 들어주는 미덕을 지니고 있단다."

그때 산 너머로 정말 별똥별 하나가 막 사라지려고 하고 있었다. 순간, 대나무는 다시 일어나 튼튼하게 잘 자랄 수 있도록 해달라고 재빨리 빌었다.

그러나 소원과는 달리 이튿날 아침 대나무는 밑동이 싹둑 잘리고 말았다. 사람들이 와서 대나무의 수액을 채취한다고 밑동을 싹둑 잘라버리고 만 것이다.

"아니, 아저씨, 왜 이러세요? 도대체 이게 뭐 하는 짓이에요?"

대나무는 밑동만 남은 자신의 몸에 투명한 비닐 튜브를 덮어씌우는 대밭 주인에게 소리를 내질렀다. 그러나 대밭 주인은 비닐 튜브를 커다란 그릇에 연결시켜놓고는 아무 말 없이 담배만 뻑뻑 피우고 있었다.

대나무는 자신의 몸에서 흘러나오는 수액이 비닐 튜브를 통해 그릇에 가득 담기는 것을 보자 자꾸 눈물이 났다.

'이 고비를 잘 넘겨야 돼. 아무리 아파도 참고 견뎌야만 돼. 그동안 내가 아무런 고통 없이 너무 빨리 자라기만 했기 때문에 이런 일이 생긴 거야.'

대나무는 그런 생각을 하며 참고 견디려고 애를 썼다. 그러나 몸에서 2리터 이상이나 수액이 빠져나가자 그만 정신을 잃고 말았다.

이듬해, 그는 다시 죽순으로 태어났다.

그러나 이번에는 빨리 자라려고 하지 않았다. 어떤 때는 따스한 햇살의 유혹에 못 이겨 지난번처럼 하룻밤 사이에 수십 센티미터씩 자라고 싶었지만, 밑동이 잘려 수액을 흘리던 날의 고통을 잊지 않았다.

그 대신 조금씩 자랄 때마다 매듭짓기를 게을리하지 않았다. 거센 바람에 시달릴 때마다 한 마디씩 한 마디씩 단단하게 매듭을 지었다.

'대나무가 매듭을 짓는다는 것은 바로 고통을 참고 견디는 일이야. 마디를 만드는 고통의 시간을 이겨내지 못하면 결코 튼튼하게 자랄 수가 없어.'

그는 이제 아무리 바람이 불어도 쓰러지지 않았다. 그저 고요히 하늘을 향해 흔들리며 미소 지을 뿐이었다.

검은툭눈금붕어

서울 단비네 집 어항 속에 금붕어 세 마리가 살고 있었다. 몸에 붉은 꽃잎 무늬가 있는 두 마리는 서로 형제간으로 이름이 '붉은꽃잎금붕어'였으며, 또 한 마리는 검은 눈이 툭 튀어나왔다고 해서 이름이 '검은툭눈금붕어'였다.

붉은꽃잎 형제는 둘 다 마음이 참 고왔다. 맛있는 음식이 있어도 싸우지 않고 서로 사이좋게 나누어 먹었다.

그러나 검은툭눈은 마음이 사납고 욕심이 많아서 툭하면 붉은꽃잎 형제를 못 살게 굴었다.

"형, 검은툭눈이 우릴 왜 이렇게 미워하지?"

"글쎄, 우릴 미워하지 않았으면 좋겠는데…… 그래도

우리는 검은툭눈을 미워하지 말자."

"그래, 형, 미워하지 말자."

붉은꽃잎 형제의 소원은 금붕어끼리 서로 사이좋게 지내는 것이었다.

그러나 검은툭눈의 소원은 그게 아니었다.

"어항이 너무 좁아. 나 혼자 살기에도 비좁은데, 붉은꽃잎 녀석들이랑 같이 살자니 정말 미치겠군. 먹는 것도 저 녀석들이랑 매일같이 나누어 먹으니까 배가 고파 못 살겠어. 무슨 좋은 수가 없을까?"

검은툭눈의 소원은 어떻게 하면 혼자 넓게 살고 배불리 먹을 수 있을까 하는 것이었다.

그런 어느 날이었다.

동생 붉은꽃잎금붕어가 갑자기 배가 아프다고 하면서 시름시름 앓기 시작했다.

"형, 나 배 아파. 뭘 잘못 먹었나 봐."

"어떡하나? 많이 아파? 내가 쓰다듬어줄게."

형은 걱정이 되어 조심스럽게 동생의 배를 쓰다듬어주었다. 그러나 동생은 어항 바닥에 앉아 있기만 할 뿐 일어나 헤엄을 치지 못했다. 겨우 일어나 헤엄을 치다가도 한번 물풀에 걸리면 빠져나오지 못했다.

동생의 병은 점점 깊어갔다. 형이 잠시도 쉬지 않고

동생의 배를 쓰다듬어주었지만 동생은 그만 세상을 떠나버리고 말았다. 배를 뒤집고 물 위에 가만히 떠 있다가 천천히 어항 바닥으로 가라앉아버리고 말았다.

"날 혼자 남겨두고 먼저 가버리다니! 엉엉!"

형은 슬피 울었다. 얼마나 아팠으면 그렇게 죽고 말았을까 하는 생각에 흐르는 눈물을 감출 수 없었다.

검은툭눈은 친구가 죽었는데도 조금도 슬퍼하지 않았다.

"이제 내 소원대로 되려나 보다. 호호, 신난다!"

오히려 소리치며 좋아서 어쩔 줄 몰라했다.

"어머, 금붕어 한 마리가 죽었네! 불쌍해서 어쩌나……."

단비엄마가 어항에 손을 넣어 죽은 금붕어를 꺼낼 때에도 좋아서 "으흐흐" 웃음을 터뜨렸다.

"이제 한 마리 남은 저 녀석도 빨리 죽어야 할 텐데……. 그래야 나 혼자 밥도 많이 먹고, 물과 공기도 마음껏 들이켤 수 있을 텐데……."

검은툭눈은 혼자 모든 걸 차지하고 싶은 마음에 한 마리 남아 있는 붉은꽃잎마저 하루 빨리 죽기를 기다렸다.

그러나 붉은꽃잎은 검은툭눈이 아무리 기다려도 죽지 않았다. 동생 몫까지 살아야 한다고 생각한 붉은꽃잎은 오히려 더 씩씩하게 열심히 살아가고 있었다.

검은툭눈은 속이 상했다.

"무슨 좋은 수가 없을까?"

검은툭눈은 잠도 자지 않고 밤낮으로 골똘히 생각에 잠겼다.

그러다가 하루는 무릎을 탁 치며 붉은꽃잎을 없애버릴 생각을 하게 되었다.

"맞아! 내가 죽이는 수밖에 없어. 그렇게 해서 나라도 잘 살아야 하는 거야."

검은툭눈은 검은 눈을 반짝거리며 붉은꽃잎을 죽일 기회만 노렸다.

마침내 그 기회는 왔다.

단비네 식구들이 막내이모 결혼식에 참석하기 위해 집을 비우고 모두 부산으로 내려가자, 검은툭눈은 붉은꽃잎한테 자꾸 싸움을 걸었다.

"야, 붉은꽃잎! 네 동생은 죽었는데, 넌 왜 아직 안 죽고 살아 있니?"

붉은꽃잎은 놀라 눈이 휘둥그레졌다.

"검은툭눈아, 갑자기 그게 무슨 말이야? 내가 뭘 잘못했니?"

"그럼, 잘못해도 아주 크게 잘못했지. 난 말이야, 네가 보기 싫어 죽겠어. 네가 어디로 꺼져버렸으면 좋겠어."

"여기는 어항 속이야. 내가 어디로 갈 수 있다고 그러니?"

"그러니까 아예 네 동생처럼 죽어버리란 말이야!"

검은툭눈은 붉은꽃잎한테 무섭게 눈을 부라렸다.

"검은툭눈아, 그러지 마. 어항 속에 너랑 나랑 둘뿐인데, 우리 사이좋게 지내자."

"아냐, 난 너랑 살고 싶지 않아. 난 혼자 살고 싶어. 내가 먹을 걸 네가 다 먹어버리기 때문에 난 늘 배가 고파 죽겠단 말이야."

검은툭눈은 잠시도 쉬지 않고 붉은꽃잎을 괴롭혔다. 붉은꽃잎이 아무리 서로 도우며 사이좋게 지내자고 말해도 아무 소용이 없었다.

결국 힘이 약한 붉은꽃잎은 검은툭눈한테 계속 시달리다가 그만 목숨을 잃고 말았다.

"야, 신난다!"

붉은꽃잎이 배를 뒤집고 어항 밑바닥에 조약돌처럼 가라앉자 검은툭눈은 하루 종일 신나게 콧노래를 불렀다. 먹이도 혼자 배불리 먹고, 물도 혼자 배불리 마실 수 있게 되어 세상에 부러울 게 없었다.

아니, 그런데 이게 웬일일까? 붉은꽃잎이 죽은 지 사

흘쯤 지나자 어항의 물이 흐려지고 썩은 냄새가 나기 시작했다.

"어? 물이 왜 이렇게 더러워지는 거지? 도대체 숨을 쉴 수가 없잖아."

검은툭눈은 왜 갑자기 물이 썩어 가는지 알 수가 없었다. 그건 죽은 붉은꽃잎의 몸이 점점 썩어가고 있기 때문이었는데, 검은툭눈은 그 사실을 알 수 없었다.

"아이구, 힘들어, 가슴이 답답해 미치겠군."

검은툭눈은 얼굴을 물 밖으로 내밀고 맑은 공기를 들이마시려고 애를 썼다. 그러나 갈수록 할딱할딱 숨쉬기가 힘들어졌다.

단비네 식구들이 부산에서 돌아오자 어항의 금붕어 두 마리가 모두 죽어 있었다.

"이게 무슨 일이람? 왜 금붕어가 다 죽어 있지?"

단비엄마가 깜짝 놀라 단비를 소리쳐 불렀다.

"단비야, 엄마가 어항에 물 갈아주라고 했는데, 왜 안 갈아준 거야? 왜 엄마 말을 안 들어?"

"아니에요, 엄마. 내가 물도 갈아주고 먹이도 알맞게 줬어요."

집을 비우기 전에 단비는 엄마 말씀대로 물도 갈아주고 먹이도 알맞게 주었다. 그런데도 금붕어 두 마리가 다 죽어 있으니 단비도 단비엄마도 왜 그런지 그 까닭을 알 수 없었다.

흰수염갈매기의 꿈

 동해안 어느 부둣가에 멋지게 흰 수염이 길게 난 흰수염갈매기가 한 마리 살고 있었다. 그는 다른 갈매기들과는 달리 생각이 많고, 하고 싶어하는 일도 많은 갈매기였다. 좋게 말하면 밤잠을 자지 않고서라도 자신이 해야 할 일은 끝까지 해내는 부지런한 갈매기라고 할 수 있고, 나쁘게 말하면 자기 분수를 잘 모르는, 욕심이 좀 지나친 갈매기라고도 할 수 있다.
 그러나 동해안에 사는 갈매기들치고 흰수염갈매기를 싫어하는 갈매기는 아무도 없었다. 흰수염갈매기가 부둣가에 나타나면 "저기 흰 수염 할아버지 오셨다!" 하고 다들 우르르 몰려들었다. 왜냐하면 흰수염갈매기는 누가 어려운 일을 당하면 그냥 못 본 척하고 지나가는 일이 없었기 때문이었다. 특히 부모 잃은 어린 갈매기들을 보면 그저 불쌍해서 못 견뎠다. 어쩌다가 먹을 거라도 맛있는 게 생기면 "얘들아, 이리 와서 이거 먹어라" 하고 꼭 어린 갈매기들을 불러들였다.

그뿐만 아니라 어린 갈매기들이 먹이를 구하지 못해 부둣가 한구석에 기운이 쭉 빠져 앉아 있으면 얼른 먹이를 구해다가 먹이는 갈매기가 바로 흰수염갈매기였다.

그런데 그런 그에게도 딱 한 가지 흠이 있었다. 그것은 다른 갈매기들과는 달리 쓸데없는 생각을 많이 한다는 것이었다.

바닷물은 왜 이렇게 많을까? 이렇게 많은데 왜 산으로 넘치지 않을까? 그런데 짜기는 왜 이렇게 짤까? 왜 수평선이라는 게 있는 것일까? 도대체 수평선 너머엔 무엇이 있을까? 갈매기는 물고기들처럼 바닷속에서는 살 수 없는 것일까? 저 설악산에는 무엇이 있을까? 갈매기들은 왜 산에 가서 살지 못하는 것일까? 나도 사람들이 많이 모여 산다는 서울에 가서 한번 살아봤으면…….

흰수염갈매기의 이런 생각은 끝이 없었다. 그래서 그

런지 그는 어린 갈매기들한테 잔소리 또한 많이 했다.

"이건 시커멓게 기름이 묻었잖아. 이런 건 먹지 마. 배탈 나."

"그까짓 오징어 다리 하나 가지고 서로 먹겠다고 싸우다니, 쯧쯧, 또 그러면 내가 아주 혼을 내줄 거야. 알았지?"

"비닐 조각이나 나무토막도 먹으면 안 돼. 잘못하다가는 목구멍이나 모래주머니가 막혀 죽는 수가 있어."

"어허, 발목에 끈이나 줄 같은 게 걸리지 않도록 조심하라니까! 발가락에 줄이 감기면 나중에 피가 안 통해서 발가락이 끊어져버린단 말이야!"

흰수염갈매기는 어린 갈매기들을 만나기만 하면 늘 이런 잔소리를 늘어놓았다.

처음에는 그의 잔소리가 듣기 싫어 그를 가까이하지 않는 갈매기들이 많았다. 그러나 나중에는 그의 잔소리를 듣기 싫어하는 갈매기들은 별로 없었다. 실제로 그의 말을 듣지 않고 제 마음대로 행동하다가 다치거나 죽는 갈매기들의 수가 자꾸 늘어나 대부분 그의 말을 잘 따랐다.

그러나 사고는 끊이지 않았다. 흰수염갈매기는 어린 갈매기들이 사고로 죽을 때마다 마음이 아파 견딜 수가 없었다.

'사람들의 위험으로부터 벗어날 수 있는, 우리 갈매기들끼리만 마음 놓고 살 수 있는, 그런 세상을 만들 수는 없을까?'

흰수염갈매기는 갈매기들이 사고를 당할 때마다 늘 그런 생각을 해보았으나 그것은 한낱 헛된 꿈일 뿐, 별다른 생각이 떠오르지 않았다. 그저 부지런히 어린 갈매기들을 찾아다니며 조심하라고 잔소리를 늘어놓는 수밖에 없었다.

그런 어느 날이었다. 흰수염갈매기는 친구들을 따라 동해안 한가운데 있는 솔섬이라는 섬으로 날아가보았다.

"사람들로 북적대는 위험한 부둣가를 떠나, 고요한 섬을 한번 찾아가보자."

친한 친구인 흰눈썹갈매기와 노랑부리갈매기가 그런 말을 하자 얼른 친구들을 따라나섰다.

솔섬은 푸른 소나무로 빙 둘러싸여 있는 참 아름다운 곳이었다. 소나무 가지 사이로 얼핏얼핏 보이는 푸른 바닷가가 너무나 아름다웠다. 군데군데 사람들이 모여 사는 마을이 있었지만, 고기잡이배들이 한데 모이는 부둣가보다는 한결 깨끗하고 위험 또한 덜했다.

흰수염갈매기는 신이 나서 파도에 발목을 적시고 또 적셨다. 달빛같이 고운 모래 위를 걷고 또 걸었다. 솔섬의 가장 높은 바위 위에 앉아 멀리 수평선을 바라보고 또 바라보았다.

흰수염갈매기는 한없이 행복했다.

"바다는 누가 만들었을까?"

흰수염갈매기는 너무 행복한 나머지 자신도 모르게 이렇게 중얼거렸다. 그러자 옆에 있던 흰눈썹갈매기가 말했다.

"그야, 하느님이 만들었지."

"그럼 이 섬은 누가 만들었을까?"

"그것도 물론 하느님이지."

"그래? 그럼 우리도 하느님한테 섬 하나 만들어달라고 하면 안 될까?"

흰수염갈매기가 그렇게 말하자 이번에는 노랑부리갈매기가 깔깔 웃음을 터뜨렸다.

"하하하, 넌 아직도 그런 엉뚱한 생각을 하는 못된 버릇을 안 고쳤구나. 이제 제발 정신 좀 차려. 어린 갈매기들 보기에 창피하지도 않니?"

흰수염갈매기는 노랑부리갈매기의 말은 아랑곳하지 않고 멀리 수평선만 바라보았다.

수평선에는 서서히 붉은 노을이 지고 있었다.

흰수염갈매기는 수평선을 바라보면 바라볼수록 갈매

기들만이 살 수 있는 아름다운 섬을 하나 갖고 싶었다. 어린 갈매기들이 마음껏 날아다녀도 아무런 위험이 없는, 그런 섬이 있다면 얼마나 좋을까 하는 생각에 그대로 가만히 있을 수가 없었다.

'그래, 하느님한테 한번 부탁을 해보는 거야! 사람들한테만 섬을 만들어주지 말고, 우리 갈매기들한테도 섬을 하나 만들어달라고 부탁을 하는 거야!'

흰수염갈매기는 노을 지는 수평선을 바라보며 하느님께 간절히 기도를 올렸다.

"하느님! 우리 갈매기들이 평화롭게 살 수 있는 섬을 하나 만들어주세요. 사람들이 사는 곳은 우리 갈매기들이 살기에는 너무나 위험해요. 얼마 전엔 기름을 잔뜩 실은 유조선이 바다에 침몰되는 바람에 바다가 온통 기름투성이가 되었다는 걸 하느님도 잘 아시잖아요. 기름에 빠져 죽은 갈매기들이 한두 마리가 아니에요."

흰수염갈매기의 간절한 기도에도 하느님은 아무런 대답이 없었다. 그래도 흰수염갈매기의 기도는 계속되었다.

"하느님, 정말 그렇게 모른 척하시기예요? 무슨 말이라도 한마디 해주세요!"

한 달이 지나고 일 년이 지나고 이 년이 지나도 하느

님은 아무런 대답이 없었다.

흰수염갈매기는 참 슬펐다. 침묵하는 하느님이 원망스러웠다.

그러던 어느 새해 아침이었다. 흰수염갈매기는 동해의 수평선 위로 떠오르는 붉은 해를 바라보며 두 손 모아 기도를 하다가 퍼뜩 이런 생각이 들었다.

'그래, 맞아! 하느님한테 부탁만 하고 있을 게 아니라, 내가 내 힘으로 섬을 하나 만드는 거야. 바닷가의 모래를 물어다가 바다를 메우는 거야!'

흰수염갈매기는 그날부터 당장 모래로 바다를 메우는 일을 시작했다.

"갈매기들아, 우리 다 같이 힘을 합쳐 바다를 메우자! 바다를 메워 우리 갈매기들만 사는 아름다운 섬을 하나 만들어보자!"

흰수염갈매기가 다른 갈매기들에게 이렇게 소리쳐도 그의 말에 귀 기울이는 갈매기는 아무도 없었다.

"너 정말 웃기는구나. 제발 정신 좀 차려!"

흰눈썹갈매기도 노랑부리갈매기도 그저 비웃고 조롱할 따름이었다.

그러나 흰수염갈매기는 친구들이 아무리 놀리고 비웃어도 아랑곳하지 않았다. 십 년이 지나고 이십 년이 지나도 결코 포기하지 않았다.
 지금도 동해안 바닷가에 가면 모래를 입으로 물어다 바다를 메우는 흰수염갈매기 한 마리를 볼 수 있다.

다람쥐 똥

 뜨거운 여름이 지나가고 가을이 되자 상수리나무 숲속에 사는 줄무늬다람쥐는 무척 배가 고팠다.
 "지금쯤 도토리가 많이 떨어져 있을 텐데, 왜 잘 안 보이지?"
 다람쥐는 도토리를 찾아 이리저리 숲속을 돌아다녔다. 그러나 도토리는 쉽게 눈에 띄지 않았다.
 '엄마, 배가 고파요. 사람들이 우리의 겨울 양식을 가져가요.'
 나무 둥치 사이에 누가 걸어놓았는지 그런 글씨가 쓰인 현수막만 눈에 크게 띄었다.
 '올해도 사람들이 먼저 도토리를 많이 주워가버렸군.'

다람쥐는 그래도 그런 현수막을 걸어놓을 정도로 다람쥐를 걱정해주는 사람들이 있다 싶어 고프던 배가 다 불러오는 것 같았다.

그러나 그게 아니었다. 가만히 나무 위로 올라가 이리저리 사방을 살펴보자 현수막이 걸려 있는 바로 그 나무 아래에서 사람들이 커다란 자루에 도토리를 가득 주워 담고 있었다.

"당신들은 저 글씨도 안 보여요? 왜 우리가 먹을 양식을 당신들이 다 가져가는 거예요?"

다람쥐는 화가 나서 소리쳐보았지만 사람들은 들은 척도 하지 않았다.

다람쥐는 하는 수 없이 사람들이 돌아가기를 한참 동안 기다렸다가 사람들이 줍다 만 도토리를 주워 먹었다.

'사람들이 더 주워버리기 전에 내가 많이 먹어둬야지.'

여름내 배가 고팠던 다람쥐는 도토리를 맛있게 먹었다. 두 발로 서서 두 손으로 도토리를 잡고 먹는 다람쥐의 모습은 그 어느 때보다도 귀여웠다.

'으음, 둘이 먹다가 하나가 죽어도 모르겠군! 정말 꿀맛이야!'

다람쥐는 도토리가 너무 맛이 있어 날이 어두워지고 밤하늘에 달이 뜬 것조차 모르고 있었다.

도토리를 배불리 먹은 다람쥐는 고요한 달빛 아래 수북이 똥을 누었다.

"아휴, 이게 뭐야? 내가 똥으로 태어났잖아!"

다람쥐 똥은 태어나자마자 자신이 똥으로 태어난 것을 보고 크게 소리를 질렀다.

"아니, 왜 하필이면 아무짝에도 쓸모없는 똥 덩어리로 이 세상에 태어난 거야?"

다람쥐 똥은 똥으로 태어난 자신이 무척 싫었다.

"좀 더 기다렸다가 내년 봄쯤 아름다운 꽃으로 태어나면 그 얼마나 좋아."

다람쥐 똥은 계속 불만이 가득 찬 목소리로 혼자 중얼거렸다.

"아휴, 이게 무슨 냄새야? 이거 똥 냄새 아냐? 아이구 더러워!"

그때 건너편 산등성이에서 시원한 바람이 불어오자 낙엽들이 앞다투어 다람쥐 똥 곁을 떠나갔다.

"도망가지 마. 나랑 같이 놀아. 나 더럽지 않아."

다람쥐 똥은 혼자 있기가 싫어 도망가는 낙엽들을 따라갔다. 그러자 낙엽들은 바람을 데리고 더 멀리 도망을 가버렸다.

다람쥐 똥은 자신을 똥으로 태어나게 한 하느님이 무

척 원망스러웠다.

 가을은 깊어갔다. 온 산이 단풍으로 더욱 붉게 물들었다. 아기단풍도 노인단풍도 참단풍도 모두 붉게 물들었다.

 상수리나무 바로 옆 동네에 있는 단풍나무 숲속에는 프로펠러처럼 생긴 쪼끄마한 단풍나무 씨앗이 속으로 아주 단단하게 익어가고 있었다.

 '바람이 불면 숲 밖으로 멀리 날아가야지.'

 단풍나무 씨앗은 비행기처럼 아주 멀리멀리 날아가고 싶었다.

 드디어 그날이 왔다.

 단풍나무 씨앗은 비행기 프로펠러가 돌 듯 빙글빙글 돌면서 사람 손바닥처럼 생긴 엄마 품을 떨어져 나왔다.

 '아주 멀리멀리 날아가야지. 이 숲속은 너무 답답해.'

 단풍나무 씨앗은 자신이 마치 비행기라도 된 듯 신나게 날아갔다.

 그러나 멀리 날아가지 못했다. 시원하게 불어오던 바람이 그치자 그만 가까운 상수리나무 숲속에 떨어지고 말았다. 그것도 다람쥐 똥 위에 떨어지고 말았다.

 "에이, 기분 나빠. 왜 하필이면 똥 위에 떨어진 거야? 정말 재수 없어."

단풍나무 씨앗은 다시 멀리 날아가기 위해 몸을 힘차게 움직였다.

그렇지만 더 이상 날아갈 수가 없었다. 바람도 불어오지 않았지만, 똥 덩어리 속에 너무 깊숙이 빠져 날아가려야 날아갈 수가 없었다.

"하느님이 왜 내게 이런 고통을 주시지?"

단풍나무 씨앗도 다람쥐 똥처럼 하느님을 원망했다. 그러자 다람쥐 똥이 맞장구를 쳤다.

"그래, 나도 그래. 하필이면 똥 덩어리로 태어나게 할 게 뭐람."

"그러게 말이야. 다른 데 다 두고 왜 하필이면 똥 위에 떨어지는 거야."

그들은 서로 하느님을 원망하는 이야기를 나누었다.

겨울이 왔다.

함박눈이 내렸다.

그들은 서로 한 몸이 되어 눈 속에 파묻힌 채 겨울을 났다.

봄이 찾아왔다.

다람쥐 똥에 파란 싹이 돋았다. 단풍나무 씨앗이 다람쥐 똥을 먹고 그만 싹을 틔웠다.

"하하, 나도 쓸모가 있었어. 하느님이 널 싹틔우라고

나를 똥으로 태어나게 하셨어."
"하하하, 영양가 많은 널 먹고 싹을 잘 틔우라고 하느님이 나를 똥 위에 내려주셨어."
"그래, 맞아, 맞아. 하하하!"
다람쥐 똥과 단풍나무 씨앗은 아지랑이 아른대는 봄 들판이 떠나가도록 한바탕 웃음을 터뜨렸다.

쥐똥나무

 이름 없는 나무 한 그루가 있었다. 그 나무의 소원은 자기만의 이름을 갖는 것이었다. 다른 나무들은 모두 이름이 있는데 자기만 이름이 없어 나무는 그게 늘 불만이었다.
 그러나 아무리 소원을 해도 그에게 이름을 붙여주는 이는 없었다. 하다못해 자기 스스로 '하늘나무'니 '별나무'니 하고 이름을 붙여보았지만, 아무도 그 이름을 불러주지 않았다. 이름이란 다른 이들이 자꾸 불러주어야만이 진정 자기 이름이 되는 것이었다.
 그러던 어느 날 밤이었다. 들쥐 한 마리가 살며시 다가와 그에게 말을 걸었다.

"나무야, 난 지금 병이 들었어. 온몸이 쑤시고 아파. 그런데 잠잘 곳이 없어. 오늘 밤 날 좀 재워줄 수 있겠니?"

"그럼, 재워주지."

나무는 이제 막 돋은 부드러운 이파리를 엄마처럼 벌려 들쥐를 편안하게 재워주었다.

"정말 고마워. 잘 자고 났더니 이제 좀 괜찮아. 그런데 나무야, 배가 고프다. 뭐, 먹을 거 좀 없겠니?"

아침이 되자 이번에는 들쥐가 울상을 짓고 배를 슬슬 쓰다듬으면서 말했다.

"글쎄, 아무것도 먹을 게 없는데, 어떡하지? 우리 나무들은 이슬이나 햇살을 먹고 살기 때문에 마땅히 줄 게 없네."

나무는 배고픈 들쥐에게 무엇을 줄 수 있을까 하고 생각하다가 아무것도 줄 게 없어 자기 몸의 일부인 푸른 잎사귀를 조금 떼어주었다.

"지금 내가 줄 수 있는 건 이것뿐이야. 배가 고프니까 우선 이거라도 좀 먹어보렴. 나중에 더 맛있는 게 있을 거야."

들쥐는 깜짝 놀라지 않을 수 없었다.

'세상에! 자기 몸을 떼어주다니!'

들쥐는 지금까지 여러 나무들을 찾아가 하룻밤 재워줄 것을 부탁도 해보고 먹을 것도 얻어보았지만, 이렇게 자기 잎사귀를 떼어주는 나무는 처음이었다.

"너는 정말 고마운 나무구나. 그런데 넌 이름이 뭐니?"

들쥐는 잎사귀를 다 먹고 나자 그의 이름이 궁금했다.

"난 이름이 없어."

"아니, 이름이 없다니? 그런 나무가 어딨어?"

"정말이야. 이름을 갖는 게 내 소원이야."

나무는 자기만 이름이 없다는 사실에 새삼 마음이 슬펐다.

"슬퍼하지 마. 내가 좋은 이름 하나 지어줄게."

들쥐는 앞발로 나뭇가지를 톡톡 쳐 슬퍼하는 나무의 마음을 위로해주었다.

"그 대신 부탁이 하나 있어. 매일 밤 네 품에 안겨 자게 해줘. 네가 어떤 나무인지 알아야 이름을 잘 지을 수 있어."

"좋아. 잠잘 데가 없으면 언제든지 나한테 와. 내가 재워줄 테니까."

들쥐는 매일같이 나무의 품에 안겨 잠을 잤다. 잠들 때마다 나무에게 어울리는 이름이 무엇일까 하고 곰곰 생각했으나 마땅히 좋은 이름이 떠오르지 않았다.

"왜 이름을 안 지어주는 거지?"

나무가 재촉할 때마다 들쥐는 나무에게 꼭 알맞은 이름이 있을 것이라고 생각했다. 그러나 생각날 듯하면서도 나무에게 알맞은 이름이 잘 생각나지 않았다.

"빨리 안 지어주면, 널 안 재워줄 거야."

나무는 기다리다 못해 가끔 그런 말을 했지만 속마음은 그렇지 않았다.

이제 나무는 들쥐를 품에 안지 않으면 잠이 오지 않았다. 이름 따위는 이제 그리 큰 문제가 아니었다. 그저 들쥐가 찾아와 새근새근 잠이 들면 그것만으로도 마음이 아주 편안했다.

들쥐도 나무의 품에 안기지 않으면 잠이 오지 않았다. 나무의 품에 안겨 밤하늘의 별을 바라볼 때가 가장 행복했다.

그러던 어느 날이었다. 밤새도록 비가 부슬부슬 내리던 날 밤이었다. 들쥐가 나무의 품에 안겨 깊은 잠에 빠져 있을 때, 배고픈 고양이 한 마리가 들쥐를 향해 살금살금 발걸음을 죽이며 다가갔다.

나무는 온몸을 흔들어 쥐를 깨웠다.

"위험해! 일어나! 고양이야!"

들쥐는 번쩍 눈을 떴다. 잽싸게 몸을 날려 나무 꼭대

기로 올라갔다. 그러나 더 이상 도망갈 데가 없었다.

순간, 고양이가 나무 위로 재빨리 뛰어올라 쥐의 목덜미를 물어버렸다.

"아아!"

나무는 들쥐의 비명 소리를 들으며 부르르 몸을 떨었다. 나무의 몸에 들쥐의 피가 뚝뚝 떨어졌다. 부슬부슬 내리던 빗물에 들쥐의 피가 벌겋게 씻겨 내려갔다.

나무는 고양이가 먹다 버리고 간 들쥐를 안고 밤새 울었다.

들쥐는 썩어 나무의 거름이 되었다.

이듬해 봄, 나무의 몸에 새 움이 돋고 꽃이 피고 열매가 맺혔다. 처음에는 열매가 진초록빛을 띠더니 차차 흑갈색 빛을 띠다가 나중에는 새까만 빛을 띠었다. 그 모양이 마치 쥐똥 같았다.

한 아이가 엄마하고 나무 앞을 지나가다가 나무 열매를 보고 소리쳤다.

"엄마, 이거 좀 봐, 꼭 쥐똥 같아!"

"그래, 그렇구나. 어쩜 이렇게 쥐똥하고 똑같이 생겼니. 이 나무 이름이 쥐똥나무인가 보다."

그때부터 나무는 '쥐똥나무'라고 불리게 되었다. 그렇게 소원하던 이름을 갖게 된 것이다. 다들 우스운 이름이라고 놀려대었지만 들쥐의 따스한 마음이 느껴지는 그 이름이 너무나 좋았다.

그늘과 햇빛

 사람들이 오가는 겨울 거리에 플라타너스 한 그루가 서 있었다. 앙상한 플라타너스는 해가 뜨면 늘 그늘을 짙게 늘어뜨렸다.
 그늘은 아무도 찾아오는 이가 없어 늘 외롭고 쓸쓸했다. 사람들이 플라타너스 가까이 지나가지 않는 것은 아니었으나 늘 그늘을 피해서 갔다. 어쩌다가 그늘 속으로 발을 들여놓는 이가 있어도 화들짝 놀란 듯 얼른 빠져나갔다.
 '어떻게 하면 사람들의 사랑을 받아볼 수 있을까?'
 그늘은 오가는 사람들을 바라보며 날마다 그런 생각을 하면서 하루해를 보냈다. 그러자 하루는 겨울바람이

"사랑을 받고 싶으면 네가 먼저 사랑을 해봐. 사랑은 말이야, 주지 않으면 받을 수 없는 거야" 하고 중얼거리며 지나갔다.

그늘은 겨울바람의 말대로 지나가는 사람들을 향해 "저는 당신을 사랑하는데요" 하고 밤늦도록 말을 걸어보았다. 그러나 사람들은 아무도 그늘을 쳐다보지도 않았다. 그늘이 살며시 손을 뻗어 사람들의 발목을 잡아보아도 발걸음만 더욱 재촉할 뿐이었다.

'에이, 하는 수 없다. 포기하자. 외로우면 어때. 잠이나 자자.'

그늘은 하는 수 없이 고개를 처박고 잠을 청했다. 잠을 자면 더욱 추위가 느껴졌으나 하루 종일 잠자는 일 외엔 외로움을 견딜 수 있는 방법이 없었다.

그런 어느 날이었다. 누군가 향긋한 향내를 풍기며 그늘의 몸을 자꾸 간지럽혔다.

"누구니? 누군데 내 단잠을 깨우니?"

그늘이 몸을 뒤척이며 고개를 들어보자 그것은 봄바람에 실려 온 라일락 꽃잎이었다.

"잠꾸러기 아저씨, 지금이 어느 땐데 잠만 자고 있어요? 봄이 왔는데도 이렇게 잠만 자는 사람은 아저씨뿐이에요."

라일락 꽃잎은 엄마 품을 파고들듯 살포시 그늘의 품속을 파고들었다.

"라일락아, 왜 나한테로 왔니? 난 음지에 사는 그늘이야. 내겐 햇빛이 없어. 다시 바람이 불면 햇빛이 있는 저쪽 양지 쪽으로 가도록 해."

그늘은 아무도 찾아오지 않는 자기를 찾아와주었다는 사실이 고마워 라일락 꽃잎을 꼭 껴안아주었다.

그러자 라일락 꽃잎이 말했다.

"아저씨, 그런 말씀 마세요. 내가 아직 살아 있는 건 바로 아저씨 덕분이에요. 만일 아직도 저쪽 양지 쪽에 있었다면 난 지금쯤 뜨거운 햇빛에 벌써 말라 죽고 말았을 거예요."

"그래? 정말이야?"

"그럼요. 아저씨, 정말 고마워요."

그늘은 난생처음 자신의 존재를 인정해주는 말을 듣자 자기도 모르게 가슴이 뜨겁게 벅차올랐다.

그 뒤, 햇빛은 점점 더 뜨겁게 내리쬐었다. 몇 날 며칠 잠도 자지 않고 지구를 뜨겁게 달구었다. 폭염이었다. 뜨겁게 달아오른 아스팔트 도로 위에 날계란을 깨자 그대로 프라이가 되는 장면이 텔레비전 뉴스 시간에 방영되었다.

햇빛이 없으면 못 살던 사람들도 차차 햇빛을 피해 그늘을 찾기 시작했다.

그늘은 갑자기 자기를 찾는 사람들이 많아지자 덩실덩실 춤을 추었다.

'음, 음지가 양지 된다더니 바로 이를 두고 하는 말이군.'

그늘은 은근히 햇빛을 얕잡아보았다. 그동안 햇빛한테 무시당한 설움을 앙갚음하고 싶은 마음이 절로 일었다.

그러자 햇빛 또한 그늘을 미워하기 시작했다.

"저 녀석이 올챙이 적 시절을 모르는군. 내가 너 같은 녀석한테 질 줄 알아?"

햇빛은 무슨 일이 있어도 그늘한테 져서는 안 된다는 생각이 들어 사람들이 좋아하는 일만 찾아 나섰다. 하루 종일 마음속에 빛을 모아놓았다가 어둠 속에 있는 사람들의 마음에 빛을 전해주었으며, 벼농사는 물론 과일 농사나 채소 농사를 짓는 사람들의 수확량이 많도록 일조량을 풍부하게 해주었다. 또 매서운 북풍이 불어오는 겨울에는 추위에 떠는 사람들의 몸과 마음을 더욱 따뜻하게 데워주었다.

그러자 사람들이 다들 햇빛을 우러러보고 따르기 시작했다.

"햇빛이 없으면 우리 인간은 살 수 없는 존재지. 암,

우리가 그걸 어찌 잊을 수가 있겠어."

"그럼, 햇빛은 만물을 살리는 힘이야. 햇빛이 없어봐, 우리가 단 하루라도 살 수 있겠어?"

사람들이 햇빛을 보고 이렇게 칭찬을 해대자 이번에는 햇빛이 점점 오만해지기 시작했다. 이 세상에 자신이 최고의 위치에 있다는 생각을 하면서 자신의 몸을 더욱 뜨겁게 달구었다.

사람들은 차차 더위에 지쳐갔다. 햇빛이 자신의 몸을 달구면 달굴수록 사람들은 점점 햇빛을 피해 멀리 도망쳐갔다.

어느 날 햇빛은 자신의 주위에 사람들이 아무도 없는 것을 발견하고 깜짝 놀랐다.

"아니, 사람들이 다 어디로 갔지? 내가 없으면 살 수 없다던 사람들이 도대체 어디로 간 거야?"

햇빛은 급히 사람들을 찾아 나섰다.

사람들은 길 건너 어느 한곳에 옹기종기 모여 있었다.

"아니, 저기가 어딘데 사람들이 저렇게 모여 있는 거야?"

햇빛도 급히 그곳으로 달려가보았다.

그곳은 그늘이었다. 사람들이 모두 햇빛을 피해 그늘 속에 앉아 있었다. 햇빛은 기가 막혔다. 치밀어 오르는 화를 참지 못하고 사람들을 향해 버럭 소리를 내질렀다.

"도대체 이게 무슨 일이야? 나를 찾을 땐 언제고, 나를 떠나는 건 뭐야? 왜 지금 그늘한테 와 있는 거야, 엉?"

"그렇게 화를 내지 마시고, 우릴 얘길 좀 들어보세요. 당신은 요즘 왜 그렇게 뜨겁게 달아오르기만 하세요? 당신을 떠나지 않았으면 우린 지금쯤 아마 죽고 말았을 거예요."

사람들이 이구동성으로 손가락질을 하며 햇빛에게 말했다.

"그러면 그렇다고 말을 해야지, 한마디 말도 없이 그렇게 가버리면 어떡해?"

"우리도 참을 만큼 참았지요. 당신이 겸손해지기를 기다리다가 우리만 죽기 일보 직전이었지요."

사람들은 햇빛한테 지지 않고 할 말을 다했다. 그러자 햇빛은 이번에는 그늘을 향해 눈을 부라리며 소리를 질렀다.

"어떻게 나한테 이럴 수 있어? 어떻게 네가 나를 배반할 수 있단 말이냐? 넌 내가 있어야만 만들어져. 넌 내가 없으면 아예 존재할 수도 없어. 알았어?"

햇빛은 땀을 뻘뻘 흘리며 고래고래 소리를 내질렀다.

그늘은 그런 그를 향해 싸늘한 미소를 지었다.

"화내지 마. 너도 마찬가지야. 너도 내가 없으면 살아갈 수가 없어. 세상에 그늘 없는 햇빛이 어디 있니?"

"흥, 너 따윈 없어도 돼. 너야말로 내가 없으면 존재할 수 없어."

햇빛은 더욱 강하게 입김을 내뿜으며 그늘을 불태우려고 들었다. 그러나 햇빛이 강하면 강할수록 그늘은 더욱 짙어지기만 할 뿐이었다.

그때였다. 갑자기 하늘에서 붉은 해님이 "너 이 녀석들!" 하고 크게 야단치는 소리를 내었다.

"보자보자 하니까 정말 우습구나. 너희들은 내가 없으면 존재할 수도 없는 녀석들인데, 어떻게 너희들끼리 이렇게 싸움질이냐? 제발 좀 겸손해지거라. 내가 창피해서 못 살겠다."

그늘과 햇빛은 엄마한테 꾸중 듣는 아이처럼 입을 다물고 고개를 푹 숙인 채 그 자리에 가만히 서 있었다.

"햇빛아, 그늘은 너의 일부다. 바로 너 자신이야. 그늘이 없으면 넌 진정한 햇빛이라고 할 수 없어. 그런데 그늘을 그렇게 못살게 굴면 되니? 그리고 그늘 너도 햇빛한테 그러면 안 돼. 넌 햇빛이 없으면 존재할 수가 없어. 햇빛이 있으니까 네가 있는 거야. 햇빛이 없어봐. 네가 있는가? 그리고 너희들은 바로 나 자신이야. 너희들이 싸우지 않고 서로 사랑해야 이 세상 모든 만물들이 생명을 유지하고 잘 살 수 있다는 걸 벌써 잊었느냐?"

"아뇨, 잊지 않았습니다."

"난 너희들이 진정 서로 사랑하기를 바란다. 앞으로 이런 일이 또 있어서는 안 된다, 알았지?"

"네."

그늘과 햇빛은 그제서야 서로에게 잘못했다는 생각이 들었다.

"미안해. 우린 남이 아니야. 서로 한 몸이야. 네가 있어야 내가 있고, 내가 있어야 네가 있어. 앞으로는 우리 서로 돕고 살아가자."

"그래, 이제 싸우지 말자. 우리가 싸우면 꽃들도 새들도 나무도 사람들도 다 살아가지 못해."

그늘과 햇빛은 서로 손을 꼭 잡고 한동안 놓지 않았다. 해님은 어느새 먹장구름 속으로 들어가 보이지 않았다.

해설

따뜻한 사랑의 우화

도종환 (시인)

　정호승 시인은 맑은 눈을 가진 사람입니다. 천천히 흘러가는 하얀 구름이 눈동자에 그대로 비치는 노루의 눈, 사슴의 눈을 가진 사람입니다. 정호승 시인은 꽃의 목소리를 알아듣는 사람입니다. 사람의 말을 알아듣는 모란이 어디에 피어 있는지를 아는 사람입니다. 모란의 말소리만 알아듣는 게 아니라 짐승의 목소리도 알아듣고 돌의 말소리도 알아듣는 귀를 가진 사람입니다.

　나는 이런 정호승 시인이 참 부럽습니다. 그가 얼마나 꽃과 나무와 짐승들을 사랑했으면 그들의 말소리까지 알아들을 수 있었겠습니까. 꽃 한 송이에도 작은 우주가

깃들어 있다고 합니다. 짐승의 마음 안에도 작은 하느님이 살고 계시고 그들과 우리는 본래 같은 형제라고 합니다. 그들이 우리가 되었다가 우리가 그들이 되기도 하는 삶을 사는 거라고 합니다. 저도 그런 말을 믿지만 꽃의 말소리를 알아듣는 데까지는 가지 못하였습니다.

저는 정호승 시인의 아름다운 상상력이 부럽습니다. 정호승 시인처럼 아름다운 상상력을 가진 시인도 많지 않습니다. 그의 상상력이 안내하는 길을 따라가노라면 나무가 겨울바람 속에서 끝내 이파리 몇 개를 버리지 못하고 서서 누구를 기다리고 있는지를 알게 됩니다. 나도 그 떡갈나무 옆에 서서 소녀가 다시 찾아오는 날을 기다리고 싶어집니다. 화분에서 키우는 난초나 풀꽃 한 포기도 소중히 여기게 되고, 종이배를 타고 함께 바다로 나가기도 하고, 풍경 소리에 섞여 허공을 오르내리면서 정호승 시인의 우화나라에 와 있는 게 얼마나 행복한지 모릅니다.

정호승 시인은 사랑의 시인입니다. 그의 우화는 사랑에 대해 이야기합니다. 우리는 불완전하다는 것, 사랑을 통해서만 완전해질 수 있다는 것을 말하고자 합니다. 우리 역시 외눈박이 비목어인지 모릅니다. 우리는 다른 쪽 눈을 가진 짝을 만나야 비로소 세상을 환하게 볼 수 있는 불구의 물고기인지 모릅니다. 우리가 짝을 찾아 물속을 떠도는 외눈박이 물고기라면 좋은 짝을 만나기 위해 노력해야 합니다. 그 좋은 짝이란 눈동자가 맑은 사람이어야 한다고 정호승 시인은 말합니다.

"상대방의 눈동자를 잘 살펴봐. 상대방의 눈동자에 네 모습이 아주 맑게 비치면, 그건 상대방이 너를 사랑하기 때문이야."

눈동자가 맑은 사람은 선한 사람입니다. 누군가를 사랑하면 눈동자가 맑게 변한다는 것은 마음이 선해진다는 것입니다. 그렇습니다. 사람이 누군가를 사랑하면 반드시 마음이 선해지고 눈동자가 맑게 빛납니다. 누군가를 사랑하고 있는데도 마음이 선해지지 않는다면 그건 진짜 그를 사랑하고 있는 게 아닙니다.

사람의 말을 알아듣는 해어화解語花는 그걸 알고 있다고 정호승 시인은 말합니다. 어제 "뭘 그리 고민해? 사랑이 밥 먹여주니? 연애하고 결혼은 다른 거야. 결혼은 철저히 계산이야"라는 친구의 말에 귀 솔깃해져서, 오늘 "여기 이 덕수궁 모란 앞에서 사랑을 고백한 커플은 결혼해서도 아주 잘 산대. 난 성우 씨에게 내 사랑을 고백하고 싶어"라고 거짓으로 고백하는 계산된 사랑을 꽃들도 알고 꽃잎이란 꽃잎은 죄다 떨어뜨리는 것입니다. 그런 거짓 사랑을 말하는 이들의 눈동자는 맑지 않습니다.

사랑은 완벽한 내가 완벽한 그를 만나는 일이 아닙니다. "사랑은 우리가 완벽함을 단념하고 인간의 결함 속에 깃든 아름다움을 깨달을 때 완벽해진다. 행복은 사랑하는 사람과 같이 있을 때 비로소 두 사람이 완벽해진다는 것을 발견하는 데서 온다"고 제니스 R. 리바인은 말합니다. 우리 모두는 부족한 인간입니다. 상대방도 그렇고 나도 그렇습니다. 그러나 바로 그 부족함 속에 깃든 아름다움이 무엇인가를 발견할 줄 알 때 우리는 그와 함께 완벽해질 수 있는 것입니다. 그래서 사랑은 '비목동행比目同行'인 것입니다.

사랑은 하나의 몸에 머리가 둘 달린 기파조耆婆鳥와 같은 것이라고 정호승 시인은 말합니다. 둘 중의 하나만 먹어도 함께 배부르고, 일을 하다 피곤하면 서로 교대로 쉬어가며 일할 수 있고, 오른쪽머리 새가 잠든 동안에는 왼쪽머리 새가 하늘의 별과 달을 바라보았다가 나중에 별빛과 달빛에 대해 이야기해주는 생생조生生鳥라고 합니다. 그러나 독이 든 열매를 혼자 몰래 먹었다가는 함께 죽고 마는 새이기도 하다고 말합니다.

네가 있어서 내가 있는 것, 그것이 사랑입니다. 너 없어도 얼마든지 내가 아름다울 수 있을 것 같지만, 아무도 아름다운 옥구슬도 실의 소중함을 모르면 목걸이가 되지 못한다고 시인은 말합니다. 풍경 소리가 아름다워 불심을 일으키고, 고요함을 더욱 고요하게 하고 맑음을 더욱 맑게 하는 소리라 해도 바람이 도와주지 않으면 저 혼자서는 맑은 소리를 낼 수 없는 거라고 시인은 말합니다. 네가 있어서 내가 있는 것입니다.

사랑한다고 하면서 우리는 가장 가까운 사람에게 가장 큰 상처를 줍니다. 가장 큰 상처는 가장 가까운 사람에게서 받습니다. 가슴에 박힌 큰 못자국도 사랑하는 사람이 박습니다. 남편이 아내의 가슴에 얼마나 많은 못을 박았을까를 생각하게 하는 우화가 〈못자국〉입니다. 저는 이 우화를 읽고 가슴이 아팠습니다. 나 역시 사랑하는 사람에게 얼마나 많은 못을 박았을까를 생각해보았습니다. 그 못을 빼주어야 할 사람이 누구인지를 정호승 시인은 가르쳐주고 있습니다.

정호승 시인은 작은 것 하나도 소중히 여기게 하는 사

람입니다. 이 땅에 쓸모없는 것은 하나도 없다고 말하는 시인입니다. 버려지고 내팽개쳐진 것 중에 나중에 귀중하게 쓰일 것들이 있다는 것을 알려주는 사람입니다. 〈주춧돌〉이 그런 우화입니다. 야산 중턱에서 평화롭게 살던 바윗돌이 있었습니다. 그런데 화전민들이 들어와 농사를 짓기 위해 밭을 일구면서 바윗돌은 살던 곳에서 쫓겨나 산 아랫마을 골목 어귀 한 모퉁이에 처박힌 돌이 되고 말았습니다. 개들이 찾아와 오줌을 누고 가고 아이들이 와서 똥을 누고 갔습니다. 그러면서 점차 천덕꾸러기 무용지물이 되어갔습니다. 시간이 흐르자 자신을 더럽게 만들던 개나 아이들조차 거들떠보지 않는 잊힌 존재가 되고 말았습니다. 그런 지독한 외로움 속에 살아가던 어느 날 큰스님 한 분이 무심히 그 앞을 지나가다 바위를 발견하곤 대웅전 주춧돌로 쓰기로 합니다. 그 뒤 바윗돌은 몇백 년 동안 산사의 지붕을 받치는 주춧돌이 되어 새로운 삶을 살게 됩니다. 무거운 지붕을 받치고 있는 것이 오히려 존재의 기쁨이 되는 삶이 된 것입니다. 외롭게 버려진 바윗돌 같은 이들이 우리 주위에는 많습니다. 그러나 그들 중에는 주춧돌로 쓰이게 될 돌이 많습니다. 이 세상에 있는 모든 것들은 언젠가는 귀중하게 쓰일 존재들이라는 것을 정호승 시인은 알려줍니다.

정호승 시인은 지혜의 시인입니다. 크게 깨달은 시인입니다. 그의 작품 한 편 한 편에는 새겨서 읽어야 할 가르침이 들어 있습니다. 그러나 그 가르침의 말씀을 어렵게 우리에게 전하지 않고 아름답게 건네줍니다. 정호승 시인만이 할 수 있는 고운 언어로 우리에게 전해줍니다. 그래서 저는 정호승 시인의 우화를 즐겨 읽습니다. 하루에 다 읽어버리지 않고 한 편 한 편 마음에 새겨가며 읽습니다. 여러분도 그렇게 가슴에 간직하며 읽어보시기 바랍니다. 창밖에 아무리 차갑고 사나운 바람이 불어도 정호승 시인의 우화를 읽고 있노라면 마음이 따뜻해져 올 것입니다.

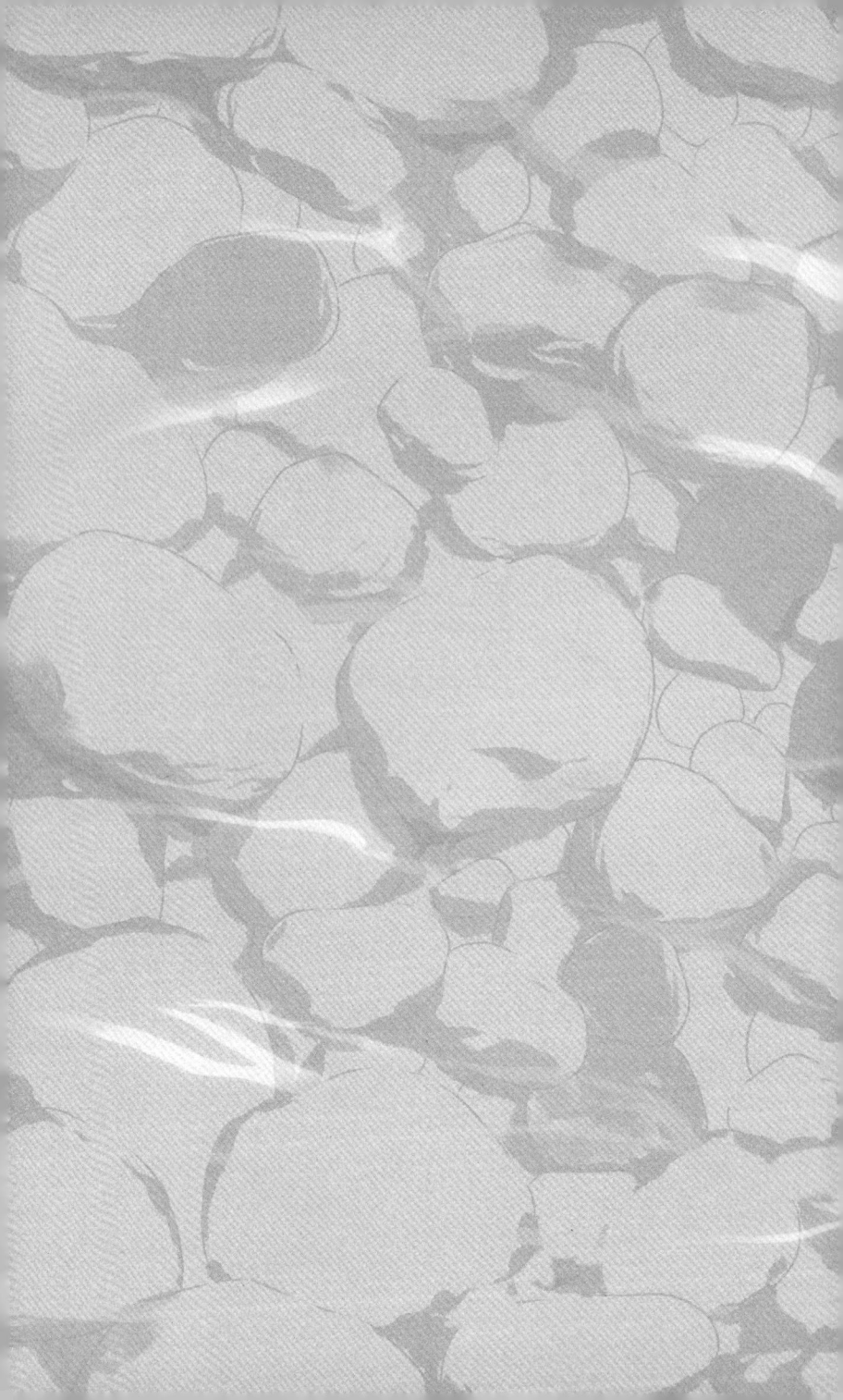

조약돌
정호승 우화소설

1판 1쇄 인쇄 2025년 6월 9일 **1판 1쇄 발행** 2025년 6월 25일

지은이 정호승
발행인 박강휘
편집 박규민 이승현 **디자인** 정윤수
마케팅 박유진 이헌영 **홍보** 이수빈 박상연
발행처 김영사
주소 경기도 파주시 문발로 197(문발동) 우편번호 10881
등록 1979년 5월 17일(제406-2003-036호)
주문 및 문의 전화 031)955-3100 **팩스** 031)955-3111
편집부 전화 02)3668-3290 **팩스** 02)745-4827
전자우편 literature@gimmyoung.com
비채 블로그 http://blog.naver.com/viche_books
인스타그램 @drviche @viche_editors **트위터** @vichebook
ISBN 979-11-7332-252-5 04810
    979-11-7332-253-2 (세트)
책값은 뒤표지에 있습니다.

비채는 김영사의 문학 브랜드입니다.